올빼미 눈의 여자

올빼미의 여자

박해로 장편소설

네오픽션

차례

프롤로그

1997년 IMF 외환위기 사태는 수많은 사람들의 실직을 불러왔다. 그 전까지 별 인기가 없던 공무원은 취업을 준비하는 젊은이들이 가장 선망하는 직업 중 하나로 급부상했다. 구조조정과 정리해고라는 무서운 심판을 지켜본 이들에게 '형의 선고, 징계 처분 또는 국가공무원법에 정하는 사유에 의하지 아니하고는 그 의사에 반하여 휴직, 강임 또는 면직을 당하지 아니한다'는 신분보장은 위기의 사회에서 튼튼한 갑옷이 되었기 때문이다. 부러움과 야유에 찬 '철밥통'이란 신조어도 이 철저한 보장 기능 때문에 생겨난 것이리라. 응시 가능 연령에 속하는 사람들은 공무원이 되기 위해 뛰어들었고 경쟁했으며 안간힘을 썼다. 한정된 자리임에도 지원자는 무한정 늘었다. 그래서인지 합격해서 일단 공무원이 되면 제아무리 고된 업무에도 사표 쓰기 어려운 분위기가 조성되었다.

　이 이야기는 구직 대상으로 공무원의 인기가 절정으로 치솟은 2000년대 초반을 배경으로 하는 픽션이지만, 사실 자기가 원하는 업(業)을 얻기 위해 수단 방법을 가리지 않는 모습은 예나 지금이나 다르지 않다.

1부

기성에게 총무과 교육 담당자의 전화가 걸려온 것은
목요일이었다.

"한 주임님, 9월 16일부터 20일까지 연수원 교육인 거
알고 계시죠?"

목소리가 다소 퉁명스러웠다. 교육을 보내달라고 기성
은 3월부터 요구해온 터였다. 지금의 보직을 맡은 때는
2월이었고, 그 전에는 교육을 자원한 적이 없었다. 9월
이 될 때까지 교육 담당자는 접수가 되었으니 기다리라
는 말만 되풀이해왔다. '기다리세요'는 종종 '기다려요'
나 '접수했다잖아요'로 바뀌었다. 기성보다 1년 늦게 입
사한 그는 민원인 상대 현장과는 거리가 먼 업무만 잘도

11

맡아 했다. 그것도 다 능력이겠지, 싸가지 없는 새끼. 기성은 신경질적으로 전화를 끊었다.

어쨌거나, 해방이다.

일주일 동안 민원인들을 상대하지 않아도 된다.

기성은 있어도 표 안 나고 없어도 표 안 나는 사람이었다. 그는 하급 직위에 몸을 담고 있는 어떤 직렬의 공무원으로, 창구에서 사람들을 면담하는 게 주된 업무였다. 그 전까지는 직원 복지 쪽의 업무를 맡아 민원인들을 만날 일이 거의 없었다. 그가 창구에서 만난 사람들은 국가에 불만을 갖고 있었는데, 기성에게 요구하는 일이 곧 국가에 요구하는 일이었다. 불만의 체감이 큰 만큼 그들의 요구는 불가능한 것이 많았다. 그가 막는 게 아니라 조항(條項)이 막는 거였지만 그들은 국가 대신 기성에게 화를 냈다. 개나 고양이를 안고 오는 사람이 많았는데 그들은 기성 앞에서는 공포 분위기를 조성하면서도 개나 고양이는 어르고 달랬다.

기성은 그들에게 개나 고양이만도 못한 존재였다.

한번은, 인허가 건과 관련해 육십대 민원인 하나를 상대했다. 상관은 허가될 수 없음을 명확하게 설명해주라고 한 뒤 자리를 피했다. 지시대로 설명을 하는데 민원인이 가방에서 권총을 꺼냈다. 기성이 비명을 지르며 넘어졌다. 민원인은 손자에게 줄 장난감인데 뭘 그리 놀라냐며 웃었다. 기성은 그의 눈빛을 잊을 수 없었다. 살기 가득한 눈빛은 총 뽑기가 농담이 아닌 경고임을 알려주고 있었다. 초여름인데도 기성은 사흘 동안 몸살을 앓아야 했고, 그날 이후 길을 걸을 때마다 주위를 둘러보는 습관이 생겼다. 원래 갖고 있던 과민성대장 증상과 치질이 악화되었다. 상관들은 인터넷에 글 올라오면 곤란하니 절대 민원인과 언성 높이지 말라고만 되풀이했다.

창구 업무는 모두가 꺼려서 1년마다 순환을 시켜주었다. 기성은 민원인을 안 봐도 될 그날만을 손꼽아 기다렸다. 16일부터 20일까지 교육을 가게 되었으니 주말까지 합쳐 일주일을 번 셈이다. 벌써부터 복통이 가라앉는 느낌이다. 물론 교육 끝나는 금요일부터는 재발이 되겠지만.

'아무 생각도 하지 말자. 일주일 동안 객지에서 복잡한 머리 텅 비우고 오자.'

민원인도 잠시 안녕이다. 누군가 그랬다. 타인은 지옥이라고.

9월 16일 (연수 1일차)

기성은 꿈을 꾸었다. 며칠째 반복되는 꿈이었다.

　회색 하늘에 핏빛 구름이 흘렀다. 이번에도 그는 높은 곳에 앉아 세상을 내려다보고 있었다. 발아래로 사람들이 새카맣게 모였다. 숨이 막히는지 그들은 한 손으로 목을 잡고 한 손은 기성을 향해 내민 채 땅바닥을 굴렀다. 혼돈의 스케치이자 참상의 구현이었다. 분담 없는 고통이었고 같이 울어줄 수 없는 슬픔이었다. 서로가 서로를 밟았고 앞에 선 자를 뒤에 선 자가 잡아당겼다. 보이지 않는 바이러스가 그들 사이를 떠도는 것 같았다. 얼마나 많은 사람들이 모였는지 디딜 틈이 없었다. 우리나라 사람 말고도 백인, 흑인, 동양인 등 다양한 인종이 있었다. 폐허가 된 미지의 공간에서 그들 모두가 닿지 않는 기성에게 도움을 요청했다. 기성은 발을 내려다보았다.

내가 서 있는 곳만이 안전한 영역인가? 그렇다면 여기는 어디일까?

답을 얻기도 전에 발아래가 붕괴되며 그는 추락했다. 하얀 팔, 검은 팔, 노란 팔이 좀비 떼처럼 그의 몸을 붙잡았다.

기성이 침대에서 일어났다. 꿈은 사라지고 현실만이 남았다. 결말을 보여주지 않는 예언과도 같은 꿈. 시계를 보니 새벽 5시였다. 연수원으로 출발해야 할 시간이었다. 화장실로 간 그는 치질 연고를 바른 뒤 변기에 앉았다. 통증 없이 볼일을 보자 일주일 연수 기간을 잘 보낼 수 있을 거라는 예감이 들었다.

*

연수원은 경북 섭주에 있었다. 기성이 아침 6시에 평택을 출발해 도착한 시각은 8시 20분이었다. 처음 가본 섭주는 지방의 정갈한 소도시였다. 시내에서 면 소재지의

15

인적 드문 호숫가까지 들어간 후에야 목적지에 다다를
수 있었다. 내비게이션 없이 찾아오기 힘든 연수원은 모
델하우스를 연상시켰다. 신축 건물답게 설비는 현대식이
었지만 싸구려 자재로 서둘러 완공한 느낌이 들었다.

9월인데도 아직 더웠다. 전국 각지에서 온 교육생들이
곳곳에서 술렁거렸다. 기성은 접수처를 찾아가 명단을
확인했다. 접수처 직원은 생활관에 있는 숙소를 알려주
면서 9시부터 오리엔테이션이 진행되니 시간 맞춰 강의
실로 가라고 했다. 기성은 2층에 있는 1인실 숙소에 대
강 짐을 푼 뒤 바로 강의실이 있는 별관으로 갔다.

90명의 교육생이 한자리에 모였다. 죄수처럼 가슴에
27번 명찰을 단 기성은 자리에 앉았다. 아는 사람끼리
잡담을 나누거나, 혼자서 핸드폰만 들여다보는 강의실은
예비군 훈련장을 연상시켰다.

"한기성 씨 아니세요?"

뒤에서 누가 어깨를 붙잡았다. 기성이 돌아보니 한 남
자가 자신을 바라보고 있었다. 마치 남장을 한 여자 같은
사람이었다. 주름 하나 없이 매끈한 피부에 머리카락은
새하얗다. 그는 28번 교육생인데 낯이 익었다. 이 사람을
어디에서 봤더라?

"나 몰라요? 3년 전 홍성에서 같이 교육받았잖아요."

홍성? 옛 연수원? 합격 후 신입 교육을 거기서 받긴 했는데…… 아, 생각났다. 그땐 머리카락이 검었는데…….

"준오 씨구나. 장준오 씨!"

남자가 웃었다.

"여기서 다시 만나게 되네요."

"그렇네요. 정말 오랜만이에요. 머리 색깔 때문에 못 알아봤어요. 어디 계시죠?"

"부산에서 근무해요. 기성 씨는요?"

"평택에 있어요."

각자의 담당 업무는 물을 필요가 없었다. 이번 교육의 제목이 '민원 실무'였으니까.

"잘 지냈어요? 결혼은?"

"그럭저럭 혼자 잘 지냅니다."

"나랑 똑같네. 기성 씨는 민원 업무한 지 얼마나 됐어요?"

"한 6개월 됐죠."

"힘들지 않아요?"

"그래서 도망 왔죠."

"그것도 나하고 똑같네."

"준오 씨는요?"

"난 2년쨉니다."

그는 펼쳐놓은 노트북을 돌려서 기사 하나를 보여주

었다.

"이 뉴스 알아요?"

"이게 뭐죠?"

"어떤 민원인이 신나 뿌리고 불 지른 사건이요."

"아, 맞아. 그거 부산에서 일어났지?"

"내 자리에서 일어났어요."

"진짜요?"

변화 없던 기성의 얼굴에 파도가 지나갔다.

"재수 더럽게 좋았죠. 투수가 술이 취해 신나 통으로 와일드피칭을 했거든요. 옆에 소화기 없었으면 타 죽었어요."

"정말 준오 씨한테 일어난 사건이라고요?"

"누구한테나 일어날 수 있는 사건이죠."

"정말 준오 씨한테 일어났다고요?"

기성이 질문을 반복했다.

"이거 때문에 정신과 치료까지 받았어요. 교육도 그래서 보내준 거예요."

스피커를 통해 애애앵, 하는 가야금 소리가 들려왔다. 입실을 알리는 소리였다. 강의에 앞서 연수원 직원이 들어와 교육 기간 중 준수 사항을 알려주었다. 환한 미소가 광고 모델 같았다.

"네미, 나도 여기서 일하면 원이 없겠네."

장준오의 욕설이 귀로 날아들었다. 그는 몰라보게 입이 거칠어졌다. 기성은 민원인이 장난감 권총 대신 신나통을 들고 달려오는 상상을 하고 몸서리를 쳤다.

*

　지루한 강의는 오후 5시에 끝났다. '대화의 기술'이니 '감정의 컨트롤'이니 '모두가 참여하는 소통'이니 하는 수업은 하나도 귀에 들어오지 않았다. 하굣길의 초등학생처럼 강의실을 벗어나는 교육생들의 얼굴에 생기가 돌았다. 밤 10시 인원 점검 때까지는 자유 시간이다.
　장준오가 말했다.
　"술이나 한잔 할까요?"
　"술이요? 이거 참……."
　"그 난감한 표정은 뭡니까?"
　"치질이 있는데 술 마시면 악화가 돼서."
　"뭐요? 치질? 하하하하."
　"종일 앉아서 근무하고, 스트레스까지 쌓이니 이렇게 되더라고요."
　"가고는 싶은데 가서는 안 된다. 그러나 가고 싶다, 라고 얼굴에 쓰여 있는데?"

"까짓것 오늘은 마십시다! 이렇게 만난 것도 오랜만인데!"

"술 마시려고 연수 왔는데!"

"꼴 보기 싫은 것들도 안 보고!"

"오케이!"

의기 투합한 두 사람은 외출하기로 했다. 장준오는 술 마시다 보면 10시가 넘을 수도 있으니 아예 외박 신청을 하자고 했다. 당직자는 절대로 사고 쳐선 안 된다는 다짐을 받고 외박 허가서에 사인을 했다.

가을을 예고하는 바람이 불어왔다. 두 사람은 택시로 섭주 시내까지 나갔다. 장준오는 섭주 맛집을 미리 검색했다며 기차역 옆의 구불구불한 골목으로 기성을 데려갔다. 한참을 걷다가 '나는 자연산이다'라고 이름 붙인 횟집 앞에서 멈춰 섰다. 내륙 지방인 섭주에서 생선회라니. 기성은 내키지 않았지만 장준오의 노력이 가상해 횟집으로 들어갔다. 예상대로 맛집이 아니었다. 모듬회를 시켰는데 생선도 야채도 푸석푸석했고, 곁들이 안주는 배추전과 삶은 메추리알이 전부였다.

취기의 만족도를 높이려 두 사람은 술을 물처럼 마셨다. 3년 전 홍성 연수원에서 처음 만난 기성과 장준오는 취향도 비슷하고 술 습관도 잘 맞아 자주 어울렸었다. 꽃

미남 스타일에 성격도 시원했던 장준오는 당시 교육생 대표를 맡아 리더십을 발휘했었다. 두 사람에겐 IMF 여파로 사업이 망한 부모가 있었고, 대학을 중도 포기한 학력에, 부양가족이 많은 장남이라는 공통점이 있었다. 그들은 술병을 비우며 자신들의 의지를 꺾는 현실을 한탄했고, 겪어보지 못한 미래에 긴장했다. 의리로 뭉쳐 죽을 때까지 연락하자고 맹세했다. 하지만 장준오가 부산으로, 기성이 평택으로 발령받자 연락은 서서히 줄어들었고, 각자의 분주함을 이유로 완전히 끊어졌다.

장준오가 메추리알을 껍질째 씹으며 말했다.

"민원 업무, 참 상상 이상이죠?"

"모든 종류의 인간을 경험했습니다."

"아직은 아닐걸요?"

"무엇을 상상하든 그 이상을 경험하게 될 것이다."

"이틀 해보니까 정나미가 떨어지데요."

"난 사흘이요. 평택보다 부산이 광역시라 그런가 보죠. 진짜 일 많겠어요."

"제시간에 퇴근해본 적이 언젠지 모르겠어요."

"맞아요."

"윗사람들은 책임질 일은 전부 다 떠넘기고……."

"어필할 일은 자신들 이름부터 넣고……."

"지옥이에요. 다른 인간들은."

장준오가 키득키득 웃다가 손바닥으로 턱을 괴었다. 그가 황금색 목걸이와 팔찌를 세트로 착용하고 있다는 걸 기성은 처음 알았다. 어쩐지 남자가 하기에는 지나치게 화려한 디자인 같았다. 새초롬한 장준오의 눈이 기성을 똑바로 응시했다.

"다른 직렬로 새로 시험 볼 생각 안 해봤어요?"

"생각이야 억만 번도 더 했죠. 근데 막상 사표 내려니 겁이 나데요."

"왜요?"

"다시 붙을 자신이 없었으니까."

"아직 젊은데 뭘 그래요?"

"쌍둥이 동생이 둘 다 대학생이에요. 집에 부담 주기 싫었어요. 준오 씨야말로 새로 시험 볼 생각 안 했어요?"

"했죠. 근데 돌대가리여서…… 세 번이나 떨어지고 겨우 들어온 직장, 도저히 때려치울 수가 없데요."

장준오는 회 접시에 있는 레몬을 소주잔에 넣고 씁쓸히 웃었다.

"기성 씨는 몇 번 만에 붙었댔죠?"

"난 한 번 떨어졌었죠."

"머리 좋네. 지금이라도 사표 내고 노량진 들어가요. 스물여덟 살이면 아직 늦은 나이 아니에요."

"다니긴 싫은데 사표는 못 내겠어요."

"일하면서 공부하면 절대 못 붙습니다."

"무작정 사표 냈다가 괜히 냈다고 후회하는 사람 많이 봤어요. 힘들어도 참아야죠. 3월엔 다른 자리로 옮겨준 댔거든요."

"좋겠어요. 기다리는 날짜라도 있으니."

그들 주변으로 빈 병 여섯 개가 하늘을 향해 입을 벌리고 있었다. 뚜껑을 따지 않은 소주가 새로 왔다. 취기가 일으킨 충만한 감정에 재회의 기쁨까지 더해져 두 사람의 기분은 고양되었다. 그들은 각자 업무의 힘듦에 관해 얘기했고, 불만의 토로는 민원인들에 대한 욕으로 이어졌다. 장준오가 머리를 쓸어 넘겼다. 기성은 그의 머리 색깔 변화가 궁금했다.

"왜 내가 2년째 같은 자리에 있는지 알아요?"

"왜요?"

"사고 쳐서 그래요."

"무슨 사고?"

"부산 발령받고 6개월 근무하다가 바로 휴직했거든요."

"휴직은 왜요?"

"아버지가 뇌졸중에 걸리셨는데 간호할 사람이 없다는 이유를 대고요. 사실 아버지는 영월에 사는 형님이 모셔 간 상태였어요. 휴직 기간 동안 노량진 학원에 다녔어요. 다른 직렬 공무원이 되려고 죽기 살기로 파고들었죠. 지금 직장에서 벗어날 수만 있다면 어디라도 좋다는 심정으로요. 근데 소속 과장의 아들이 나하고 같은 고시원에 있는 줄 몰랐어요. 그 과장이 주말에 아들 보러 올라왔다가 나하고 딱 마주친 거예요."

"아하!"

"며칠 만에 나에 관한 소문이 쫙 퍼졌죠. 직장 옮기려고 거짓말로 휴직한 놈이라고. 난 겁이 나서 악착같이 공부했어요. 합격해야만 안 돌아갈 수 있으니까. 복직할 생각을 하니 악몽도 그런 악몽이 없더라고요."

"합격하지 못했군요."

"보시다시피. 휴직 기간 끝나니까 그때부터 진짜 악몽이 펼쳐졌어요."

"보복 인사?"

"예. 2년째 우리 기관에서 가장 힘든 자리에 있어요. 다른 사람은 보직 바꿔줘도 난 절대 바꿔주지 않아요."

그는 젓가락으로 자신의 머리를 가리켰다.

"내 머리, 새하얗게 된 거 보이죠?"

"보약 잘못 먹었어요?"

"아뇨. 신나 통 사건 다음 날 자고 일어나니 이렇게 변해 있더라고요."

"하루 만에요?"

장준오의 눈에 광기 어린 빛이 번득였다.

"꽝 하면서, 불길이 천장까지 치솟았어요. 그대로 있었으면 이 꽁치구이처럼 타버렸을 거예요."

"신나는 왜 던졌답니까?"

"전화를 불친절하게 받는다는 이유로요. 그 생각만 하면 지금도 팔다리에 힘이 쫙 풀려요."

가만히 듣고 있던 기성의 팔다리에 감각이 없어진 것 같았다. 자신 역시도 몇몇 민원인들에게 비슷한 공포를 느껴왔으니까. 그들 중에는 정신이 이상한 사람들도 있었다. 장준오가 자신의 머리칼을 잡아당겼다. 그의 머리카락은 뿌리까지 하얗게 타버린 재를 연상시켰다.

"이 머리카락으로 과장을 찾아갔죠. 그리고 면전에 사직서를 던졌어요."

"받아줬어요?"

"아뇨. 갑자기 친절해지더니 일단 일주일 휴가를 갔다 오라더군요. 연수원 교육도 보내준다면서요."

"준오 씨가 여기저기 떠벌릴 걸 겁낸 거로군요."

25

"네, 그 사람들이 걱정한 건 내 입하고 손가락이었죠. 내 목숨이 아니라."

장준오가 키보드 치는 흉내를 냈다. 기성은 영혼이 빠져나간 육신 같은 새하얀 머리칼을 바라봤다. 술기운 탓인지 장준오의 음성은 높낮이 조절이 되지 않았다. 칸막이로 가려진 옆자리에서도 목소리가 커졌다.

"하여간 공무원 새끼들이 문제야."

"힘쓰는 일도 없으면서 존나 힘든 척을 해요."

"세금이나 축내는 것들."

장준오의 눈썹이 꿈틀거렸다. 기성도 그랬다. 얻어맞아도 좋으니 싸움이라도 걸고 싶은 심정이었다. 가까스로 이성을 찾은 그는 서둘러 잔을 들었다.

"자, 마지막 잔. 나갑시다."

둘은 소주잔을 비우고 밖으로 나갔다. 장준오가 기성의 손을 잡더니 횟집 옆 골목길로 이끌었다. 여자처럼 손이 작고 뜨거웠다.

"내가 계산하려는데 왜 기성 씨가 하고 그래요?"

"까짓, 내일 또 먹으면 되죠."

"치질 있다며? 항문에서 피 나오면?"

"수업 안 듣고 쉬죠."

"내일은 장담할 수 없고…… 그러면 스트레스나 풀러

26

갑시다."

"어디로요?"

"소리라도 질러야 속이 좀 시원하지 않겠어요?"

장준오는 횟집 인근에 있는, 카멜레온처럼 빨갛게 노
랗게 파랗게 변하는 네온사인을 가리켰다. 간판에는 '도
도 노래방'이라고 쓰여 있었다. 기성은 연수원 쪽으로 그
의 몸을 돌려세웠다.

"9시 넘었어요. 그냥 돌아갑시다."

"어허, 무슨 소리. 얻어먹었으니 나도 사야지. 그건 그
렇고 이제부터 우리 말 놓자, 기성아."

그는 노래방에 가야 한다고 고집을 부렸다. 그러지 않
으면 횟집으로 들어가 옆 테이블 놈들과 1대 3으로 싸울
테니 말리지 말라고 했다. 기성은 마지못해 그와 노래방
으로 동행했다. 장준오의 혀가 약간 꼬부라졌다.

"사람은 말이야. 뭣보다 의심을 해야 해. 엄마 배 속에
서 세상으로 나온 순간부터 죽음과의 투쟁 시작이라고.
인생에 널린 지뢰밭을 피할 수 있게 해주는 건 오직 의
심뿐이야."

"의심?"

"그래 의심! 나는 의심한다, 고로 존재한다."

"철학자 다 됐네. 준오 씨가…… 아니, 네가 만든 격언

이야?"

"생수 통을 신나 통으로 의심했기에 꽁치구이를 면했지. 의심하라! 의심하고 또 의심하라!"

"그렇게 의심한 것치고 맛집은 성공 못 했는걸?"

"'나는 자연산이다'는 '나는 회도 아니다'로 바꿔야겠지만 저 노래방은 성공할 거야."

장준오가 앞장서서 도도 노래방으로 들어갔다. 카운터는 비어 있었다. 그가 주머니에 손을 푹 찔러 넣고 소리쳤다.

"없어요? 아무도? 계세요? 안 계세요?"

그는 시를 읊듯 네 번으로 나눠 목청을 높였다. 불 켜진 방 안에서 중년 여자가 벽을 더듬으며 나왔다. 자다가 막 깼는지 머리칼이 헝클어졌는데, 노래방 주인이기보다 불붙은 화형대에서 간신히 탈출한 중세 시대 마녀에 가까운 인상이었다. 기성과 장준오가 동시에 놀랐다. 그녀는 시각장애인이었다.

"노래 좀 부르다 갈 수 있어요?"

"네. 1번 방으로 들어가세요."

장준오는 기성을 1번 방으로 밀어 넣고 그녀와 모종의 협상을 했다. 잠시 후 그가 기성 앞에 나타났다.

"도우미가 한 명밖에 안 된다네. 하여간 시골은 시골이야. 공무원인 거 티 내지 말고 스트레스 해소가 목적이니 노래나 신나게 부르고 가자."

노래방 기계에 시간이 입력되고, 빨간 조명이 머리 위에서 돌기 시작했다. 장준오가 마이크를 잡고 선창을 했다. 그가 〈빠이 빠이야〉를 멋지게 마칠 때 주인 여자가 술과 안주를 담은 쟁반을 들고 문가에서 머뭇거렸다. 걸음이 위태로워 장준오가 얼른 쟁반을 받았다.

"섭주 노래방에는 생맥주가 다 나오네."

장준오가 어리둥절한 듯 잔을 바라보았다. 그러고는 기성에게 건배를 제의했다. 목이 말랐기에 기성은 맥주를 한 모금 마셨다. 갈증이 가시자 자리에서 일어나 〈무기여 잘 있거라〉를 불렀다. 장준오가 옆으로 다가와 어깨동무를 하며 합창을 했다. 색깔이 차례로 변하는 화면 속 글자들이 살아 움직이는 것 같았다. 둥실 떠오르는 기분과 함께 교육 오기를 정말 잘했다는 생각이 들었다.

장준오가 다시 마이크를 빼앗더니 댄스곡을 불렀다. 기성은 자리에 앉아 맥주를 단숨에 들이켰다. 취기가 확 올랐다. 눈앞의 사물이 흔들렸다. 장준오가 흔들렸고 노래방 기계가 흔들렸고 탁자가 흔들렸다. 오랜만의 과음이었다. 장준오가 박수를 치며 휘파람을 불었다. 문이 열리고 여자 하나가 들어왔다. 몸에 딱 달라붙는 검은색 원피스를 입었고, 긴 갈색 머리카락은 굵게 웨이브가 들어가 있었다. 하지만 눈앞의 사물이 흔들거려 여자의 얼굴이 머릿속에 들어오지 않았다.

기성은 진한 향수 냄새로만 여자의 존재를 느낄 수 있었다. 여자와 나란히 앉아 무슨 말인가를 오래 나눴다. 대화는 기억나지 않지만 장준오가 수시로 이쪽을 돌아본다고 생각했다. 하나밖에 없는 도우미가 자기 옆에만 앉아 있으니 불만이리라 여겼다. 취중에도 기성은 그녀와 거리를 두었다. 하지만 여자는 계속 기성에게만 달라붙었다.

"질투하나 봐!"

담배를 많이 피우는지 그녀의 목소리는 쉬어 있었다. 비몽사몽간에 그녀는 또 말을 걸었고 기성은 말을 받아주었다. 환청인지 실제인지 '의심하라!'라는 소리가 간간이 끼어들었다.

여자가 춤을 추자고 했다. 기성은 그녀에게 이끌려 자리에서 일어났다. 흔들리는 조명이 그녀의 모습을 잠시 비췄다. 짙은 화장도 세월의 가속페달이 남긴 스키드마크 같은 주름을 가리지는 못했다. 그제야 그녀가 자신보다 나이가 훨씬 많다는 사실을 알 수 있었다. 그렇지만 개성적인 매력을 가진 여인이었다. 빨간 매니큐어를 칠

한 손톱이 기성의 얼굴을 지나쳐 목 뒤로 닿을 때, 필름은 끊어지고 세상은 암전된 것처럼 깜깜해졌다. 더 이상은 기억나지 않았다.

9월 17일(연수 2일차)

기성은 또 꿈을 꾸었다. 섭주에서 꾸는 꿈도 평소와 다르지 않았다.

회색 하늘에 핏빛 구름이 흘렀다. 이번에도 그는 높은 곳에 앉아 세상을 내려다보고 있었다. 발아래로 사람들이 새카맣게 모였다. 숨이 막히는지 그들은 한 손으로 목을 잡고 한 손은 기성을 향해 내민 채 땅바닥을 굴렀다. 그들의 절망과 고통은 하나의 사슬이었고, 그 사슬 끝은 보이지 않는 형체가 쥐고 있었다. 그 형체는 죽음이었다.

서로가 서로를 밟았고 앞에 선 자를 뒤에 선 자가 잡아당겼다. 보이지 않는 바이러스가 그들 사이를 떠도는 것 같았다. 얼마나 많은 사람들이 모였는지 디딜 틈이 없었다. 우리나라 사람 말고도 백인, 흑인, 동양인 등 다양한 인종이 있었다. 폐허가 된 미지의 공간에서 그들 모두가 닿지 않는 기성에게 도움을 요청했다. 기성은 발을 내려다보았다.

내가 서 있는 곳만이 안전한 영역인가? 아니, 나만이 안전한 사람인가?

답을 얻기도 전에 발아래가 붕괴되며 그는 추락했다. 하얀 팔, 검은 팔, 노란 팔이 좀비 떼처럼 기성의 몸을 붙잡았다. 괴로움에 기성이 이리저리 몸을 뒤척이자, TV 속 장면이 전환되듯 꿈이 바뀌었다.

—힘들고 더러워 못 해먹겠어. 그만둘래.

—뭐? 그만둔다고? 이 바보 자식아, 어떻게 들어간 직장인데.

—다니는 건 나지, 아빠가 아니잖아.

—동생들 보는데 잘하는 짓이다.

—나하고 안 맞아도 너무 안 맞아.

—안 맞는 게 어딨어? 다른 사람들은 못 들어가 안달인데.

—한번 해봐. 말처럼 쉬운 일인가.

―약해빠져서…… 젊은 놈이 뭘 못 해!

―누가 사업 말아먹으래?

―내가 말아먹었냐!

―그럼 누가 말아먹었어?

―나라 말아먹은 놈들이지!

―아, 영화 대사 같은 말 진짜 짜증 나.

―당신 가만있어봐. 너 힘든 거 잘 알아, 기성아. 그래
도 평생 안 잘리는 직장이잖니? 다들 요새 공무원이 최
고라 그래. 아직 얼마 일하지도 않았는데 벌써 그만둘 생
각을 하면 어떡하니. 집안 사정도 어려운데…….

―둘 다 정말 이러기예요?

―눈치 없는 자식! 니가 사정 좀 봐달란 말이다!

―당신 제발 애한테 윽박지르지 마!

"일어나! 늦겠어!"

누가 흔드는 바람에 기성은 눈을 떴다. 꿈속의 엄마와 아
빠가 사라졌다. 그곳은 집이 아니었다. 장준오가 거울 앞에
서 헤어드라이어로 머리를 말리고 있었다. 싸구려 스킨 냄
새가 코를 찌르자 먹구름 같은 두통이 밀려들었다.

"여기가 어디냐?"

"모텔."

"우리 연수원 안 들어갔어?"

"새벽 2시에? 담 넘다 걸리면 바로 기관 통본데?"

장준오는 혀를 끌끌 차며 숙취해소 음료를 건넸다.

"술이 세졌다더니 순 거짓말이야. 부축해 오는데 얼마나 힘들었는지 알아?"

"노래방 간 것까진 기억나는데 그 뒤론 기억 안 나."

"그 여자 무릎에 머리 대고 잔 건 기억나?"

"내가? 아니."

"늦겠다. 얼른 씻어. 점심때 해장하기로 하고 일단 연수원부터 가자."

일어나니 배 속이 부글거렸다. 과음을 했으니 그에 따른 한바탕 고통을 각오해야 했다. 예상대로 항문이 아파왔다. 술을 좋아하지만 음주가 치질을 악화시켜서 늘 조심하고 있던 터였다. 통증을 참고 볼일을 보니 변기 속에 핏방울이 점점이 떨어졌다. 기성은 바로 팬티를 벗고 뜨거운 물로 좌욕을 했지만 여전히 배가 아팠고 항문도 아팠다. 샤워를 마치고 나왔을 때 장준오가 자신의 몸을 위아래로 훔쳐본다는 생각이 들었다.

"자, 빨리 가자."

모텔을 나설 때 기성의 바지 주머니에서 진동이 울렸다. 장준오가 물었다.

"수십 번은 더 울리던데 누구야? 애인이야?"

"수십 번이나? 이게 뭐야? 내 거 아닌데?"

핸드폰을 꺼낸 기성은 놀랐다. 아무 장식 없는 자신의 검정색 핸드폰이 아니라 고양이 스티커가 붙어 있는 분홍색 핸드폰이었던 것이다. 어서 받으라고 재촉하듯 진동이 멈추지 않았다. 화면에 뜬 발신번호는 자신의 핸드폰 번호였다.

"여보세요?"

"아이 참! 왜 이제 전화받고 그래요?"

화가 난 여자의 목소리였다.

"누구세요?"

"누구긴 누구야!"

"……"

"아저씨, 나 몰라?"

"……"

"벌써 까먹었어? 어제 노래방!"

"네?"

"다주리! 안주리!"

이름을 듣는 순간 기억났다.

"아, 주리 씨! 근데 왜 내 전화기를 갖고 있죠?"

"내가 할 소리예요. 언제 폰 바꿔치기 했어요?"

"바꿔치기라뇨? 나도 폰 바뀐 거 지금 알았어요."

"전화를 왜 그리 안 받아요?"

"이제 일어났어요. 필름이 완전히 끊어져서……."

"긴 말 할 거 없고, 빨리 돌려줘요."

"당연히 그래야죠. 근데 지금은 곤란하고 점심시간에 나 가능한데요?"

"점심시간?"

여자의 음성이 더 커졌다. 장준오가 손가락으로 12시라고 알렸다. 기성이 말했다.

"12시는 되어야 해요."

"이봐요. 난 전화기 때문에 한숨도 못 잤어요. 지금 당장 돌려줘요."

목에 생선 가시가 걸린 것처럼 따가운 음성이었다.

"죄송합니다. 점심때 반드시 돌려드릴게요. 외지에서 섭주로 출장 왔는데 지각하면 큰일 나요. 비밀번호 걸려 있으니 몰래 볼 염려도 없잖아요. 전화 일곱 통, 문자 한 통. 주리 씨가 보낸 거 아니에요?"

"이미 몰래 봤네."

여자의 목소리가 약간 누그러졌다.

"내가 일곱 번 전화한 건 맞아요. 그쪽 건…… 꽤 많이 걸려오던데."

기성은 뜨끔했다. 여자친구 화영은 밤새 전화를 걸었을 것이다.

"걱정 마요. 오해 살까 봐 안 받았으니까."

"아, 잘하셨어요."

"잘 들어요. 12시에 다른 볼일이 있어요. 딸아이한테 폰을 보낼 테니 걔한테 내 폰을 전해줘요. 노래방에서 일하는 거 모르니까 쓸데없는 말은 하지 말고. 나하고는 마트에 있다가 폰이 뒤바뀐 거예요. 약속 꼭 지켜요!"

여자가 일방적으로 전화를 끊었다.

'딸아이? 그래, 그 여자 나이가 많았지…….'

일단 기다리기로 하고 기성은 핸드폰을 주머니에 넣었다.

장준오가 다가와 어깨동무를 했다. 썩 유쾌한 제스처는 아니었다.

"연수 첫날부터 호박이 넝쿨째 굴러 들어왔네. 엄마가 미인이니 딸도 예쁠 거잖아. 해장국은 없던 얘기로 할 테니, 둘이 잘해봐."

*

두 사람은 강의 시작 30분 전에 연수원에 도착했다.

자판기에서 커피를 뽑아 마실 때 기성의 배가 또 아파왔다. 창자가 꼬이는 듯한 통증이었다. 배가 아프니 연계적으로 항문이 아파왔다. 욱신거리고 따갑고 묵직한 기분이 들었다. 아프면 만사가 귀찮은 법, 강의가 귀에 들어올 리 없었다.

기성은 강의실을 빠져나와 화장실로 갔다. 통증은 여전했다. 변기 위에 앉아 주리의 핸드폰을 꺼냈다. 화면에 잠금장치가 되어 있었다. 수신 표시 7, 문자 표시 1은 변함없었다. 기성은 조심스럽게 바지를 올리고 화장실을 나와 강의실로 돌아갔다. 자신처럼 술이 덜 깬 사람들이 곳곳에 보였다.

"왜 그래? 배탈 난 거야?"

장준오가 묻자 기성이 뒤돌아보았다.

"그런 거 같기도, 아닌 거 같기도. 배는 아픈데 시원하게 나오질 않아. 넌 괜찮아?"

"난 괜찮은데."

"회가 상했나 봐. 수족관에 때 낀 거 기억나지?"

장준오가 키득거렸다.

"뒤집어져 배영하는 돔도 있었지. 사람으로 치면 산소호흡기 꽂은 거나 같지."

"맛집은 무슨 맛집이야. 스끼다시로 메추리알만 딸랑

39

나오다니."

"나도 그렇게 생각해. '나는 자연산이다'가 아니라 '나는 최악이다'였어."

앞자리에 앉은 26번 교육생이 고개 돌려 기성을 바라보았다. 남원에서 온 이건식이라는 교육생이었다.

"어제 두 분 '나는 자연산이다' 가셨죠?"

"아, 그쪽도 시내 나가셨나 봐요. 맞습니다. 근데 '나는 자연산이다'가 아니라 '나는 최악이다'입니다."

기성이 친근한 어조로 대꾸했다.

"그래서 우린 회 안 먹고 다른 데 갔죠. 우리도 2차를……."

26번 교육생이 갑자기 말끝을 흐렸다. 돌아보니 장준오가 급히 표정을 바꾸었다. 웃고 있었지만 기성은 이건식에게 지어 보였던 장준오의 마지막 표정을 놓치지 않았다. 그는 26번 교육생을 분명 노려보았었다.

"왜 인사하는 사람 무안 주고 그래?"

이건식이 다른 쪽을 보는 틈을 타서 기성이 낮은 목소리로 물었다. 그러자 장준오가 기성의 귀에 대고 말했다.

"내가 원래 전라도 싫어한다 아이가."

기성은 한 번도 보지 못했던, 장준오의 뜻밖의 면모에 약간 놀랐다.

핸드폰에 온 신경이 쏠린 기성에게 전화가 걸려온 것
은 12시 정각이었다.

"안녕하세요. 저희 엄마랑 폰이 바뀌었다면서요?"

엄마처럼 서울 말씨의 목소리였다.

"네. 안 그래도 연락 기다리고 있었습니다."

"그 마트 앞에 있는 하정동 파리바게트로 오실래요?"

"하정동이 어디죠?"

"여기 분 아니세요?"

"네."

"마트에서 폰이 바뀌었다던데."

여자의 목소리에서 경계하는 기운이 느껴졌다.

"타지에서 출장 온 사람인데 잠시 거기에 들른 겁니다.
동 이름은 몰랐어요. 주소 알려주시면 찾아갈게요."

"지금 어디 계신데요?"

"엄동이요."

"엄동면이요?"

그는 하마터면 엄마가 아무 얘기도 안 하던가요, 하고
말할 뻔했다.

"혹시 공무원이세요?"

"아니요."

"지금 바로 오실 수 있나요?"

"바로 가죠."

"그럼 기다릴게요."

기성은 옆을 돌아보고는 눈살을 찌푸렸다. 장준오가 통화를 엿듣고 있었다.

"같이 가줄까? 바람도 쏘이고."

"아깐 둘이 잘해보라며?"

"의심하라! 여자를! 의심하라! 예쁜 여자를!"

기성은 장준오를 무시하고 벽에 걸린 시계를 올려다 봤다. 점심시간이 끝나는 1시 30분까지 돌아와야 했다. 항문이 욱신거렸다. 치질 통증의 임계점이 10이라고 가정하고 여태까지 증상이 3이었다면, 지금은 6이나 7쯤 되는 통증이었다. 기성은 시트에 엉거주춤 앉은 뒤 차를 몰았다. 운전 내내 주리라는 여자의 얼굴을 기억하려 애썼지만 나비의 움직임 같은 잔영만 있을 뿐 실체는 떠오르지 않았다. 차창은 돋보기처럼 태양빛을 받아 달아올랐다. 그의 마음도 어떤 기대감으로 달아올랐다.

기성이 하정동 표지를 발견했을 때 신호등 옆으로 파리바게트 간판이 나타났다. 가게 앞 버스정류장에 늘씬한 아가씨가 서 있었다. 여름의 기운이 물러났음에도 민소매 블라우스와 짧은 반바지가 무척이나 어울리는 여자였다. 그녀가 옷을 선택한 게 아니라 마치 옷이 그녀 하나만을 만나려고 제작된 듯한 인상이었다. 기품 있는 나무가 싱그러운 열매를 맺는다는 진리처럼 그녀의 외양은 패션을 잘 소화했다. 어떤 옷을 입어도 주눅이 들지 않을 미모의 소유자였다. 그녀에겐 다가가기 쉽지 않은 분위기가 흘렀다.

기성은 뭔가에 홀린 느낌이었다.

'이런 시골에 웬 모델? 설마 저 아가씨는 아니겠지?'

기성은 그녀가 주리의 딸이길 바라며 차를 버스정류장 앞에 세웠다. 그러자 그녀가 사료 그릇에 접근하는 길고양이처럼 눈치를 살피며 다가왔다.

"혹시 핸드폰……."

"네, 맞아요. 핸드폰 주세요."

차에서 내리려던 기성은 그러나 상대방이 먼저 팔을 뻗는 바람에 차에 앉은 채로 핸드폰을 차창 밖으로 내밀 수밖에 없었다. 미켈란젤로의 프레스코화 〈천지창조〉처럼 서로의 핸드폰 끝이 맞닿았다.

"죄송합니다."

"저희 엄마 때문에 그런 건데 그쪽이 왜 죄송하죠?"

그녀는 핸드폰을 건네주지도 건네받지도 않은 채 기

성을 바라봤다. 그러고는 한쪽 손으로 흘러내린 머리카락을 귀 뒤로 쓸어 넘겼다. 기성은 여자친구 화영이 '너한테 웃음 흘리면서 머리를 귀 뒤로 넘기는 여자애는 무조건 조심해야 해. 그건 너를 좋아하는 게 아니라 무슨 목적이 있는 거니까'라고 말하던 걸 기억했다.

코너를 돌아 등장한 시내버스가 뒤에서 클랙슨을 울렸다. 놀란 그녀가 기성의 차 안에 핸드폰을 떨어뜨렸다. 기성은 얼른 차를 앞으로 이동시키고는 비상깜빡이를 켜고 차에서 내렸다. 몸을 움직이자마자 항문을 바늘로 찌르는 듯한 통증이 느껴졌다.

"괜찮으세요?"

그녀가 물었다.

"그럼요."

"다리를 절고 있잖아요."

"제가요? 다리 안 저는데요."

거짓말하지 말라고 배와 항문에서 통증을 가했다.

"엄마가 일곱 번이나 전화 걸었는데 왜 안 받으셨죠?"

"회식이 있었는데 필름이 끊어져 깊이 잠들었어요."

"엄동면엔 출장 오신 거예요?"

그녀는 팔짱을 끼고 기성을 바라보았다. 그렇잖아도 풍만한 가슴이 더 도드라져 보였다. 기성의 변명을 믿는 것 같지는 않았지만 경계하는 얼굴은 아니었다.

"출장이 아니라 교육이요. 연수원에 교육 온 겁니다."

"그럼, 공무원이 맞네요. 아깐 아니라면서요?"

"어떤 분인지 몰라서 둘러댄 거죠."

"뭐 그렇게 숨길 일이라고…… 신규 교육 오신 거예요?"

"신규처럼 보입니까? 하하, 아닙니다."

"고참이신 모양이네. 좋으시겠어요. 그 어려운 공무원 시험에 합격하셔서."

그녀가 기성을 향해 활짝 미소 짓다가 다시 한번 머리를 쓸어 넘겼다. 자신의 아름다움을 자연스럽게 드러낼 줄 아는 자신감과, 자신의 매력을 자유자재로 표현하는 능숙함이 느껴졌다. 처음 만났지만 쉽게 잊히지 않을 개성이었다. 그런데 그 모습이 낯설지 않았다. 혹시 TV 광고에서 봤나?

"폰 주셔야죠?"

그녀가 손을 내밀었다. 기성이 핸드폰을 건넸을 때 그녀의 팔목에도 장준오와 비슷한 황금색 팔찌가 채워져 있었다. 그녀와 잘 어울렸다.

"엄마가 좀 덤벙대는 성격이라서요. 분명 엄마 때문에 바뀌었을 거예요."

"아니요. 제가 부주의했어요."

기성은 어떻게 대화를 이어가야 좋을지 몰랐다. 처음 만났지만 왠지 익숙한 그녀와 일찍 헤어지기 싫었다. 하지만 그녀는 길을 터주지 않았다. 아니, 샛길로 빠졌다.

"죄송해요. 실수로 폰을 밥솥에 떨어뜨렸어요."

"네? 밥솥요?"

기성은 황당해 웃음도 짓지 못했다. 그는 핸드폰을 내려다보았다.

"밥풀 안 묻었는데요?"

고개를 들다가 기성은 깜짝 놀랐다. 그녀가 반걸음쯤 가까이 다가와 있었다. 바로 그 순간, 기성의 눈에 비친 그녀는 여신 같았다.

기성의 눈을 바라보며 그녀가 말했다.

"바쁜데 나와주셔서 고마워요."

"제가 감사하죠."

"그럼, 교육 잘 받고 조심히 돌아가세요."

그녀는 뒤도 돌아보지 않고, 늘씬한 뒤태를 일부러 자랑하듯 걸어갔다. 기성은 방전된 기분으로 운전석에 앉았다. 그녀와 아무 사이가 아님에도 허무한 기분이 들었다. 그때 옆에서 클랙슨이 울렸다. 지나가는 차의 창문이 열리더니 그녀가 손을 흔들었다.

"안녕, 잘 가요!"

기성도 손을 흔들었다. 그녀가 시야에서 사라지기 전, 뜨거운 햇살에 비친 팔찌가 특수효과처럼 반짝거렸다.

"그래, 저런 디자인은 여자한테나 어울리는 거야!"

기성은 왜 그녀의 팔찌가 유독 눈에 띄었는지 깨달았다. 무서운 생각이 찾아왔다. 하루 만에 악화된 통증의 원인이 치질이 아닐 수도 있다는 생각.

기성은 어제 노래방에서 정신을 잃었다. 그리 많이 마시지 않았는데도. 장준오는 자신을 부축해 모텔로 데려갔다고 제 입으로 말했다. 일어났을 때 그는 이미 깨어 있었고, 알게 모르게 스킨십을 유도했다. 첫날밤을 보낸 애인처럼.

"아냐!"

생각만으로도 끔찍했다. 기성은 핸드폰을 꺼내 폴더를 열었다. 하룻밤 사이 전화가 많이 와 있었고 문자는 그보다 더 많았다. 모두 화영에게서 온 것이었다. 발신 버튼을 누르자 대여섯 번의 신호가 흐른 뒤 화영의 음성이 들렸다.

"너 어제 어디 있었어?"

차분한 목소리였다. 억지로 화를 누르는 것 같았다. 기성도 아무렇지 않은 음성으로 응수했다.

"회식 있었어. 부산에 장준오라고 입사 동기 있다 그랬잖아. 그 사람을 여기서 만났어."

"전화는 왜 안 받았는데?"

"어젠 정신이 하나도 없었어."

"정신이 없었다고?"

"너무 취해서 뻗었다."

"간만에 해방된 것처럼 신나게 놀았겠네. 그런 데도 갔을 테고."

"그런 데라니. 나 술 좋아하지 여자 안 좋아하는 거 알잖아."

"말은 다 그렇게 하지."

"화 많이 났어?"

"……."

화영은 아무 말도 하지 않았다. 침묵이 이어졌다. 달래주길 원하는 그녀의 마음을 알았기 때문에 기성은 목소리를 은근하게 바꾸었지만, 자꾸만 머릿속에선 노래방 도우미의 딸이 떠올랐다.

"화영아, 더운데 공부하느라 힘들지?"

"돈 버는 네가 힘들지 내가 힘들 게 뭐 있어?"

"참, 가시 돋친 말도 잘한다."

"너한테 자주 듣던 말이었잖아."

"그러지 말고 들어봐. 내가 무슨 생각 한 줄 알아? 처음

와본 섭주 경치가 너무 좋아서 너하고 같이 오고 싶단 생각밖에 안 했단 말이야."

드라큘라 관 같은 고시원에 홀로 있을 화영의 모습이 눈앞에 선했다. 주리의 딸을 잊지 못하면서도 기성은 화영을 생각하면 가슴 한 켠이 쓰라렸다.

"섭주 경치 좋아?"

"엄청 좋지. 시원하기도 하고."

"나 거기 놀러 가면 안 돼?"

"뭐? 시험 얼마나 남았다고."

기성의 어투가 달라졌다.

"나 여기가 무서워. 아는 사람도 없고."

"수험가가 다 그렇지, 뭐."

말 속에 가시를 담은 건 자신이었다. 기성도 그 사실을 알고 있었다. 화영이 한숨을 내쉬었다.

"미향이도 시험 포기하고 고향 내려간대."

"미향이가? 왜?"

"연말에 시집간대. 종우한테."

"뭐? 종우? 회계학과 강종우 말하는 거야?"

"맞아."

"3년 동안 졸졸 따라다닌 종우를 그렇게 무시하더니, 걔한테 시집간다고?"

"미향이 아버지 심장마비로 돌아가셔서 엄마 혼자 남았잖아. 종우가 자기한테 시집오면 모시고 산다 그랬대."

"쳇, 종우 외모 갖고 주라기 공원이라 대놓고 상처 줄 때는 언제고, 종우가 7급 공무원 합격하니까 맘을 바꿔? 내가 그놈이라면 미향이는 잊고 다른 여자 공무원하고 선이라도 보겠다."

화영이 다시 입을 다물었다. 섭주에 내려가면 안 되느냐고 할 때부터 기성은 말이 빨라졌고 생각 없이 내뱉었다. 그는 자기도 모르는 사이에 주리의 딸을 떠올리고 있었다.

"기성아…… 나 떨어지면 어떡해?"

"안 떨어져야지."

"그래도 떨어지면?"

"자꾸 약하게 마음먹지 마. 딴 생각하지 말고 꼭 합격하겠다는 생각만 해."

경상도 섭주와 서울 노량진 사이에 멀고도 긴 침묵이 놓였다. 화영은 나도 미향이처럼 시집가면 안 되느냐고 묻고 싶었을 것이다. 기성의 단호한 대답에는 그런 질문을 차단하려는 의도도 있었다.

"기성아……."

"왜?"

"나도 민원인 아냐?"

"무슨 소리야?"

"너한테 자꾸 이것저것 귀찮게 하잖아."

"그만해. 장난으로 시작한 물총 싸움도 지나치면 실탄 싸움이 될 수 있어."

"알았어. 거기서 하고 싶은 거 다 해. 그동안 힘들었잖아."

화영이 천리안으로 그를 관찰하고 있다는 느낌이 들었다.

"니가 이렇게 좋은 계절을 즐기지도 못하고 공부하고 있는데 다 하긴 뭘 다 해? 열심히 응원할 테니 공부에만 전념해."

"알았어."

화영의 대답에 힘이 없었다. 그녀가 안됐다는, 병 주고 약 줬다는 생각과 함께 기성은 전화를 끊었다. 폴더를 닫은 핸드폰에서 향수 냄새가 나는 것 같았다. 밥솥에 빠뜨렸다고 말할 때조차 여신의 이미지는 무너지지 않았다.

*

강의실로 돌아와서도 기성은 핸드폰을 놓지 않았다. 기

분이 묘했다. 꼭 쥐고 있으면 그녀에게서 연락이 올 거라는 허황된 생각이 들었다. 제발 연락이 오기를 빌었다. 이 교육 기간이 평생 기억에 남을 수 있도록.

오후 수업이 시작되기까지 10분 남았다. 아직 담당 강사는 들어오지 않았다. 장준오가 손가락으로 기성의 등을 찔렀다.

"어땠어? 예뻤어?"

뒤돌아본 기성의 눈에 목걸이가 포착되었다. 주리의 딸도 비슷한 목걸이를 하고 있었다. 장준오는 턱을 괸 채 옆으로 몸을 기울였는데 그 모습조차 유혹하는 것처럼 보였다.

"너랑 비슷한 목걸이랑 팔찌 차고 있던데?"

기성의 말에 장준오의 눈이 커다래졌다. 얼굴이 상기되고 눈동자가 흔들렸다. 승세를 잡았다고 생각한 기성은 그의 눈을 똑바로 쳐다봤다. 장준오가 시선을 피했다. 하지만 승리의 쾌감은커녕 찝찝한 감정만 더 커졌다. 설마가 사람 잡는 진실일지도 모르기 때문에.

"뭔가 기분 안 좋은 일을 겪은 모양이네."

기분 안 좋은 일? 녀석은 내가 겪은 기분 안 좋은 일이 뭔지 분명 알고 있을 것이다. 눈길에 추궁이 더해지자 장준오는 당황한 기색이 역력했다. 그때 강사가 들어왔다.

기성은 어쩔 수 없이 장준오에게서 의심의 시선을 거두었다. 두 사람을 바라보던 26번 이건식도 앞을 향해 고개를 돌렸다.

상상조차 하기 싫은 끔찍한 생각 때문인지 통증이 더심해지는 것 같았다. '세계의 위인에게서 배우는 심리 상담' 수업 내용 역시 하나도 귀에 들어오지 않았다. 장준오를 향한 의심만 한층 커졌다.

'주리를 만나야 해.'

초조하게 핸드폰을 만지작거리던 기성은 결론을 내렸다. 그녀는 정신을 잃은 자신을 대신해 뭔가 목격했을지도 모른다. 함께 있던 유일한 사람, 주리에게 물어야 한다. 그러면서도 자신이 주리와 연락하려는 의도가 어젯밤 신변에 일어났을지 모를 사건 때문인지, 아니면 그녀의 딸 때문인지 확신하지 못했다. 어쩌면 장준오는 핑계일지도 모른다.

—폰 잘 받으셨죠? 덕분에 저도 잘 받았습니다.

주리에게 문자를 보낸 지 10초도 안 되어 답이 왔다.

—예. 마트(!)에선 이제 폰을 확실히 챙겨야죠. 덕분에 감사해요.

'마트(!)'를 보자마자 기성은 노래방이 언급된 문자를 다시 보내려고 했다. 그러나 딸이 곁에 있을지도 모른다

53

는 생각에 좀 더 신중히 행동하기로 결심했다.

　수업이 끝나고 기성은 숙소로 향했다.
　"대체 뭣 때문에 말을 안 하는 거야?"
　장준오가 따라왔다.
　"피곤해서 그래. 쉴래."
　"벌써? 오늘은 한잔 안 할 거야?"
　"속이 안 좋아. 똥구멍도 아프고."
　기성이 약간 큰 소리로 말하고 먼저 걸어갔다. 장준오
는 나란히 걷지 못하고 몇 발자국 뒤에서 따라왔다. 장준
오의 시선이 등에 따갑게 꽂히는 것 같았다.
　간신히 장준오를 따돌리고 207호 문 앞에 도착했을 때
전화벨이 울렸다. 206호실로 들어가려던 이건식과 208호
실로 들어가려던 장준오가 동시에 기성을 쳐다봤다. 어
쩌면 둘은 서로를 바라봤을지도 모른다. 문을 닫은 기성
은 침대에 걸터앉아 전화를 받았다. 익숙한 음성, 주리였
다.
　"폰 돌려줬는데 고맙다는 인사를 제대로 못 한 거 같
아서……. 밥솥에 떨어뜨렸었는데 깨끗이 닦았어요."
　"말 안 하셨으면 몰랐을 겁니다."
　"딸애한테는 노래방 얘기 안 했죠?"

"당연히 안 했죠. 그건 그렇고 물어볼 게 있습니다."

"묻고 싶은 게 뭔데요?"

기성은 음성을 낮췄다. 연수원 건물은 방음이 신통치 않았다. 장준오가 벽에 귀를 대고 있을지도 몰랐다.

"어제 처음 봤을 때 제가 인사불성이던가요?"

"그 정도까진 아니고 해롱해롱했죠, 아마?"

"노래방 들어가기 전까지는 안 취했는데 거기서 맥주 마시고 정신을 잃었거든요."

"설마? 난 모르겠어요. 일행은 멀쩡했는데……."

"확실히 멀쩡했단 말이죠? 제 일행은?"

"왜요? 지갑이라도 털렸나요? 날 의심하는 건 아니죠?"

"아뇨, 지갑은 그대로예요. 내 마음이 그대로가 아니라서 그렇지."

주리는 약 3초 동안 말을 하지 않았다.

"그러니까 지갑은 안 훔쳐 갔는데 누가 마음을 훔쳐 갔단 얘긴가요?"

"네? 아, 그건……."

기성이 말을 얼버무렸다. 왠지 벽 뒤에서 장준오가 자신을 비웃고 있을 것만 같았다.

"무슨 얘기가 하고 싶은 거예요?"

"그러니까…… 노래방 다녀온 뒤로 몸이 좀 아픕니다.

제 상상이긴 합니다만 누군가 술에 약을 탄 거 같아서요.
그래서 맘이 불편해요."

"무슨 말인지 모르겠네. 몸이 아프단 건지 맘이 아프단
건지. 어디가 아픈데요?"

"그게…… 하여간 아픕니다."

"그럼, 고소라도 하게요?"

"고소요? 그건 생각 안 해봤는데요."

"나는 좀 빼주면 안 될까?"

"네?"

"놀 땐 그리 친절하더니 이제 와서 신고하겠다니……."

"누가 신고한다 그랬어요? 저 공무원이에요. 노래방 간
사실을 숨기고 싶은 사람은 저라고요."

"공무원? 장사하는 사람이라더니?"

"엄동 연수원에 교육 온 공무원이에요. 따님이 얘기 안
하던가요?"

"안 했어요."

"아무튼 단도직입적으로 물을게요. 제 일행이 술에 약
타는 걸 보셨나요?"

"난 몰라요. 어쨌든 그 사람은 멀쩡했어요. 전혀 안 취
한 것 같았어."

"그게 이상합니다. 저만 완전히 케이오 됐거든요."

"잠깐, 그러고 보니 그 사람 좀 이상하긴 했어. 하는 짓이 여자 같았어. 그쪽 어깨에 기대고 무릎 베고 눕기도 하고. 맞아, 생긴 것도 예쁘장했어!"

"어깨에 기대고 무릎 베고 누웠다고요?"

"호호호, 애인처럼 아주 자연스러웠어."

"이제 기억나요. 제 일행한테 질투하냐고 소리치지 않으셨어요?"

"그쪽이랑 춤추려는데 그 사람이 자꾸 훼방을 놓으니까 그랬지. 그래서 어제 연수원에 잘 들어갔나요?"

뭔가 수상한 낌새를 알아차리고 물어보는 것 같아 기성은 얼굴이 화끈거렸다. 엉덩이 쪽에 문제가 생겼다는 걸 그녀가 눈치챌까 봐 걱정이 됐다.

"깨어나 보니 모텔이었습니다."

한번 터진 주리의 웃음은 멎지 않는 기침과도 비슷했다. 어제의 허스키한 보이스, 그녀의 목소리가 분명했다.

"그러니까 둘이 모텔에서 잤는데 아무것도 기억나지 않는다, 이건가요?"

"맞습니다."

"몰래 약을 탄 술을 마시고 아무 기억이 안 난다, 깨어나니 몸인지 마음인지가 아프다. 혹시…… 아픈 데가 거기는 아니겠죠?"

주리가 대놓고 큰 소리로 웃었다. 당황한 기성은 잠깐 동안 아무 말도 하지 못했다. 등줄기를 타고 땀이 흘렀다.

"그러지 말고 식사 같이 하실래요? 제가 한번 대접해드리고 싶은데."

"우리 둘이?"

"따님하고 셋이요."

주리의 어조가 딱딱해졌다.

"왜 연락했는지 알겠네. 작업 참 서투르다. 내 딸은 남자친구 있어요."

"수작 걸려는 게 아니에요. 둘이 만나려니 어색해서 셋이 보자고 한 거예요. 거절하셔도 괜찮습니다."

"오해해서 미안해요. 식사 같이해요."

"오늘은 일 안 나가세요?"

"내가 전업 도우미인 줄 알아요? 친구 소개로 한 번 나갔을 뿐이에요. 만나요. 만나서 범인 잡을 작전 짜보자고요."

"좋아요. 어디서 만날까요?"

"딸애는 안 부를 거예요. 괜찮죠?"

"알겠습니다."

주리가 또 깔깔거렸다. 기성의 머리에서 열이 났다. 내가 왜 잘 알지도 못하는 사람한테 이런 이야기까지 다

했을까. 자꾸만 눈앞에 화영의 얼굴이 어른거렸다.

'그 여자 딸 때문이잖아! 어쩌면 그 여자 때문이고!'

화영의 모습은 다시 장준오로 바뀌었다.

'사람이 신경쇠약에 걸리면 장소가 바뀌어도 증상이 나타난다. 스트레스를 막상 벗어나고 보니 넌 불안함이 사라진 사실 자체에 불안해진 거야. 어떻게든 불안해야 하는 게 현대인이거든!'

기성이 일어나 외출 준비를 했다. 장준오가 약을 탔다는 의심이 그저 의심으로 끝나길 바라며. 엉덩이의 통증이 단순 치질이기만을 바라며.

*

기성이 섭주 시내에 있는 '노스트라 까사'라는 경양식 집에 들어간 시각은 7시 10분이었다. 지역 축제 행사로 주차 공간이 부족해 차를 먼 곳에 세웠다. 화영에게는 회식이 있다고 문자를 보냈다. 두어 통 답신이 날아왔지만 기성이 응하지 않자 핸드폰은 울다 지친 새끼 고양이처럼 조용해졌다.

주리가 조도 낮은 조명 아래 앉아 있었다. 기성은 기분이 이상했다. 노래방에서 보았던 기억이 불규칙적으로 되살아났다. 그녀는 분명 도도 노래방에서 보았던 주리였다. 몸매가 고스란히 드러나 관능적으로 보이는 검정색 원피스가 노출이 덜 심한 붉은색 원피스로 바뀌었지만 그녀가 틀림없었다. 그런데 하루 사이에 나이가 더 들어 보였다. 노래방 조명을 감안해도 확연히 눈에 띄는 노숙함이었다.

주리가 기성을 발견하고 손을 흔들었다. 기성은 그녀 앞으로 가 자리에 앉았다.

"오래 기다리셨어요? 늦어서 죄송합니다."

"뭘 죄송해요. 이것도 인연이라면 인연인데."

"그럴지도 모르겠네요."

"공무원 친구 두면 혹시 알아요? 나중에 도움받을 일이라도 생길지?"

주리의 눈은 석양 아래 반짝이는 바다 수면을 연상시켰다. 언제든 파도를 일으켜 배를 침몰시킬지 모를 힘을 감추고 있는 바다.

"둘이 이렇게 있으니 이상하죠? 아줌마랑 젊은 총각이랑."

"괜찮습니다."

"딸애도 불렀어요. 곧 올 거예요. 잘했죠?"

"안 부른다면서요?"

그녀가 모호한 미소를 띠었다.

"왜 이래요? 부를 거 알았으면서. 먼저 얘기부터 해요. 딸 앞에서 남자가 남자한테 당한 얘기 꺼내기는 어려울 테니."

"확실한 건 아닙니다."

"여기 안심 스테이크 잘하는데 어때요?"

"좋죠."

기성은 화영에게는 비싼 스테이크를 한 번도 사준 적이 없었다.

주리가 손으로 턱을 괴었다. 그녀도 황금색 팔찌와 목걸이를 착용하고 있었다. 잊고 있었던 장준오가 떠오르면서 의심이 짙어졌다.

"그러니까 어젯밤 자고 일어나니 거기 통증이 심해졌는데, 그게 그 사람 짓인지도 모른다 이거죠?"

"과대망상일 수도 있지만 그렇습니다."

"설마 했는데…… 그 사람 정말 여성스러웠어요."

"저도 그렇게 생각합니다."

"그렇담 뒤가 아파야 하는 건 그 사람 아닌가요?"

얼굴이 붉어진 기성은 웃고 있는 주리와 눈조차 마주치지 못했다. 넉살 좋은 여자였다.

"부끄러운 얘긴데 제가 원래부터 치질이 있어요. 모텔

에서 깨어났을 때 증상이 심하게 악화되었거든요. 진짜
인지, 그냥 상상인지 모르겠어요."

"병원에 가서 어떻게 설명해야 좋을지 모르겠다, 그 말
이죠?"

"네."

"단골 병원이 있어요. 원장님이 나랑 친한데 부탁드려
볼까요?"

"섭주에요?"

"섭주에서 당한 일이니 섭주에서 해결해야죠."

"그 원장님 입이 무겁나요?"

"유명한 의사예요. 인터넷 검색해보면 나와요. 아무튼
환자가 당한 일로 나처럼 놀릴 사람은 아니에요."

"소개해주시면 감사하죠."

"전화해볼게요."

"도움받는 건 여사님이 아니라 저네요."

"그 사람, 내가 있을 때 술잔에 약을 타진 않았어요. 근
데 내가 오기 전이라면 가능했을지도 몰라요. 아마도 그
쪽이⋯⋯."

"기성입니다. 한기성."

"기성 씨가 노래 부를 때 몰래 탈 수도 있었겠죠."

"그 노래방은 특이하게 생맥주가 나왔어요. 혹시 주인

이 약을 타진 않았을까요?"

"한 사람 잔에만? 내가 알기로 이 동네엔 치사한 짓 하는 노래방 사장은 없어요."

"그 주인아주머니, 아는 분인가요? 시각장애인이던데……."

"아니요, 나도 몰랐어요. 소개한 친구가 그 얘기까진 안 해줘서."

"노래방 도우미는 왜 하신 거예요?"

자존심이 상했는지 주리의 눈에 힘이 들어갔다. 기성이 달래듯 말했다.

"이젠 그런 데 나가지 마세요."

"왜?"

"그런 곳에 오는 남자들이 다 점잖진 않거든요."

"기성 씨처럼?"

주리가 웃었다. 분명 어제보다 훨씬 나이 들어 보였다. 왜 그럴까……. 머쓱해진 기성은 콧잔등을 긁었다.

"난 주리가 아니라 현수예요."

"남자 이름 같네요, 여사님은."

"여사라고 부르니 내가 한없이 늙어 보이는군."

"그럼 연세가……."

"여자한테 실례되는 질문인 거 몰라요?"

"죄송합니다."

"농담한 건데 뭘 정색하고 그래요? 마흔일곱 살이에요, 기성 씬?"

"스물여덟 살입니다."

"시영이랑 동갑이네."

"따님 이름이 시영인가요?"

"그래요. 문제도 다 해결됐으니, 이제 불러도 되겠죠?"

그녀는 딸에게 문자메시지를 보냈다. 다 왔다네요, 하면서 그녀가 핸드폰 화면을 손가락으로 톡톡 두드렸다.

기성은 고개를 들어 천장에서 회전하는 실링팬을 바라보았다.

"시영이가 온다니까 난처한 거예요, 아니면 들뜬 거예요?"

"따님을 예전에 어디서 본 것 같은데……."

현수가 손을 흔들었다. 돌아보니 오전에 만났던 시영이 서 있었다. 그녀는 활달하게 웃으며 쇼핑백을 빈 의자에 놓고 엄마 옆에 앉았다. 딸 때문인지 현수는 더욱 나이 들어 보였다. 마흔일곱이 아니라 쉰일곱 살이라고 해도 믿을 만큼.

기성은 모녀의 얼굴을 보았다. 닮은 점을 찾을 수 없었다. 아빠를 닮은 모양이지? 시영의 얼굴을 보면 볼수록 자꾸만 기시감이 들었다.

'대체 이 아가씨를 어디서 봤더라? 저렇게 앉아 있으
니 모녀가 아니라 꼭 여교수와 제자 같잖아. 교수? 제자?
대학교? 여신? 아, 혹시!'

"혹시 창은대학교 안 나왔어요?"

기성의 돌발 질문에 채권자에게 붙잡힌 빚쟁이처럼 시
영의 얼굴에서 미소가 사라졌다.

"네?"

"제 동창이랑 너무 닮아서요."

현수가 끼어들었다.

"동창 이름이 뭔데?"

"연진이었어요, 이연진. 창은대학교 오월의 여왕."

시영의 얼굴에 당혹감이 서렸다. 모녀는 굳은 얼굴을
한 채 서로를 바라보며 한동안 말을 잇지 못했다. 현수가
고개를 끄덕이자 시영이 모기만 한 소리로 답했다.

"나 연진이 맞아, 기성아."

"이럴 수가! 설마 했는데 역시 너 맞구나? 이제 기억난
다. 네 고향이 섭주였지. 우리 같은 바리스타 동아리였잖
아."

시영이 좌우를 살피더니 손가락을 입술에 가져다 대
고는 쉿, 하고 말했다.

65

"목소리 좀 낮춰! 너 기억력 대단하다. 눈썰미도 좋고. 사실 나도 아까 너 만나고 깜짝 놀랐어."

"너도 나 알아본 거야? 왜 아는 척 안 했어?"

현수가 대신 말했다.

"우연도 이런 우연이 다 있나?"

"너무 달라져서 못 알아볼 뻔했어요. 1절하고 2절이 완전히 다른 노래 같다고 할까요? 그러니까 여사님이 연진이 어머니셨어요?"

현수가 고개를 끄덕이자, 주리의 딸 시영이 아닌 대학 동창 연진이 목소리를 죽여 말했다.

"기성아, 나 성형수술했어. 이름도 바꿨고."

"왜?"

"들킬까 봐."

"스토커한테라도 시달린 거야?"

"나에 대한 소문 못 들었니?"

"무슨 소문?"

"애들한테 상처 준 거."

혹시 자신의 매력을 시험하기 위해 애인 있는 남자들을 유혹한 걸까? 그래서 수많은 여자들에게 상처를 주게 된 걸까?

"상처라면 여자애들한테?"

"여자애도 있고 남자애도 있어."

"그럼 커플들?"

"넌 군대 갔으니 몰랐겠구나. 나 졸업하고 다단계 회사에 다녔거든. 문어발식으로 사람들 끌어모을수록 내가 받는 수입이 배로 늘어나는……."

"아, 피라미드 회사…… 말하는 거야?"

"불법은 아니었어."

"웅, 나도 제대하고 친구한테 속아서 한 번 갔다 온 적 있는걸."

"속아서?"

연진의 시선에 기성은 자신의 입을 때리고 싶었다. 그는 오후 내내 그녀를 생각해왔고 지금은 그녀의 맘에 들고 싶었다.

"넌 속은 애겠지만 난 속인 애야. 지금도 나한테 이 갈고 있는 애들이 많아. 그래서 얼굴 고치고 숨어서 지내는 거야."

"아무리 그래도 그렇지, 얼굴까지 고치다니."

"나를 믿었던 애들이 돈을 많이 잃었어."

"아, 그러고 보니 나도 들은 것 같아."

기성의 기억으로 연진은 '창은대학교 최고의 매력녀'가 되기로 마음먹은 여걸이었다. 그녀는 팬도 많았고 적도 많았다. 팬은 남자들이었고 적은 여자들이었다. 그녀의 매력을 알아본 남자들이 그녀의 기사로 간택당하기를 고대했다. 연진은 자신의 매력을 이용해 남자들을 조종하거나 잠재적인 신하로 부렸다. 신이 그녀에게 부여한 탁월한 능력 덕분이었다. 어느 장소, 어느 집단에서든 그녀는 그 가운데서 가장 주목받으려는 욕망으로 당당했다. 그러나 욕망을 손쉽게 이루고 나서도 만족하지 못했다. 그 모든 우월감에서 그녀가 건진 건 승리감이 아닌 공허함이었기 때문이다. 그녀의 행동에는 이해할 수 없는 무언가가 있었는데, 그건 높은 산을 정복하자마자 또 다른 미지의 산을 갈구하는 것과도 비슷했다.

주관적인 꿈의 도전에 그녀는 사람들을 이용했다. 그녀에게 적이 많았던 이유 중에는 타인을 도구로 이용한다는 점도 있었다. 자신의 목적을 이루는 데 활용할 도구. 어떤 사람도 필요에 의한 관계일 뿐 진심을 나눌 인격체가 될 수는 없었다. 나는 너희들과 같지 않다는 의식. 나는 '최고가 아닌 최고 이상의 존재'라는 어딘가 뒤틀린 마음. 그것만이 그녀 삶의 추동력인 것처럼 보였었다.

다단계 사기도 그래서 친 건가? 기성은 고개를 갸웃거렸다. 똑똑하다 자부하는 것들마저 속이고 엿 먹였다고 만족하면서…… 성형수술까지 하며 숨어 다니는 이

연진, 미스터리의 결정체 이연진을 이런 곳에서 다 만나
다니…….

"뭘 들었는데?"

"응?"

연진의 물음에 기성은 상념에서 깨어났다.

"들은 것 같다며?"

"네가 다단계 회사에 다녔다는 말. 그 이상은 몰라. 취
업 준비로 나도 바빴으니까."

"그럼, 넌 나 안 미워해?"

"내가? 내가 널 왜 미워해?"

"정말이야?"

연진이 박수를 치며 얼굴에 기쁜 기색을 보였다.

"그렇지, 기성아? 고마워! 너는 학교 다닐 때도 안 좋은
소문에 휘둘리지 않고 항상 반듯했잖아. 사람들이 다 너
같으면 좋을 텐데. 사실, 낮에 너보고 깜짝 놀랐어. 나는
단번에 네가 누군지 알아봤거든. 하지만 넌 날 못 알아보
는 것 같았어. 먼저 아는 척을 해야 하나 말아야 하나 엄
마한테 의논까지 했다니까. 근데 니가 먼저 연락 줬잖아,
엄마한테!"

기성은 능청스럽게 받아쳤다.

"그냥 핸드폰 되찾고 감사 인사 드린 거였는데……. 어

쨌든 영광인데. 내가 네 기억에 그렇게 오래 남아 있던 남자였나?"

"당연하지! 우리 동아리 MT 갔을 때 청량산에서 멧돼지 만났던 거 기억나? 기성이 네가 용감하게 나를 지켜줬잖아."

"그래? 오래된 일이라서……."

사실은 그런 기억이 없었다.

"내 생명의 은인인데 어떻게 까먹어? 엄마, 우리가 밥 지을 물 뜨러 관리소에 갔었는데 수풀에서 갑자기 멧돼지가 튀어나온 거 있지? 도와줄 사람이 아무도 없었는데 기성이가 내 앞을 가로막고 보호해줬다니까. 글쎄, 멧돼지가 얘를 보자마자 꽁무니를 뺐어. 그때 멧돼지한테 당했으면 우린 어떻게 됐을까?"

현수가 웃으며 끼어들었다.

"입관했겠지."

연진이 키득거리는 엄마한테 핀잔을 주고, 신이 나서 계속 말했다.

"사실, 나 오늘 여기 안 나오려고 했어. 네가 내 과거를 알고 있을까 봐 무서웠어. 근데 집에 돌아오고 나서도 계속 니 생각이 나는 거야. 옛날에도 넌 나한테 정말 잘해줬잖아. 추억이 막 떠오른다! 진짜 반가워."

밖에서 사람들의 함성이 들려왔다. 창밖으로 펑, 펑 불꽃이 터졌다. 대형 스피커에서 행사 시작을 알리는 멘트가 들리고 사물놀이를 하는지 꽹과리, 장구, 북, 징 소리가 울려 퍼졌다. 마치 영화 같은 분위기 때문인지 어떤 충동처럼, 갑자기 기성의 머릿속이 온통 연진으로 채워졌다. 더 이상 화영이 생각나지 않았다.

"섭주 연중행사예요. 지금이 축제 시즌이거든."

현수의 말에 기성은 정신을 차렸다. 꽹과리, 장구, 북소리가 더 크게 들렸다. 기성은 연진을 향한 자신의 욕망을 들킨 것 같아 현수와 눈조차 마주치지 못했다.

*

식사를 다 마치자 현수가 말했다.

"우리 집에 가서 차 한잔 해요."

"내일 수업이 있어서요."

"늦게 들어가도 문 열어준다면서?"

"대신 찍히겠죠."

"사실 쟤 남자친구 없어요. 연진아, 니가 설득해봐."

"엄마, 기성이 바빠. 연수원까지 가려면 멀잖아."

"알았어. 얼른 택시나 잡아!"

기성은 기회를 놓치지 않았다.

"차 안 가지고 오셨어요?"

"행사 때문에 주차할 데가 있어야지."

"그럼, 제가 댁까지 모셔다 드리겠습니다."

연진이 미안한 표정으로 말했다.

"너 안 힘들어?"

"운전하는 게 뭐가 힘들어."

"그럼, 동창 신세 한번 져볼까?"

기성은 내심 연진의 집에 가고 싶었다. 축제 전야제에 나온 사람들의 환호성이 울렸다. 화단에 핀 꽃처럼 하늘에서 불꽃이 터지고, 포장마차들은 불야성을 이루었다. 모녀와 걸어가던 기성은 느닷없이 꿈 생각이 났다. 세상 모든 사람들이 자신한테 도움을 요청하며 팔을 내밀던 꿈. 예언처럼 반복되던 꿈. 왜 그런 악몽을 자꾸만 꾸게 되는지 스스로도 의아했다. 민원인들 때문일까?

연진이 기성의 팔을 잡았다.

"빨리 걷자, 기성아. 이런 촌구석에 뭐 볼 게 있다고."

모녀는 재촉했다. 기성의 차는 축제 장소와 멀리 떨어진 곳에 주차돼 있었다. 연진이 기성의 팔짱을 꼈다. 화영에게선 느껴보지 못한 새로운 기분이었다. 그런 기성의 모습을 현수가 지켜보는 듯했다.

"기성아, 그런데 왜 너 다리를 절어? 낮에도 그랬지. 지금 보니까 확실해."

"아, 축구하다가 조금 삐끗하긴 했어."

기성의 변명에 현수가 알 듯 말 듯 한 웃음을 지었다.

"엄마, 뭐 아는 것 있어? 둘 사이에 나 모르는 비밀이 있는 거 같아."

연진이 기성의 얼굴을, 이어서 현수의 얼굴을 바라보았다. 그리고 다시 기성을 향해 고개를 돌리며 말했다.

"우린 시내에 안 살아. 너 돌아가려면 늦을 거야."

"괜찮아. 음주 운전만 안 하면 돼."

기성은 연진의 안내에 따라 운전했다. 도심의 모습이 지워지고 상가도 줄었다. 라디오에서 노래가 서너 곡쯤 흐르자 차는 자연 풍광이 두드러진 시골로 접어들었다. 농촌이었지만 농가다운 농가는 하나도 보이지 않았다. 고급스럽게 지어진 이삼 층짜리 전원주택들만 늘어서 있어 부티가 흘렀다.

"와, 이런 데 살아? 부럽다."

"조용하고 좋지?"

마을 가장 안쪽에 깔끔하게 지어진 2층 주택이 있었다. 집 앞에 차를 세우자 연진이 리모컨을 눌렀고, 대문이 저절로 열렸다.

"마당에 차 세워, 기성아."

"집 정말 끝내준다."

"아빠 건데, 우리랑 이 집이랑 버리고 나갔어."

더 이상 말하기 곤란한 일인 것 같아 기성은 대꾸 없이 차를 세웠다.

야외 테라스와 정원이 있는 멋진 집이었다. 벤치와 그네가 있고, 자그마한 정자까지 있었다. 정원 안의 구조물마다 색과 디자인이 달랐는데 미술적인 감각이 풍부했다. 특히 활짝 펴서 배치한 검정색 우산들이 인상적이었다. 저마다 개성이 강했지만 어느 것 하나 튀지 않고 조화를 이루고 있는 느낌이었다. 그러나 2층을 올려다봤을 때 기성은 약간 눈살을 찌푸렸다.

1층은 벽돌식 외장재의 평범한 양옥 스타일이었지만 2층은 그리스풍의 아치형 발코니가 세워져 있어 신전을 연상시켰다. 옥상에서 내려온 독수리 연이 낚싯줄에 매인 채 발코니 앞을 떠다니고 있었다. 독수리 연은 장우산을 펼친 것만큼이나 컸다.

"이 집은 다 좋은데 아침만 되면 참새 떼 소리에 잠을 못 자. 저 연을 매단 후부턴 참새가 사라졌어. 새들이 저걸 진짜 독수리로 착각하거든."

연진의 설명이 그럴싸했다. 바람에 둥실 떠 있는 연은

실제 독수리와 분간이 가지 않았다. 참새 소리가 때로는 전원의 정취도 때로는 무자비한 소음도 될 수 있겠지만, 어쨌든 독수리 연이 이 집의 옥의 티임에는 틀림없었다.

마당에는 개 한 마리가 있었다. 늘어져 있던 개는 해가 진후 힘을 회복하자 개집에서 나와 기성을 향해 짖어댔다.

"땡칠이, 들어가! 기성 씨도 들어가고."

현수가 기성을 지나치며 엉덩이를 툭 건드렸다. 기성은 불쾌함이 아닌 통증 때문에 움찔했다. 현수가 갑자기 배를 잡고 웃자 연진이 뒤를 돌아보았다.

"엄마, 와인 너무 많이 마신 거 아냐?"

"냉장고에 소주 있니, 맥주 있니?"

"기성이 돌아가다 음주 단속 걸리면 엄마가 책임질 거야?"

"알았다 알았어! 사윗감 왔나 했더니."

"쟤 여친 있어."

거실로 들어가려던 기성이 연진을 바라보았다.

"미안해, 기성아. 일부러 보려던 건 아니었어."

연진이 기성의 손에 들린 핸드폰을 한 번 쳐다보고는 말을 이었다.

"그런데 니 여친 화영이가 내가 아는 그 화영이 맞아?"

세 사람은 집 안으로 들어갔다.

"엄마가 좀 예민하거든. 아빠 물건 버리고 새걸로 다 바꿨어."

연진의 말대로 가구도 가전제품도 모두 새것이었다. 인테리어는 두 눈이 휘둥그레질 만큼 훌륭했고, 벽에 줄 지어 붙은 영화 포스터 액자도 인상적이었다. 기성은 현 수가 은퇴한 배우일지도 모른다고 생각했다. 두드러진 퇴폐미가 어두운 역할과 잘 어울렸으니까. 하지만 스크 린에서 그녀의 모습을 본 기억은 없었다.

"최근에 이혼하신 거야?"

"그런 셈이지."

"왜 하셨는데?"

"누가 문젠지 내가 어떻게 알겠어."

현수가 옷을 갈아입으러 간 사이 기성과 연진은 둘이 서만 대화를 나눴다. 기성은 거실을 둘러보다가 텔레비 전 옆 진열장에 일렬로 세워진 비디오테이프를 발견했 다. 영화 제목은 이 집의 분위기와 어울리지 않았다. 그 도 알고 있을 정도로 유명한 에로 시리즈물이었다. 90년 대에 매 편마다 극장에서 엄청난 흥행 돌풍을 불러일으

킨 한국영화들이었다. 기성의 눈길이 자기도 모르게 비
디오테이프 하나하나에 머물렀다.

〈변강쇠전 : 덤벼라 고개 숙인 것들아!〉
〈변강쇠전 2 : 변강쇠 대 심봉사〉
〈변강쇠전 3 : 지옥에서 온 콩쥐 팥쥐〉
〈변강쇠전 4 : 변강쇠 대 봉이 김선달〉
〈변강쇠전 5 : 변사또가 된 변강쇠〉
〈변강쇠전 최종편 : 옹녀와 함께 사라지다〉

"아, 저거? 너 모르지? 우리 엄마 유명한 사람이다."
연진이 기성의 등을 때리며 박장대소했다. 현수가 과일
과 음료가 담긴 쟁반을 들고 나오다가 이 광경을 보았다.
"야! 너 저거 안 치웠어?"
"이리 와봐."
연진은 웃으며 기성의 손을 잡고 텔레비전 앞으로 이
끌었다. 기성은 비디오테이프 케이스를 하나하나 살펴보
았다. 매 편마다 변강쇠 역을 맡은 남자 배우의 포효하는
모습이나 여자 배우들의 반 나체 사진으로 채워져 있었
다. 하지만 어떤 여배우도 연진의 엄마는 아니었다. 물론
연진도 아니었다.

"어딜 봐? 여길 봐야지?"

연진이 하단의 출연진을 손가락으로 가리켰다.

분장·의상 : 고미현

"울 엄마 가명!"

"어! 어머님이 분장 담당이야?"

시리즈 어느 편이나 분장과 의상은 고미현이었다.

"이런 거 말고 전체 관람가 영화도 있고, 사극도 드라마도 있어. 지금은 은퇴했는데 우리 엄마 이 업계에서 알아줬다."

"유명한 분이셨네요! 이걸 여사님이 다 하셨다고요?"

기성이 쟁반을 내려놓는 현수에게 물었다. 그녀는 '근데 왜 노래방 도우미를 했죠'라는 질문을 원천봉쇄하려는 듯 고개를 크게 끄덕였다.

"여기도 보여줄게."

연진이 이번에는 기성을 2층으로 이끌었다. 현수도 그들을 따라 계단을 올라갔다. 어둠에 싸인 2층에는 방이 두 개 있었다. 연진이 가까운 쪽에 있는 방 문을 열고 들어가 불을 켰다.

"와우!"

방 안에 옷이 가득했다. 화려하지만 고전미가 깃든 한복이었다. 눈부신 색상과 재질의 향연에 기성은 놀랐다. 왕이 입는 옷, 왕비가 입는 옷, 선비가 입는 옷, 기생이 입는 옷, 스님이 입는 옷, 포졸이 입는 옷, 갑옷 등등 사극을 위한 모든 의상이 갖춰져 있었다.

　"정말 영화인이시네요! 이런 일 하시는 줄 몰랐어요."

　"그럼, 내가 노래방 도우미나 할 줄 알았어?"

　"거기서 노래방이 왜 나와?"

　연진의 질문을 무시하고 현수는 기성의 팔을 잡아당겼다.

　"곤룡포 한번 입어봐. 기념사진 찍어줄게."

　"아니, 괜찮습니다."

　"아무나 입을 수 있는 거 아니야. 왕이 될 상이라 특별히 해주는 거지."

　"전 왕이 될 상이 아닙니다."

　"왜 아냐? 왕이 될 상이 맞지!"

　기성이 끝내 거절하자 세 사람은 방에서 다시 복도로 나왔다.

　"독수리가 있던 방이 여기지?"

　기성이 복도 안쪽에 있는 방문을 가리켰다.

　"맞아, 전깃줄 앞이지. 나도 옷 좀 갈아입고 올게."

연진이 사라지자 현수가 기성에게 얼굴을 바짝 들이대고 귓속말을 했다.

"어때? 지금도 거기가 아파?"

"잠시 잊고 있긴 했지만 통증이 멈추진 않네요."

"정말 그 여자 같은 놈하고 무슨 일 있었던 거 아냐?"

"연진이가 듣겠어요."

"왜, 들을까 봐 겁나?"

　현수가 기성의 얼굴을 뚫어져라 쳐다봤다. 계속 마주 보기 부담스러운 눈길이었다.

"유명한 분이셨네요. 아무리 심심해도 이제 노래방 일은 하지 마세요."

"쉿! 내가 그 얘기 하지 말랬지?"

"아니, 먼저 꺼내시길래……."

"권태."

"예?"

"권태가 나를 노래방 도우미로 뛰게 했다고. 자, 여기 한번 서봐."

"여기 서라고요?"

　1층으로 다시 내려온 두 사람은 부엌 옆에서 멈춰 섰다. 현수의 말대로 바닥에는 발바닥 모양이 찍힌 발판이 놓여 있고, 벽에는 키를 재는 눈금 스티커가 붙어 있었다.

기성은 발판에 발을 맞추고 벽에 머리를 기대고 섰다.

"아, 여기서 키를 잰 후 2층 방으로 가서 몸에 맞는 사이즈 옷을 입는 거네요?"

"맞아, 고개 들어봐."

벽에 등을 밀착한 기성이 고개를 들자 현수가 끌어안다시피 몸을 붙였다. 그녀는 기성의 이마에 손을 올리는 동시에 가슴으로 기성을 압박했다. 현수의 얼굴과 가슴이 밀착될수록 기성은 당황했다.

"178센티? 좋은데? 얼른 저기 앉아요."

현수가 물러났다. 기성은 현수의 지시대로 거실에 있는 소파로 가서 앉았다. 기분이 이상했다. 그때 연진이 다시 나타났다. 그녀는 묶었던 머리를 풀었는데, 풍성한 머릿결이 검은 폭포를 연상시켰다. 연진은 기성에게 기대다시피 가까이 앉았다.

"엄마, 정말 신기하지? 섭주에서 애 만난 것도 인연인데, 이렇게 집에 초대까지 하다니. 그리고 공무원이 돼 있을 줄이야."

"놀란 건 나도 마찬가지야."

"다 내 덕 아니니?"

현수가 싱글거렸다.

"하긴 엄마 덤벙대는 성격이 우리 만나는 데 도움이

되긴 했지."

현수는 서울 말투 그대로였으나 연진은 긴장이 풀렸는지 경상도 억양이 두드러졌다. 연진이 기성에게 또 물었다.

"넌 혼자 살아?"

"부모님하고 같이 살지."

"결혼은 왜 안 했어?"

"뭐, 아직 젊은데."

"화영이랑 결혼할 거야?"

"결혼 약속한 사이 아냐."

기성이 단호하게 말했다. 연진이 머리를 쓸어 넘기며 치약 광고 모델처럼 웃었다.

"엄마, 화영이란 애가 있었는데 기성이 좋아해서 동아리까지 같이 가입했어. 하도 기성이 따라다녀서 보호관찰소 직원이라고 놀렸지."

"화영인 어떤 앤데?"

"착해."

"어떤 애냐니까?"

"그냥 착해."

"예쁘겠네. 기성이가 저렇게 키 크고 잘생겼으니."

"화영인……."

연진이 팔짱을 끼면서 기세 좋게 웃었다.

"그냥 착해."

기성은 대꾸하지 않았다. 자신이 어떤 게임을 하고 있는 건지, 단순히 놀림감이 되고 있는 건지 잘 몰랐지만 대학 시절 모두가 우러러봤던 연진의 집에 와 있는 것만으로도 놀라운 경험이었다. 기성은 자기 합리화로 도망갈 구멍을 찾았다.

'화영이도 나 모르게 다른 남자애들하고 농담도 하고 밥도 먹고 하겠지, 뭐.'

연진이 기성의 주머니에서 반쯤 삐져 나온 핸드폰을 잡아당겼다. 깜짝 놀란 기성이 뺏기지 않으려고 핸드폰을 붙잡았다. 연진이 기어이 뺏으려고 기성 쪽으로 몸을 굽혔다. 둘의 몸이 밀착되었다.

"화영이 한 번만 보자."

"볼 것도 없어."

기성의 손에 땀이 났다.

"보자. 응? 보자아?"

"알았어."

연진은 기성과 밀착한 채로 핸드폰을 터치해 사진 저장 폴더를 열었다.

"그때부터 지금까지 죽 사귄 거야?"

모녀는 기성과 화영이 함께 찍은 셀카를 감상했다.

"기성이가 아깝다."

"왜, 이쁘기만 한데."

모녀가 깔깔거렸다. 기성은 갑자기 제정신이 들었다. 화영이가 이 사실을 안다면 얼마나 수치스럽고 불쾌해할까. 나를 믿고 있는 유일한 여자인데, 겉모습에 현혹되어 잘 모르는 여자들에게 여자친구의 얼굴을 보여주고 있다니. 비겁한 행동이었다. 기성은 이만 일어나리라 결심했다. 연진이 기성을 똑바로 바라보았다.

"너나 화영이 기분 나쁘게 할 의도는 아니었어. 오해 마, 기성아."

"내가 무슨 오해를 했다고⋯⋯."

기성의 음성이 부드러워졌다. 아마 화영이 곁에 있었다면 그의 정강이를 걷어찼을 것이다. 연진은 화영의 사진은 빠르게 넘기고 기성의 독사진만 오래도록 감상했다.

"진짜 기성인 하나도 안 변했어. 귀여워죽겠어."

연진이 핸드폰을 돌려주며 또 물었다.

"화영인 어떻게 지내, 기성아?"

"음⋯⋯ 화영이는 나보다 먼저 취직했었어. 졸업하고 제약회사에 다녔지."

"지금쯤 과장인 건가?"

"아냐, 그만뒀어."

"왜?"

"일이 너무 힘들어서."

"그럼, 지금 뭐 해?"

기성이 느릿느릿 말했다.

"공무원 공부. 화영이가 직장 다닐 때 난 백수였는데, 노량진에 있을 때 내 뒷바라지 다 해줬어. 다행히 두 번 만에 합격했는데 화영이 도움이 없었다면 불가능했을 거야."

"우와! 열녀 춘향이네. 나 같으면 절대 그렇게 못할 거야. 그래서 니가 합격하니까 이번엔 자기가 그만둔 거야? 공생공사로?"

"너무 힘들어하니까 내가 그만두라고 했지. 정규직도 아닌 데다가 업무 스트레스가 엄청 심했거든."

"니가 공무원 안 됐으면 아직도 제약회사 다니고 있었을까?"

"글쎄…… 그건 생각 안 해봤는데."

"의무감으로 만나고 있는 건 아냐?"

"그런 건 아니고…….'

기성은 다시 한번 제정신을 차렸다. 시간이 지날수록 모녀가 화영을 비꼰다는 느낌이 들었다. 연진은 옛날 실

85

력을 발휘하는 것 같았다. 목표로 삼은 커플을 흔들리게 해 자신의 매력을 확인하는.

"만약 화영이 시험에 떨어지면 어떡할 거야? 헤어질 거야?"

현수의 물음에 기성은 찻잔을 내려놓으며 말했다.

"이젠 가봐야겠어요."

"왜? 벌써 가게?"

"네, 많이 늦었어요."

"너한테 들려주려고 연주도 준비했는데……."

연진이 아쉽다는 표정을 지었다.

"무슨 연주?"

"우리 연진이는 팔방미인이야. 원래 음대에 보냈어야 했어. 관악기라면 못 다루는 게 없지. 클라리넷, 오보에, 펜파이프, 트럼펫, 황죽, 대금……. 한 곡만 듣고 가."

현수가 바람을 잡는 사이 연진은 방으로 들어갔다. 다시 나온 그녀의 손에 기다란 악기가 쥐어져 있었다.

"그런 것도 할 줄 알아?"

일어나려던 기성이 다시 앉았다. 그 악기는 대금이었다. 대금을 옆으로 살짝 문 연진이 다소곳이 앉았다. 현수가 기성의 옆으로 이동했다. 연진은 그런 엄마와 시선을 잠시 주고받다가 다시 눈을 내리깔고 연주를 시작했다. 대금 소리가 기성의 오관을 마비시켰다.

그녀의 대금 실력은 수준급이었다. 청아한 음색에 마음이 편안해졌다. 대금 연주에 몰입한 연진은 속세를 초월한 선녀처럼 보였다. 다단계 피라미드 사기라니, 이 순간만큼은 믿을 수 없었다. 그는 눈을 감았다. 고조되는 선율과 함께 연진이를 위해서라면 화영이도 버릴 수 있다는 망상이 들었다. 연진을 위해서라면 무엇이든 할 수 있다는 욕망에 그의 호흡이 가빠졌다. 음악은 이어졌고, 욕망은 환상을 불러일으켰다. 환상 속에서 연진은 아무것도 걸치지 않은 채 요염한 미소를 머금었다. 기성 역시도 알몸이었다. 비로소 욕망이 실현될 순간이었다.

"어때?"

대금 연주가 멎었다. 음란한 환상이 사라지자 기성은 최면에서 풀려난 사람처럼 가쁜 숨을 몰아쉬었다.

"야, 너 왜 그래? 괜찮아? 땀범벅이잖아."

연진이 손수건으로 기성의 얼굴을 닦아주었다.

"아냐, 연주가 몽환적이어서 좀 어지러웠어."

"몽환? 햐, 표현 죽이는데?"

현수의 허스키한 목소리를 듣자 기성은 그제야 제정신이 들었다. 왜 그런 환각이 보인 걸까. 기성은 정신을 차리기 위해 정수리를 손가락으로 눌렀다. 자신을 향한 모녀의 눈에 여전히 물음표가 달려 있었다.

"연주 너무 훌륭했어. 대금으로 어떻게 조용필 노래를 연주할 수 있어?"

"너도 이 노래 아는구나? 〈그 겨울의 찻집〉."

"절대 잊지 못할 거야. 근데 이젠 정말 가봐야겠다."

기성이 일어나자 모녀도 따라 일어났다. 모녀는 현관에서 신발을 신는 기성의 뒤에 나란히 섰다.

"이만 가볼게. 차 잘 마셨습니다, 여사님."

현수가 손을 내밀었다. 기성은 두 손으로 그녀의 손을 잡았다. 그녀의 손은 용암처럼 뜨거웠다. 연진이 쳐다보고 있음에도 현수는 기성의 손을 놓지 않았다. 그녀의 눈이 풍랑에 휩쓸리는 돛단배처럼 돌발적인 빛을 냈다. 푸른 눈 화장의 흔적은 태풍을 몰고 온 먹구름 같았다. 에로틱한 매력을 눈에 집중해 그녀는 기성에게 시선을 쏟아부었다. 이 순간 그녀는 딸을 경쟁자로 삼은 것처럼 보였다.

"아야!"

기성이 비명을 질렀다. 현수가 손을 놓았다. 그녀의 눈이 당황 섞인 정상의 빛을 되찾았다. 기성의 손바닥과 현수의 손톱에 피가 묻어 있었다.

"엄마 오늘따라 왜 이래? 주책이야 진짜!"

연진이 황토색 티슈로 기성의 손바닥을 눌렀다. 얼마

나 세게 파고들었는지 지혈은 쉽게 되지 않았다. 티슈로 감당할 수 없자 현수가 밴드를 가져와 여러 겹 붙였다. 미안하다고 호들갑을 떨면서도 기성을 바라보는 그녀의 눈은 만족스럽게 웃고 있었다. 부처님 음성을 들은 수도 승처럼, 기성은 이 아줌마와 가까이 하지 않는 게 좋겠다는 일종의 경고음을 느꼈다.

"기성이는 내가 배웅할 테니, 엄만 나오지 마."

현수는 기성의 손을 또 잡고 싶어 하는 눈치였다.

"잘 가요, 기성 씨."

연진과 기성은 등이 밝혀진 정원을 걸어 차 앞으로 갔다. 기성은 차에 오르기 전 모녀가 사는 집을 돌아봤다. 2층 아치형 발코니에 낚싯줄로 묶인 독수리가 바람을 타고 허공 위를 떠다녔다. 처음엔 이질적으로 보였던 그 광경도 지금은 운치 있는 한 폭의 그림처럼 느껴졌다. 가짜 독수리는 낚싯줄이 구속하는 한계 안에서도 멋진 활강을 선보였다.

"아까 저 상의원 같은 곳에는 옷이 정말 많았어. 그런데 2층 안쪽 방에는 누가 지내?"

"거긴 아무도 살지 않아. 더 중요한 게 보관되어 있지."

기성은 다단계 피라미드로 돈을 벌어들였다는 그녀의 말이 생각났다. 어쩌면 그곳에 현금을 숨기고 있음을 암시하는 말인지도 몰랐다. 그녀가 악녀이자 범죄자라는 사실이 새삼 떠올랐다.

차에 오를 때까지도 현수는 나오지 않았다. 기성은 불켜진 안방에 시선을 한 번 준 뒤 연진에게 손을 흔들었다.

"차 잘 마셨어."

"있잖아, 기성아. 나 오랜만에 아는 사람 만나서 정말 좋았어. 무턱대고 사람들 피하기만 했었는데 이런 흐뭇한 날이 오다니. 널 만나고 나서야 좋은 사람이 얼마나 그리웠는지 새삼 알게 되었어. 난 널 평생 좋은 사람으로 기억할 거야. 화영이랑 꼭 잘됐으면 좋겠어."

"나도 반가웠어, 연진아. 너 듣기 좋으라고 하는 말이 아니라 정말로 내가 기억하는 너는 나쁜 사람이 아니야."

마지막 말이 연진을 감동시켰는지, 그녀는 작별 인사로 기성의 뺨에 살짝 입을 맞췄다. 기성은 눈을 커다랗게 뜬 채 밤하늘을 배경처럼 거느린 연진을 바라보았다. 서둘러 시동을 걸고 차를 출발시켰다. 룸미러에 손을 흔드는 연진의 모습이 비쳤다. 거리가 멀어져도 그녀는 자리를 지켰다. 기성은 차 속도를 올렸다.

'화영이 얘길 하면서 뺨에 입을 맞춘 건 뭐지?'

차에 속도가 붙었다. 그는 흥분했다.

'왜 연진이가 대금을 불 때 그런 야릇한 환상이 보였을

까.'

이러면 안 돼. 기성은 세차게 고개를 흔들었다. 그리고 화영에게 전화를 했지만 그녀는 받지 않았다. 그는 문자를 남겼다.

―이제 마치고 들어가. 안 자면 전화받아.

*

밤 10시가 넘었지만 숙소 건물은 아직 불이 환하게 밝혀져 있었다. 늦은 시간까지 산책로를 걷는 이들이 있었고, 몇몇은 잔디밭에서 몰래 맥주캔을 기울였다. 직장에서 해방된 그들은 답답한 숙소에만 갇혀 있으려고 하지 않았다. 주차장에 차를 세운 기성은 다시 화영에게 전화를 걸었다. 이번엔 받았다.

"나야, 연락 늦게 해서 미안해."

"문자 해도 답 없길래 또 인사불성인 줄 알았지."

"핸드폰을 충전기에 꽂아둔 채로 나갔어."

"남자들끼리 나간 거야?"

"분임 토의 회식. 우리 분임장님은 나보다 나이가 훨씬 많은 누님이야."

기성은 현수를 떠올리며 거짓말을 늘어놓았다.

"발음이 또렷한 걸 보니 정말 술 안 마셨네."

"응, 나는 오늘 운전만 했어."

"정말? 술이라면 사족을 못 쓰는 니가 안 마셨다고?"

"네가 공부하느라 고생하는데 내가 술이 넘어가겠냐?"

"그런데 왜 그리 들떠 있어?"

"니가 그리워서 그러지."

"거짓말이 점점 느네. 그리고 왜 니가 운전을 해? 기름
값 꼭 달라고 하고."

기성은 자신을 좀생이로 만드는 화영의 태도가 가끔 싫
을 때가 있었다. 그녀는 카드를 쓸 때면 마일리지 적립에
집착했고, 뜻대로 되지 않으면 짜증을 부렸다. 종업원 앞
에서 짜증을 부리는 모습을 볼 때마다 기성은 자신을 시
달리게 한 민원인을 떠올렸다. 넉넉지 않은 가정 형편 때
문이리라 이해는 되었지만, 지금 기성의 머릿속을 가득 채
운 건 화영에 대한 죄책감이 아닌 연진의 입맞춤이었다.

"알았지? 꼭 받아내!"

"무슨 기름값을 받아. 서울에서 부산까지 왕복한 것도
아닌데."

"오지랖, 오지랖!"

"그게 무슨 오지랖이야."

괜히 전화했다는 생각이 들었다. 기성은 화제를 바꾸

기 위해 충동적으로 말했다.

"근데 나 섭주에서 연진이 본 거 같아."

"누구?"

"연진이, 이연진. 우리 동아리였잖아, 기억 안 나?"

"당연히 기억하지. 거기서 연진이를 만났다고?"

화영의 음성이 라디오 볼륨을 높인 것처럼 커졌다.

"아니, 걔가 맞는지, 닮은 애인지는 모르겠어. 잠깐 스쳐 갔으니까."

"이연진 걔, 사람들한테 사기 치고 쫓겨 다닌다고 들었는데."

"무슨 사기?"

"왜 칠공주파니 뭐니, 자기가 예쁘다고 착각하는 애들끼리 몰려다녔잖아. 근데 연진이가 걔들 등을 친 모양이더라고."

"같은 칠공주끼리 사기를 쳤단 말이야?"

"한 방송극에서 방영 예정인 사극에 출연시켜준다고, 후궁 역할 오디션 받는 자리라고 주선해놓고 수원의 어느 건물로 유인했대. 사람들 감금시켜놓고 다단계 강의하고 세뇌시켜 집에서 돈 부치도록 만드는 집합소였는데, 거기에 걸려든 거지."

"친한 애들끼리 그런 짓을 해?"

"친하니까 철저히 속아 넘어간 거야. 왜 그때가 피라미드 회사들이 우후죽순 생겨났을 때잖아. 소문에 3천만 원까지 털린 애도 있다던데. 연진이 잡으면 찢어 죽이려고 할걸."

"랩하듯 씹어대는 걸 보니 넌 연진이랑 안 친했구나."

기성은 화영의 열띤 목소리에서 아무렇지 않은 척하지만 숨길 수 없는 열등감, 혹은 동정하는 척하면서 맛보는 고소함 등을 읽을 수 있었다. 여자들끼리의 미묘한 심리적 상호관계를 남자인 그가 다 이해할 순 없었지만 충분히 그럴 수 있겠다는 생각도 들었다.

"근데 나도 잘은 몰라. 들은 얘기니까."

"들은 얘기라고?"

"당연하지. 나 같은 애들은 향단이 취급하던 걔네들이 나하고 말 한마디라도 섞었을 거 같아? 아 맞다, 걔 다른 소문도 있어."

"무슨 소문?"

"김동호가 연진이 진짜 애인이라는 소문."

"뭐! 화학과 김동호? 브루스 윌리스처럼 M자 탈모에 맨날 똑같은 옷만 입고 다니던 그 촌놈?"

기성의 음성이 커지자 화영도 말이 빨라졌다.

"이것 봐라? 미향이가 남자 외모 따진다고 그럴 땐 언제고 너는 왜 동호 무시하는데? 동호가 얼마나 착한 앤데. 법 없이도 살 애야. 만약 남녀가 한방에서 잠을 자게 되더라도 안 덮치고 여자를 아침까지 지켜줄 남자는 내가 아는 한, 이 세상에 김동호밖에 없어. 그건 확실해."

"그 새끼 내시 아냐?"

"내시 같은 소리 하고 있어. 팔뚝이 아놀드 슈왈제네거인데."

"넌 어떻게 동호에 대해서 그렇게 잘 알아?"

"걔 바리스타 동아리도 아니면서 우리 MT 갈 때 따라왔잖아. 기억 안 나?"

"글쎄…… 기억 안 나는데?"

"청량산 MT! 맞다, 넌 일찍 술 먹고 곯아떨어져서 기억 안 날 거야. 그때 연진이랑 독문과 현태가 쌀 씻으러 갔다가 멧돼지를 만났지 뭐야. 현태는 도망가고 연진이만 표적이 됐지. 그런데 영화의 한 장면처럼 나무 뒤에서 김동호가 나타난 거야. 걔가 연진이 앞을 가로막은 채 멧돼지를 쫓아냈다니까. 그 뒤로 모두가 김동호를 새롭게 봤어. 진짜 남자 중의 남자라고."

그래! 왜 기억이 안 나나 했어! 내가 아니었구나! 김동호였어! 연진이는 다 알고 있으면서도 왜 거짓말을 한 걸까? 기성은 모든 것이 혼란스러워 화영에게 다시 확인했다.

"니가 한 얘기 확실한 거야?"

"모르지. 나도 들은 얘기니까?"

"4년 동안 학교 같이 다녔으면서 뭐가 팩트인지도 몰라?"

"몰라! 너 진짜 연진일 본 거지? 그러고 보니 걔 집이 섭주였던 것 같은데……."

"맞는지 아닌지 어떻게 알아. 그냥 스쳐 갔을 뿐이라니까."

"정말이야? 남자는 첫사랑은 절대 못 잊는다던데?"

"그건 여자도 마찬가지 아냐?"

"너 정말 연진이가 첫사랑이었던 거야? 내가 첫사랑이라고 했잖아."

"어허, 또 의부증 발동. 네가 당연한 걸 자꾸 확인하려고 하니까 그렇지."

기성은 농담을 던졌지만 어깨에선 힘이 빠졌다. 연진이 과거를 착각했거나, 아니면 의도적으로 자신을 속였다는 생각 때문이었다.

"여우 같은 계집애. 일부러 여자친구 있는 남자 꼬셔서 잘 만나는 커플 찢어놓는 게 취미였어. 모든 여자애들을 자기보다 열등하게 만들려고 했다고."

"나한텐 안 그랬는데?"

"무슨 소리야?"

"너랑 나랑 그때 사귀고 있었잖아."

"너 자꾸 그럴래? 그때 우린 솔로였어. 겨울에 연인이 되었지."

"그런가?"

"우리 첫 키스 한 날은 기억해?"

기성은 화영의 기억력에 놀라는 한편 자신의 기억력을 저주했다. 연진이 일부러 자신을 속였다는 의심이 점점 강해졌다. 그러는 동안에도 화영의 공격은 이어졌다.

"엄청 도도한 척하느라 정작 진짜 남자친구는 없었을 걸. 김동호가 애인이라 해도 남의 눈 의식해서 철저히 숨겼겠지. 남들이 안다면 자존심 왕창 무너져 내릴 테니까."

"연진이가 정말 그런 애였나?"

"됐어! 이제 그만 물어! 너 진짜 연진이 만난 거야? 왜 이렇게 관심이 많아."

"관심은 무슨 관심. 네 입으로 A부터 Z까지 다 얘기했으면서. 팩트는 없고 전부 악감정 섞인 소문만 철철 넘치는구만."

"김동호가 멧돼지 앞을 막아선 건 팩트지."

"니가 직접 본 것도 아니잖아."

"정말 이상한데? 너 진짜 연진이 만났지? 솔직히 말해봐."

"아니라니까!"

"오늘 공부 망쳤어. 너 때문이야."

"하, 참!"

"이 세상에서 예쁜 여잔 위험해! 나만 빼고!"

"너만 빼고?"

"내 말이 틀려?"

기성은 대답하지 않았다. 화가 난 화영이 탁, 하고 전화를 끊는 소리를 신호로 엉덩이 사이가 맹렬히 아파왔다. 장준오의 숙소에는 아직 불이 켜져 있었다.

*

기성은 207호실로 들어갔다. 그는 샤워를 마치고 침대 위로 몸을 던졌다. 천장을 바라보니 윙크하는 연진의 얼굴이 나타나는 것 같았다.

"오늘 잠들기는 틀렸다."

틀린 생각이었다. 눈을 감자마자 기성은 잠이 들었다. 그는 꿈을 꾸었다. 어제까지 꾸던 악몽이 아니었다. 전혀 다른 판타지가 펼쳐졌다.

하얀 대지가 끝도 없이 펼쳐졌다. 사방이 눈으로 덮여 겨울인 줄 알았다. 그러나 하늘은 뜨거웠다. 자세히 보니 지상을 덮은 흰색은 눈이 아니라 쌀이었다. 태양 아래에서 쌀은 유려한 빛을 반사했다. 신비로운 기분에 휩싸인 기성은 자신의 몸을 내려다보았다. 알몸이었다. 머리가 답답해 손을 올려보니 상투가 씌워져 있었고 턱에는 길게 수염이 나 있었다. 변강쇠전 비디오테이프의 영향인지도 몰랐다.

하늘 끝으로부터 폭풍이 몰아쳤다. 기성은 고개를 들어 하늘을 보았다. 거대한 새가 하늘에서 내려왔다. 집채만 한 크기의 학이었다. 학은 올라타라는 듯 기성을 향해 긴 목을 숙였다. 그곳에는 옛날 여인처럼 비녀를 두른 연진이 타고 있었다. 그녀 역시 알몸이었다. 두 사람의 머리 모양이 까마득한 시대의 신랑신부처럼 조화로웠다. 기성은 앞으로 걸어가 머리를 굽힌 학 위에 올라탔다. 학이 거대한 부리를 창공을 향해 들어 올리더니 날개를 펼쳤다. 기성은 연진을 뒤에서 안으며 학의 목에 걸린 밧줄을 붙잡았다. 연진은 고개를 약간 틀어 기성을 향해 매혹적인 미소를 던졌다. 영원히 서방님으로 모시겠다는 약조의 뜻 같았다. 기성이 밧줄을 잡아당기자 학이 하얀 대지를 박차고 날아올랐다. 거대한 날개가 돌풍을 일으키고 쌀이 눈처럼 세상에 흩뿌려졌다.

까마득한 땅이 작아지면서 시야가 넓어졌다. 눈부시게 하얀 대지를 내려다보고, 푸르른 창공을 헤치며 두 사람은 나아갔다. 구름이 지나가고 작은 새들이 비켜났다. 학은 거대한 손바닥 같은 날개를 펄럭이며 끝이 보이지 않는 하늘을 날았다. 연진이 비단결 같은 알몸을 밀착해오자 기성은 세상을 다 가진 기분이었다. 장원급제라도 한 듯한 성취감을 느꼈다. 연진이 한 팔을 올려 그의 얼굴을 감쌌다. 입맞춤이 그리웠던 기성은 스스로 뺨을 내밀었다. 그러나 그사이 얼굴이 바뀌어 있었다. 연진이 아닌 그녀의 엄마 현수였다. 그녀 역시 비녀를 꽂고 시체처럼 새파란 화장을 하고 있었다. 그녀의 섬뜩한 미소에 기성은 당황했고, 학도 안정을 잃었다. 날갯짓은 불안했고 급격히 하강하기 시작했다. 학이 온통 하얀 쌀로 뒤덮여 있는 지상으로 추락했다. 사방으로 쌀이 튀기는 현란한 충돌이었다. 다행히 기성은 정신을 잃지 않았다. 저만치 앞에 현수가 쓰러져 있었다. 그녀는 요염한 자세로 누워 있었다. 기성이 기어가 현수를 향해 손을 뻗으려는 그때, 산처럼 쌓인 쌀 무더기를 헤치고 거대한 학의 머리가 솟아올랐다. 커다란 가위 같은 학의 부리가 다가왔다. 신비의 가금(家禽)은 주인을 알아보지 못했다. 학의 부리가 기성의 항문을 무지막지하게 찔러 뱃가죽을 뚫고 나왔다. 심장과 창자가 터지면서 하얀 세상에 붉은 흠집을 냈다. 기성은 비명을 지르면서 눈을 떴다.

다행히 그곳은 어둠뿐인 숙소였다. 새벽 2시였다. 온 사위가 침묵에 잠겼다. 악몽에서 깨어난 기성은 가쁜 숨을 몰아쉬었다. 이불이 땀으로 흥건했다. 그때 벽 너머에서 누군가의 목소리가 들려왔다. 장준오가 있는 방이었다. 벽에 귀를 대보니 놀랍게도 불경을 읽는 소리였다. 어릴 적부터 어머니가 기성을 절에 자주 데리고 다녀 그 소리가 무엇인지 알 수 있었다. 장준오가 지금 외우는 것은 『반야심경』이었다.

그 소리에 귀를 기울이자 갑자기 생살을 도려내는 듯한 통증이 항문으로 몰려들었다. 이불을 젖히고 나서야 흥건한 액체가 땀이 아니라 피라는 것을 알 수 있었다. 하혈을 한 것이다. 그것도 많이. 전등을 켜자 새하얀 시트 위에 핏자국이 커다란 붉은 달처럼 남아 있었다.

9월 18일(연수 3일차)

뜬눈으로 밤을 보낸 기성은 핸드폰 알람 소리에 벌떡 일어났다. 아침 7시였다. 간밤에 치여 죽은 동물의 사체를 확인하는 심정으로 화장실 문을 열었다.

변기는 거대한 와인잔이 되어 있었다. 꿈에서 깨어나 복통을 느낀 그는 화장실을 찾았고 변기에 더 많은 양의 피를 쏟았다. 기성은 다시 방으로 나와 커튼을 열어젖혔다. 숙소 안을 밝히는 빛으로 인해 침대 위 핏자국이 현실감을 얻었다. 공포가 실제가 되어 눈앞으로 더욱 선명하게 다가왔다. 기성은 당장 당직자를 찾아갔다.

"몸이 많이 안 좋습니다. 병원에 가봐야겠어요."

"어디가 안 좋으신데요?"

밤을 꼬박 새워 피로해진 당직자는 귀찮은 일을 만났다는 표정을 감추지 않았다.

"피를 많이 쏟았어요. 제 방으로 가시죠."

당직자는 못마땅한 얼굴로 기성을 따라갔다가 이마 한가운데 못이 박힌 얼굴이 되었다. 침대와 변기, 휴지통에 버려진 속옷까지 본 그는 크게 당황해하며 어딘가로 전화를 걸었다. 10분 후 당직자의 상관이 달려왔다. 상관의 표정도 당직자와 다르지 않았다. 그는 오늘 수업을 면제해줄 테니 빨리 병원에 가보라고 했다.

두 사람을 밖으로 내보낸 기성은 곧장 현수에게 전화를 걸었다.

"어, 기성 씨. 어제 잘 들어갔어? 아침부터 무슨 일 있어요?"

"옆에 연진이 있나요?"

"연진이? 씻고 있는데."

"잘됐군요. 그 병원에 당장 가봐야겠습니다. 어딘지 알려주세요."

"왜 그래? 침착하게 얘기해봐."

"증상이 심해졌어요."

"증상이? 어떤데?"

"……."

"괜찮아. 엄마 같은 사람인데 뭐가 부끄러워?"

"하혈을 좀 심하게 했어요."

"어느 정도 했길래?"

"이불을 피로 흠뻑 적셨어요. 마치 살인사건 난 것처럼……."

"알았어요. 내비게이션에 '뉴타임 연합클리닉'이라고 치고 당장 병원으로 가요. 새벽부터 환자들이 우글거리는 아주 용한 곳이거든. 내가 원장한테 전화해놓을게."

기성은 고맙다는 인사를 하고 전화를 끊었다. 피를 많이 쏟은 탓인지 피곤이 몰려들었다. 그는 아침도 거른 채 주차장으로 향했다. 주차장 앞 공터에서 맨손체조를 하고 있던 26번 이건식이 그를 보고 말을 걸었다.

"한 주사님, 이 시간에 옷 차려입고 어디 가요?"

"몸이 안 좋아 병원에 갑니다."

"그래요? 객지에서 탈 나면 약도 없는데……."

기성은 그의 말을 듣는 둥 마는 둥 하고 그대로 차에 올랐다. 사이드미러를 통해 이건식이 가까이 오고 있다는 것을 알았지만, 시동을 걸고 서둘러 연수원을 빠져나갔다.

*

　지방 병원이란 선입견이 무색할 만큼 '뉴타임 연합클리닉'은 규모가 큰 병원이었다. 기성이 도착했을 때는 이미 병원 문이 열려 있었다. 아직 의사가 출근하기 전이었지만 환자들은 대기실의 절반 이상을 채우고 있었다. 모두 나이 지긋한 노인들이었다. 기성은 뭘 해야 좋을지 몰라 아무도 없는 접수처 앞에서 서성거렸다.

　"거기 바구니 안에 종이가 있니더. 예약 안 했으면 이름부터 적으소."

　할머니 하나가 기성에게 말을 걸었다. 접수대 옆에 왕골 바구니가 있고, 그 안에 번호표가 담겨 있었다. 기성의 순서는 23번이었다. 그는 바구니 옆에 놓여 있는 차트에 이름과 주민등록번호, 증상을 써넣고 대기실 의자에 앉았다.

　"이 병원이 치료를 잘하나 봐요, 할머니. 문도 안 열렸는데 벌써부터 이렇게들 오시니."

　"섭주에서 속 아픈 사람은 다 여기로 오니더. 대도시 종합병원보다 더 나아."

　옆에 있던 노인들도 횟감 트럭에서 수조로 부어진 물고기들처럼 일제히 입을 움직였다.

"뉴타임 김 원장님은 내시경을 하나도 안 아프게 해."

"고통이 하나도 없게 하니까 다 맨 정신으로 하지. 수면 내시경 하는 영감, 할마이 하나도 없니더."

"그 위험한 마취를 안 하고도 아주 편하다니까."

"약은 또 얼마나 잘 듣노?"

"사람도 싹싹하지. 대감 같은 원장이 다 늙은 할마이를 친어마이같이 대하니."

기성은 벽에 걸린 원장의 약력에 눈길을 돌렸다. 한국에서 일류라고 일컬어지는 의과대를 졸업하고, 서울에서 일류라고 일컬어지는 종합병원의 내과 과장을 거친 뒤 고향인 섭주에 개인병원을 차린 모양이었다. 무수한 표창장 아래에는 방송에 출연한 장면을 캡처한 사진과 이 지방의 유명인사임을 증명하듯 여러 기관과 단체 사람들과 함께 찍은 사진이 액자에 담겨 걸려 있었다.

기성은 대기용 컴퓨터로 원장 김석준을 검색했다. 기성의 시선을 제일 먼저 끈 것은 김석준의 실력에 관한 미담이었다. 김석준의 아내는 사십대 후반에 위암에 걸렸는데, 말기까지 진행된 아내의 병을 기적의 의술로 완치시켰으며 지금까지도 건강한 부부생활을 하고 있다고 했다. 유명세를 탄 김석준은 아내에 대한 헌신적인 사랑과 병마를 물리친 의술 이야기를 담아 책으로 펴냈고 베

스트셀러 작가가 되었다. 그가 출연한 수많은 텔레비전과 라디오 프로그램 동영상도 볼 수 있었다.

시간이 지날수록 배가 당기고 항문이 욱신거렸다. 기성은 창 너머를 바라보았다. 외제 세단이 주차장으로 소리도 없이 들어와 멈추더니 중년 신사가 내렸다. 사진에서 본 김석준 원장이었다. 그가 병원으로 들어오자 노인들이 일어나 머리를 조아렸고 김석준도 친절히 답례했다. 그는 나이 든 사람들 가운데 홀로 젊은 기성을 발견하고는 "현수 씨?" 하고 말을 걸었다. 김석준은 기성을 향해 가볍게 고개를 끄덕인 후 진료실로 들어갔다.

간호사가 첫 환자를 불렀다.

"한기성 님, 들어오세요."

기성은 자신의 이름이 첫 번째로 불린 것에 깜짝 놀랐다.

"응급 환자가 있으니 어르신들께서 양해해주세요."

자신의 이름이 불리기만을 고대하던 시골 노인들은 간호사의 설명에 딴지를 걸지 않았다. 기성은 그런 노인들이 고마울 정도였다. 기성이 간호사가 안내해준 방으로 들어가자 넓고 화려한 진료 공간이 나타났다. 벽을 가득 채운 의료 서적과 한눈에도 호화로워 보이는 도자기와 박제 장식품들이 눈에 들어왔다. 흰 가운으로 갈아입은 김석준이 기성을 맞았다.

"한기성 님?"

"네."

"현수 씨하고는 어떤 사이시죠?"

성우를 해도 좋을 음성이었다.

"대학 동창의 어머니세요."

"시영이하고 동창이라고요?"

"예."

"공직에 계신다고요? 섭주에는 연수 오셨고."

"예."

김석준은 얼굴 가득 인자한 미소를 지었다.

"현수 씨한테 전화받았어요. 예비 사위라고 제일 먼저 진료해달라고 어찌나 성화였는지. 그래, 치질 증상은 언제부터 있었어요?"

"5년째입니다."

"공부할 때부터 생긴 건가요?"

"예."

"오늘은 하혈까지 하셨다고요?"

"많이 했습니다."

"양이 어느 정도였지요?"

"변기 물이 빨간 물감을 탄 것처럼 변했어요."

기성은 사적인 대화를 건너뛰고 바로 진료부터 시작하는 원장의 태도가 마음에 들었다.

"저, 선생님. 어떻게 들으실지 모르겠지만 제가 사실 이틀 전 밤에 이상한 일을 겪었습니다. 지금부터 설명을……."

김석준이 손을 들어 말을 가로막았다.

"아, 걱정 마세요. 현수 씨를 통해 이미 다 들었습니다. 곧 간호사들이 들어올 테니 제 질문에 대답만 하세요. 최근에 변은 하루에 몇 번씩 보나요?"

"자주 갑니다만 변비처럼 찔끔찔끔 나와요."

"배는 안 아프고요?"

"심하진 않지만 신경 쓰일 정도로 꾸준히 아픕니다. 그래서 걱정이 됩니다."

"무슨 걱정이요?"

"혹시 큰 병에 걸린 건 아닐까 하는."

"하하하. 아직 이십대인데 너무 걱정하지 말아요."

그렇게 말하고는 그가 자리에서 일어났다.

"자, 바지 벗고 침대 위로 올라가세요. 옆으로 누우시면 됩니다."

보라색 옷을 입은 간호사 두 명이 들어왔다.

"치질 검사 해보신 적 있죠?"

"네."

"조금 아플 겁니다."

간호사가 구멍 뚫린 녹색 천으로 기성의 벌거벗은 하반신을 덮었다. 원장은 의료용 장갑을 끼고 손가락을 항문에 넣어 촉진을 하고 내시경으로 배 속 구석구석을 검사했다. 무지막지한 통증이 느껴졌다. 짧은 시간이었지만 며칠이 지난 것 같았다. 검사를 모두 마쳤으니 바지를 입으라는 간호사의 말이 떨어졌을 때는 온몸이 땀으로 흠뻑 젖어 있었다. 간호사들이 진료실을 나가자 원장이 물었다.

"혹시 최근에 무리한 적이 있나요?"

"이틀 전에 과음했고, 어제도 와인을 조금 마셨습니다."

"어느 정도나?"

"소주 세 병에 맥주 네 병이요. 와인은 한 잔 정도……."

"허, 그렇게 생기지 않았는데 말술이네요. 어쨌든 지금 상태를 말씀드리죠. 이 화면을 보시면…… 원래 항문 안쪽에 치핵이 있는데 지금 크게 부풀어 올라 있어요. 그렇죠? 혈관이 터진 곳도 있는데 술 마신 날부터 더 악화된 것 같아요. 약으로 다스릴 수 있는 단계를 지났어요. 수술만이 방법입니다. 집으로 돌아가시면 빨리 수술 예약부터 하세요. 당분간 술 마시면 절대로 안 됩니다."

"다른 이상은 없습니까?"

"어떤 이상이요?

"그거……요."

기성은 어떻게 말을 꺼내야 좋을지 몰라 얼굴을 붉혔다.

"아, 현수 씨가 말한 그거……? 그 일이라면 안심하세요. 단순한 항문 질환일 뿐 물리적 삽입에 의한 손상은 아닙니다."

비로소 기성의 얼굴이 밝아졌다. 괜히 장준오를 의심했구나!

"바로 수술을 해야 한다고요?"

"네, 빠르면 빠를수록 좋습니다."

"그럼, 교육 기간 동안엔 어쩌죠? 당장 이렇게 아픈데?"

"약은 권하질 않습니다. 술 안 마시면 오늘부터 피는 안 나올 거예요. 고기도 먹지 말고 채소 위주로 드세요. 스트레스는 피하고, 뜨거운 물로 좌욕을 하루 세 번씩 하고요."

"이 연고는 계속 발라도 됩니까?"

기성이 주머니에서 연고를 꺼냈다. 원장은 아마추어의 습작품을 받은 문학 교수처럼 기성의 약을 흘끗 볼 뿐이었다.

"이걸 얼마나 썼어요?"

111

"한 2년 됩니다."

"이건 국소마취제입니다. 일시적으로 통증 부위의 감각만 죽이는 거죠."

"안 바르면 고통스러운데요."

"안 발라도 괜찮아요."

"정말 그래도 됩니까?"

"저는 내과 전문의이지만 대장항문도 그만큼 전문입니다. 믿어도 됩니다."

"선생님이 직접 수술해주시면 안 돼요? 명의라고 소문나셨던데요."

"하하, 치질은 죽을병이 아니에요. 간단한 수술이지만 입원을 해야 하니 집 근처에서 하는 게 편할 거예요."

"네."

그는 미소를 머금고 기성을 바라보았다.

"현수 씨가 말한 대로 진짜 예비 사위인가요?"

"아닙니다. 농담이죠."

예비사위! 기성은 얼굴이 화끈거렸다. 이 의사야말로 연진 엄마와 그렇고 그런 사이가 아닐까?

"정 통증을 못 참겠으면 이 연고를 발라요."

김석준이 캐비닛에서 커다란 연고 하나를 꺼내 뚜껑을 열고 기성의 코에 들이댔다. 연고에는 상표도, 성분 표시도 적혀 있지 않았다.

"향기롭죠?"

"네. 냄새 좋은데요."

"나는 양방 말고 한방도 꾸준히 공부하고 있습니다. 이 연고는 내가 직접 연구 개발 한 건데, 여러 약초 성분이 들어가 있어요. 아직 시판 전이지만 다음 달에는 학술지에도 실리고, 내년 초에는 정식으로 판매될 거예요. 시중에 파는 연고는 항문 점막에 좋지 않은 화학성분이 너무 많아요. 이 연고는 내성도 없고, 부작용도 없어요. 하지만 다른 의사한테는 절대 보여주면 안 돼요. 특허를 기다리는 내 지식재산이니까."

"네, 알겠습니다."

원장이 기성에게 연고를 건넸다.

"일반 연고보다 대여섯 배나 높은 가격이에요. 현수 씨랑 아는 사이라서 그냥 주는 거예요."

"감사합니다. 잘 쓰겠습니다."

기성은 원장이 마음에 들었다. 지적인데 사람의 마음을 편안하게 만드는 능력이 있었다. 어쩐지 여자들에게도 인기가 많을 것 같았다. 그와 연진 엄마와의 관계가 또다시 궁금해졌다.

"시영이 엄마도 이 병원 단골 환자인가요?"

"집사람하고 친구예요."

"아, 그러시구나."

원장이 기성을 지그시 바라보았다.

"현수 씨가 유명한 영화인이라는 건 알고 있나요?"

"네."

"고전 의상도 많이 가지고 있답니다."

"저도 직접 봤습니다."

"집에도 갔다니 정말 예비 사위가 맞는 모양이네요."

"네?"

"하하하, 농담이에요. 혹시 영화 〈졸업〉 봤어요?"

"아뇨. 왜 그러시죠?"

"기성 씨가 더스틴 호프만을 닮아서요."

그가 소리까지 높여가며 웃었다. 하지만 기성은 뭐가 재밌어서 웃는 건지 이해할 수가 없었다.

*

기성은 병원 화장실에서 연고를 발랐다. 금세 효과가 나타났다. 끈질기게 괴롭히던 통증이 스르르 사라지고 걷기가 훨씬 편해졌다. 왠지 마음까지 진정되는 것 같았다. 어르신들의 칭찬이 허언은 아니었다. 김석준은 명의

114

가 분명했다. 기분이 좋아진 그는 간호사들과 환자 대기실을 채우고 있는 노인들에게도 인사를 하고 병원을 나왔다.

주차장에서 기성은 걸음을 멈췄다. 차 앞에 현수가 서 있었다. 몸에 꼭 끼는 검정색 드레스에 영국 여왕에게 어울릴 법한 라피아 모자를 쓰고 있었다. 그녀의 모습은 한때를 풍미했던 탤런트 같았다. 기성을 본 그녀가 손을 흔들었다. 왠지 이상한 불안감이 느껴지면서 심장이 빠르게 뛰었다.

"여사님, 여긴 어떻게 오셨어요?"

"기성 씨 걱정돼서 왔지. 왜 싫어요?"

"아뇨. 폐를 많이 끼쳐서요."

"들어가려던 참인데 벌써 진료 끝났어요?"

"예. 김 원장님한테 진료받았습니다. 다 여사님 덕분이에요."

"뭐래? 이상한 일 당한 게 맞대?"

"아뇨. 술 때문에 치질 증상이 심해졌대요."

"솔직히 말해봐. 우리 연진이 만나려고 일부러 이런 식으로 접근한 거 아냐?"

"연수원 직원들은 제가 얼마나 아픈지 잘 알 겁니다."

기성이 억울한 표정을 짓자 현수가 한 손으로 입을 막

고 웃었다. 그녀의 손톱에 칠한 새빨간 매니큐어가 눈에 들어왔다. 강렬한 건 손톱뿐만이 아니었다. 얼굴에는 진한 화장을 하고 있었다. 화장 때문에 주름살이 도드라져, 어제보다 더 나이가 들어 보였다. 잘 빠진 몸매와 팔다리의 탄력은 그대로였지만 얼굴에는 분명 변화가 있었다. 시간의 흐름이 다른 신체 부위는 무시하고 얼굴만의 독주(獨走)라고 불러도 좋을 기이한 변화였다.

"김 원장님 만나실 거죠?"

"왜?"

"여기까지 오셨는데 그냥 가시려고요?"

"무슨 소리야? 내가 왜 왔는지 알잖아요."

"제가 걱정되어서?"

"맞아요."

기성은 이제 괜찮아졌다는 제스처로 어깨를 으쓱했다.

"원인을 알고 나니까 마음이 편안해졌어요. 그분이 직접 개발한 연고도 주셨어요. 한 번 발랐을 뿐인데 벌써 통증이 사라졌어요."

"똥 눠봐야 알지. 피 나올지 안 나올지."

"아, 그건 그렇지만……."

"어쨌든 기성이 괜찮아진 건 결국 내 덕이란 말이잖아."

현수는 어느새 기성에게 말을 완전히 놓았다.

"그럼요. 그런…… 셈이죠."

주도권은 양도되었다. 현수가 기성의 팔짱을 끼며 밀착해왔다. 기성은 어쩔 줄 몰라 얼른 그녀에게 물었다.

"연진이는 잘 있어요?"

"친구들이랑 안동 갔어."

"거긴 왜요?"

"서원 좀 둘러보고 싶대."

거짓말처럼 느껴졌다. 어젯밤 연진은 전혀 그런 이야기를 하지 않았다. 연진은 자기 엄마가 나를 만나러 온 사실을 알고 있을까. 기성은 마른침을 삼켰다.

"오늘 돌아오나요?"

"왜?"

"여사님하고 연진이 맛있는 거 사드리려고요. 신세를 졌으니까. 섭주 한우가 유명하다면서요?"

"왜? 돌아가려고?"

"당연하죠. 이제 사흘 후면 교육 끝이에요."

"지금 돌아갈 거냐고?"

"네?"

기성에게 낀 팔짱을 풀며 현수가 목소리를 높였다.

"수업 안 들어도 된다며?"

"예. 그건 맞는데……."

"나 드라이브 좀 시켜줘. 바람 쐬고 싶어. 기성이 딱히 할 일도 없잖아?"

"드라이브요?"

"응. 우리 봉평마을 놀러 가."

"아, 여사님, 누가 보기라도 하면 제가 거짓말하고 수업 땡땡이 친 것처럼 보일 텐데요."

"누가 본다고 그래? 진료 기록이 고스란히 남아 있는데. 수업 빼줬는데도 다시 수업 들으러 갈 정도로 바보야?"

'뉴타임 연합클리닉'에 들어가고 나가는 환자들이 두 사람을 힐끗거렸다. 드라마 속 여주인공처럼 차려입은 현수는 그들의 시선을 끌기에 충분했다.

"여사님 목소리가 크니까 사람들이 자꾸 쳐다봐요."

"누나하고 동생인 줄 알겠지."

"연진이 친구들이 볼 수도 있잖아요."

넓은 모자챙이 위로 들리면서 짙게 화장한 현수의 눈이 드러났다. 뇌세적이면서도 무섭게 느껴지는 눈이다.

"이름이랑 얼굴이랑 고치고 숨어 지내는 년이 친구는 무슨 친구."

"친구들이랑 안동 갔다면서요?"

"연진이를 시영이로 알고 있는 바보들이지."

"차는 어디 세워두셨어요? 안 보이는데요."

현수의 음성이 개의 으르렁거림이나 고양이의 갸르릉거림처럼 들렸다.

"너 지금 뭐 하는 거야?"

"예?"

"나를 아주 헌신짝 대하듯 하고 있잖아. 아침에 전화해서 도움 청할 때는 언제고! 뭐야? 약 발라 똥구멍 안 아프니까 이제 나는 쓸모없어진 거야?"

"아, 아뇨! 무슨 그런 말씀을."

"니 목적 이루고 나면 끝인 거야? 니가 연진이 친구라서 내가 자존심 무시하고 저 의사 놈하고 새벽부터 통화했는데 은혜도 모르고 나를 귀찮은 짐 보따리 취급을 해? 이 병원에서 예약 안 하고 진료받기가 어디 쉬운 줄 알아? 영감 할망구들 치료 다 받을 때까지 기다리면 저녁은 되어야 할걸?"

기성은 당황했다. 그녀의 음성은 다연발 로켓 같은 파괴력이 있었다. 정신이 혼미해진 기성은 두 번의 헛손질 끝에 차 문을 열었다.

"일단 타세요, 여사님."

현수가 기성의 차에 올랐다. 좁은 차 안은 금세 현수의 향수 냄새로 가득 찼다.

"너 첫 번째로 진료받게 하려고 변태 같은 놈한테 전

화해 아양 떨고, 너 괜찮은지 확인하려고 이렇게 차려입고 외출했는데 바로 집으로 가라고? 너한테 난 친구 엄마가 아니라 노래방 도우미일 뿐이지? 영원히 내 딸 근처엔 얼씬도 마!"

"제가 잘못했어요. 생각이 짧았어요!"

기성은 자신이 뭘 잘못했는지 알지도 못하면서 일단 빌었다. 어느새 그의 손이 현수의 어깨 위에 놓여 있었다. 현수는 아직 분이 풀리지 않은 듯 가쁜 숨을 몰아쉬었고, 그때마다 목걸이가 얹힌 가슴께가 벌렁벌렁거렸다. 기성은 급히 시선을 피했으나 이번엔 스커트 아래로 훤히 드러난 매끈한 다리가 보였다.

"천벌을 면치 못할 거야."

현수가 기성을 노려보았다.

"제가 잘못했어요. 화 푸세요. 여사님 은혜도 모르고 버르장머리 없이 굴었어요. 정말 죄송해요."

"내가 너한테 이상한 짓 하려는 거 같아? 왜 날 피해? 내가 노래방 도우미여서 그래? 난 예술하는 사람이지 도우미가 아니야. 딱 한 번 나간 것뿐이야. 권태 때문이라고 얘기했잖아!"

"한 번도 여사님을 가벼운 여자라고 생각한 적 없어요. 진심이에요. 여사님은 연진이 엄마인데 제가 왜 그런 생

120

각을 하겠어요."

"연진이 얘기 좀 그만할 수 없어?"

"그만할게요."

"지금부터 연진이 얘기 하지 마."

"그럼, 화 푸실 거죠?"

현수는 말없이 가쁜 숨만 몰아쉬다가 겨우 한마디 내뱉었다.

"시원하게 좀 달려봐."

기성은 내비게이션에 주소를 입력하며 말했다.

"붕평마을은 안 가봤지만 소문은 들었어요. 경치가 좋다면서요."

"그냥 가. 길은 내가 잘 알아."

그녀의 표정은 강철 같았지만 목소리의 노기는 가라앉았다. 기성은 그제야 조금 안심할 수 있었다.

*

차는 연수원이 있는 엄동면도, 연진의 집이 있는 수낭면도 아닌 규소면이란 곳을 향했다. 규소면 붕평리에 '붕평마을'이라는 민속촌이 있었다. 기와를 얹은 고택들 사이사이로 장승들이 세워져 있는, 섭주의 유서 깊은 명승

지였다. 안동 하회마을이나 영주 선비촌이 빛이라면 봉평마을은 어둠이었다. 이 마을이 장승으로 유명했기 때문이다. 골목마다 즐비하게 서 있는 장승들은 기존의 것과 생김새가 달랐다. 장승의 머리 부분은 온갖 탈로 장식되었는데 정상적인 모습을 한 탈이 하나도 없었다. 그것은 변형이나 왜곡이라는 단어가 어울릴, 기괴한 인상의 집합적인 표현이었다. 이런 장승들이 동서남북으로 가득 늘어서 있어 대낮인데도 섬뜩한 기운을 주었다. 현수는 이야말로 섭주의 매력이라고 했다. 섭주는 예로부터 괴이한 일이 많이 일어나는 곳이었고, 사람들이 떠올리는 섭주의 첫 번째 이미지도 '전원'이 아닌 '공포'였다. 봉평마을의 가장 큰 수입원도 사람들의 그런 호기심을 채워줄 수 있는 도깨비집 체험이라고 했다.

설명을 듣고 보니 기묘한 매력이 느껴졌다. 앞에는 낙동강을, 뒤에는 통악산을 둔 마을은 까마귀처럼 검은 색조 일색인 고택과 지붕을 뒤덮고 있는 커다란 고목들로 인해 초현실주의 풍경화 같은 이미지를 자아냈다.

기성은 주차장 쪽으로 차를 천천히 몰며 멀리 보이는 산성에 눈길을 주었다. 현수도 그쪽으로 고개를 돌리고 있었다. 기성은 그녀의 목선이 훌륭하다고 생각했지만, 현수의 고개가 원위치로 돌아오자 시선을 외면했다.

조금씩 단풍이 들기 시작하는 나무들의 그림자가 강물 위에서 춤을 추었다.

"여기서 멀지 않은 곳에 돌아래 마을이라고 있어. 1976년인가, 동네 주민 백여 명이 어느 날 감쪽같이 사라지는 괴사건이 있었지. 목 없는 귀신이 사람들을 이 강물에 던져 넣었대."

"설마요."

"쫄았지?"

현수가 웃었다. 그녀의 화가 완전히 풀린 것 같아 기성은 마음이 놓였다.

"근데 사람들이 거의 안 보이네요."

"평일 아침이잖아."

기성은 붕평마을 주차장 쪽으로 핸들을 꺾었다.

"공용 주차장으로 들어가지 말고 저리로 가."

"길이 있나요?"

현수가 가리킨 방향은 좁은 언덕배기였다. 찻집과 매점 그리고 고택들이 늘어선 마을과 반대 방향이었다.

"내가 가고 싶은 곳은 저 위에 있어."

"걸어가야 할 거 같은데요?"

"괜찮아. 차가 올라갈 수 있는 길이야. 나 하이힐 신고 왔잖아."

현수가 하이힐을 벗었다. 손가락과 마찬가지로 발가락
도 빨간색 매니큐어가 칠해져 있었다. 그녀는 발을 주무
르며 기성을 향해 야릇한 웃음을 지었다.

"아줌마가 총각 유혹하는 상상했지?"

"아니요. 타이어 터지는 상상했는데요."

"관리인만 안 보면 괜찮아. 걸어가면 힘들어."

"거기 뭐가 있는데요?"

"소원 들어주는 바위."

"그런 게 있어요?"

"있어. 애 못 낳는 여자들이 여기 와서 빌면 임신을 한
대."

"뭘 비실 건데요?"

"너하고 연진이 잘되게 해달라고."

"하지만 저는 짝이 있는데요?"

"두 번 빌 거야. 첫 번째 기도는 하영이랑 헤어지게 해
달라고 빌어야지."

"화영이요."

기성이 강조했다. 현수가 모자 아래로 흘러내린 머리
칼을 귀 뒤로 넘겼다.

"거기 전망이 좋아. 너도 마음에 들 거야."

경사 급한 오르막이 나왔다. 엑셀을 밟자 우르릉거리는

소리와 함께 차가 언덕을 올랐다. 얼마 후 오르막이 끝나고 구불거리는 길이 이어져 있는 평지가 나타났다. 멀미가 날 만큼 굽은 길이었다. 길을 따라 S자를 수차례 그려가며 이동한 후에 탁 트인 공간이 나왔다. 파란 하늘이 시야를 채웠고 구름이 손에 잡힐 듯 가까워졌다.

"아, 절이 있네요."

사찰 지붕에서 새들이 결혼식 하객처럼 분주히 지저귀었다. 한 승려가 빗자루로 마당을 쓸고 있었다. 기성은 현수의 지시대로 사찰 마당에 차를 세웠다. 현수가 선글라스를 쓰고 차에서 내렸다. 두 사람을 본 승려가 먼저 합장했다. 현수도 공손하게 합장했다.

"안녕하세요, 스님. 고슴도치 바위에 소원 빌러 왔어요."

빗자루를 쥐지 않은 손으로 승려는 가도 좋다는 신호를 보냈다. 기성은 현수를 경계했던 자신을 탓했다. 막장 드라마 같은 전개를 예상했지만 현수의 의도는 전혀 그런 게 아니었다. 기성은 저만치 앞에서 걷고 있는 현수를 보았다. 빛무리가 현수의 얼굴을 아름답게 물들였다. 그런 그녀에게도 진정한 황금기가 있었을 거라고 생각했다. 얼마나 많은 남자들이 그녀 때문에 가슴이 설레었을까.

"왜 자꾸 날 쳐다봐?"

"영화 현장에 계실 때의 여사님을 상상해봤어요."

"맞아. 이런 곳은 〈변강쇠〉 같은 토속 에로물 현지 촬영지로 제격이지."

"그 말이 아니고요……."

기성이 말끝을 흐렸다. 그때, 고슴도치가 웅크린 듯한 거대한 바위가 두 사람 앞에 모습을 드러냈다. 고슴도치 바위라 불리게 된 것은 바위에 솟은 수많은 돌기 때문일 것이었다. 잔뜩 독이 올라 한껏 가시를 세우고 있는 고슴도치 같았다. 바위 앞에는 수많은 동전들이 떨어져 있고, 짚으로 엮은 돗자리도 깔려 있었다.

"동전 하나 줘봐."

기성은 주머니에서 5백 원짜리 동전 하나를 꺼내 현수에게 건넸다. 현수는 바위를 향해 동전을 던진 다음 다소곳한 자태로 절을 했다. 기성은 옷으로 감춰지지 않는 현수의 관능적인 몸매를 애써 외면하려고 했지만 마음먹은 대로 되지 않았다. 절을 마친 그녀는 합장을 하고 조용히 경문을 읊조렸다.

"기성인 소원 안 빌어?"

현수의 말에 기성도 5백 원을 던지고 절을 한 뒤 소원을 빌었다.

"뭐 빌었어?"

"아직 멀었지만 무사히 정년퇴직할 수 있게 해달라고

요."

"거짓말. 연진이하고 잘되게 해달라고 빌었지?"

현수가 손가락으로 기성의 몸 여기저기를 찔러댔다. 간지러웠다. 어린 시절로 돌아간 것처럼 마음의 벽이 허물어졌다.

"어어, 하지 마세요. 나도 간질일 거예요!"

"뭐 빌었어? 똑바로 말해!"

"여사님이 춘향이의 월매가 되어달라고 빌었어요. 됐어요?"

"월매? 차라리 뺑덕어멈이라고 하지?"

손가락 공격을 하려는 현수와 그것을 막으려는 기성의 몸싸움이 계속됐다. 기성은 이러다가 현수와 포옹하게 될지도 모른다고 생각했다. 두 사람 머리 위에서 참새들이 시끄럽게 지저귀었다.

"이만 돌아가요."

분위기에 취한 현수는 여전히 싱글벙글이었다.

"우리 제선정만 보고 돌아가자."

"제선정이 어딘데요?"

"봉평마을 끄트머리에 있는 정자인데 거기 오르면 낙동강하고 모래벌판이 한눈에 들어와."

"강이 보고 싶은 거예요?"

"나는 늙어가는데 저 강물하고 모래는 내 어릴 적 그 대로야."

"여기서 멀어요?"

"바로 저기."

현수의 손가락이 그들이 올라온 반대편 길 아래를 가리켰다. 으리으리한 팔각지붕 정자도 눈에 들어왔다. 기성은 그녀의 옆얼굴을 보았다.

'여사님은 매일 거울을 보며 나이 들어가는 것을 한탄하고 있겠지.'

누구나 피할 수 없는 일이기에 기성은 동정심을 느꼈다.

"좋아요. 가보죠."

"나, 이 차 한 번만 몰아보고 싶어."

"이 똥차를요? 더 좋은 차 있으시면서."

"이래뵈도 카 마니아거든. 제선정까지만 내가 몰자."

"그러세요."

기성이 차 열쇠를 건넸다. 제선정까지는 내리막길이었고, 급커브길인데도 난간이 제대로 없어서 속도가 붙으면 위험할 수도 있었다.

"저속으로 천천히 가세요. 제 차가 길들여지지 않은 야생마 같거든요."

"한두 번 와본 게 아니니 걱정 마."

"누가 튀어나오면 피하기 어려울 거예요."

"여긴 사람이 안 오는 곳이야."

현수가 핸드백에서 CD를 꺼냈다.

"〈라스트 콘서트〉라는 음악 알아?"

"아뇨."

"영화음악인데 분위기 있어. 들어봐. 맘에 들 테니."

기성은 그녀가 영화 업계 종사자란 사실을 상기했다.

"더스틴 호프만이 누구예요? 〈졸업〉에 나왔다던데."

"누가 그래?"

"뉴타임 원장님이요."

"가벼운 새끼……."

"네?"

"몰라. 나 영화 안 좋아해."

"의상 담당이시면서?"

"나중에 직접 다운로드해서 봐. 보면 알겠지."

"조심하세요. 내리막이니까."

"너보다 내가 운전 더 잘해."

현수는 속도를 줄이지 않고 핸들을 급하게 꺾었다.

"어, 어. 좀 살살 가시죠."

도로 중앙에 서서 두리번거리고 있던 다람쥐가 놀라서 급히 달아났다. 차는 위태롭게 길을 내려갔다. S자를 그럴수록 나무와 나무 사이로 마을의 원경이 나타났다 사라졌다. 제선정을 앞에 두고 현수가 핸들을 반대로 꺾었다. 차는 정상적인 통행로를 벗어나 산으로 들어갔다.

"어딜 가는 거죠?"

"지름길."

"이런 데 지름길이 있어요?"

"니가 뭘 알아?"

"조심하세요!"

낡은 플래카드에 쓰인 '출입 금지'라는 글자가 눈앞을 휙 지나갔다. 숲이 우거져 햇볕조차 들어오지 않았다. 사람은 한 명도 없었고, 오직 까마득히 솟아오른 나무들뿐이었다. 차는 잘려진 채 밑동만 남은 나무들을 요리조리 지나쳐 산 중턱까지 가서야 멈췄다. 현수가 도어록 스위치를 눌렀다. 딸깍, 하는 소리와 함께 문이 잠겼다. 동시에 현수가 기성의 목을 끌어안았다. 기성이 뭐라고 항변하려 했으나 현수가 입술을 덮쳐 성공하지 못했다. 그녀의 향기, 그녀의 매력에 정신이 혼미해졌지만 기성은 정신을 차리고 그녀를 밀쳤다.

"안 돼요!"

"왜 이래? 너도 싫지 않잖아!"

"그래도 이건 아니에요."

"흥, 내가 여전히 노래방 도우미였어도 이럴까? 아마 날 일회용 취급했을걸!"

"그땐 친구 엄만 줄 몰랐으니까요."

"그게 무슨 상관이야?"

"저 연진이 좋아해요."

"걔가 다 웃겠네. 그럼, 화영이는 뭔데?"

"이러시면 제가 연진이를 볼 수 없어요."

"우리 둘 빼곤 아무도 몰라. 그냥 너만 입 다물면 돼!"

현수가 다시 기성의 목을 끌어안았다. CD는 다음 곡으로 넘어갔다. 서정적인 피아노 연주곡은 두 남녀의 처절한 몸짓과 대조를 이루었다.

"기성아, 가만있어! 응? 제발?"

현수의 몸이 용광로처럼 뜨거웠다. 그녀의 혀가 기성의 귓속을 파고들었다. 그녀는 예상보다 힘이 셌다.

"잠깐만! 잠깐만! 알았어요! 잠깐만요!"

"머리 굴리지 마! 그냥 나를 가져!"

기성이 현수를 밀쳤다. 현수의 머리가 핸들에 부딪쳤지만 그녀는 조금도 진정이 되지 않았다. 현수가 기성을 향해 뜨거운 숨을 몰아쉬었다.

"여사님, 알코올중독이죠?"

"아니야!"

"아침에도 드셨죠? 숨결에서 와인 냄새가 나요. 여사님 탓이 아니에요. 술 때문이에요. 저는 그렇게 믿을래요."

"내가 욕망에 미친 여자 같아?"

"아니요. 술 때문이라고 생각해요. 그리고 제 책임도 커요. 연진이는 제 친구이고 여사님은 친구 어머니세요. 무엇보다 제겐 화영이가 있어요. 어제 연진이를 보고 저는 화영이가 시험에 떨어지면 좋겠다는 어리석은 생각까지 했어요. 지금 일어나는 모든 일들이 다 저를 정신 차리게 하려는 시험 같아요."

기성은 자신이 먼저 내릴 테니, 여사님도 원래 자리로 옮겨 타라고 말하며 천천히 잠금장치를 향해 손을 뻗었다. 그때 현수가 CD 플레이어의 다음 곡 버튼을 눌렀다. 어제 연진이 집에서 공연한 것과 같은 대금 연주였다. 다른 악기 소리는 섞이지 않고, 오직 대금 소리만 들려왔다. 대금 연주에 기성은 전기에 감전된 듯한 충격과 함께 몸이 굳었다.

"이거! 이거! 연진이가 직접 연주한 거예요?"

기성이 옆을 돌아보자 현수는 사라지고 없었다. 대신 연진이 운전석에 앉아 있었다. 환각이라기엔 지나칠 정도로 생생했다. 기성은 눈을 크게 뜨고 운전석에 앉아 있는 그녀를 바라보았다. 연진이 활짝 미소 짓다가 윙크를 했다. 기성의 몸에서 이상한 정욕이 한 번에 끓어올랐다. 몸의 털 하나하나까지 곤두서고 오장육부에 흐르는 피가 정염의 촉매제가 되어 부글부글 끓었다.

진실인지 환각인지 확인할 사이도 없이 그녀가 기성의 목을 끌어안았다. 기성도 연진의 입술에 입을 맞췄다. 대금 소리 사이로 전화벨이 울렸다. 벨소리를 통해 화영이라는 것을 알 수 있었다. 화들짝 정신이 든 기성이 품에 안은 여자를 밀치고, 차에서 내리려고 했다.

"너 호모지?"

"뭐?"

"여자하고 하지도 못하는 호모라고! 지금 쪽팔려서 도망치는 거잖아?"

"무슨 소리야?"

기성은 운전석을 돌아보고 깜짝 놀랐다. 어제처럼 연진이 알몸인 채로 생머리를 풀어 헤치고 있었다. 기성은 학을 타고 함께 하늘을 날았던 꿈을 떠올렸다. 그녀가 말했다.

"넌 피해자가 아니라 가해자야. 그날 노래방에 왔던 놈은 네가 건드린 거야. 똥구멍이 아프다고? 이 거짓말쟁이야. 똥구멍 아픈 건 바로 그놈이잖아! 니가 쥐좃만 한 자지로 찔러댔을 테니까. 왜 날 불러냈는지 내가 모를 줄

알아? 여자한테도 그 짓을 할 수 있나 없나 확인하려고
나를 불러낸 거야. 맞지?"

"너 누구야? 연진이야? 주리야?"

"바보 새끼!"

"누구냐니까!"

"여자랑 하지도 못하는 놈!"

전화벨이 그쳤다. 대금 연주가 고조되었다. 피가 끓어
올라 육신을 태우기 일보직전이었다. 그를 비웃을 때마
다 연진의 풍만한 가슴이 출렁였다.

"여자랑 하지도 못하는 놈! 호모 새끼!"

"닥쳐!"

기성이 연진의 어깨를 붙잡아 자신 쪽으로 끌어당겼
다. 그녀가 기성의 목덜미를 끌어안았다. 시트가 뒤로 젖
혀졌다. 마치 한 곡만 녹음된 것처럼 대금 연주는 무한
반복되고 있었다. 기성은 관통할 듯이 그녀의 몸속으로
파고들었다. 그녀가 손바닥으로 기성의 벗은 엉덩이를
때렸다. 하지만 항문에선 아무런 통증이 느껴지지 않았
다. 기성은 폭풍에 올라탄 배처럼 광적으로 몸을 흔들었
다. 새들이 날아올랐고 산짐승이 뛰어다녔다.

"더! 더! 멈추지 마! 제발! 전하! 아, 전하! 주상전하!"

기성의 등을 할퀴며 그녀가 울부짖었다. 그건 연진이

아니라 현수의 목소리였다. 기성의 엉덩이가 계기판에 부딪치면서 CD 플레이어가 꺼졌고 음악도 사라졌다. 기성은 그제야 자기 앞에 누워 있는 현수의 얼굴을 볼 수 있었다. 그녀는 아직도 황홀경에서 헤어 나오질 못하는 것처럼 보였다.

*

차가 봉평마을 공용 주차장으로 내려왔다. 기성과 현수가 옷매무새를 바로 했다. 11시가 되자 봉평마을에는 놀러 온 사람들이 여기저기 모습을 드러냈다. 가을 날씨를 만끽하는 사람들의 얼굴에 여유로움이 묻어났다. 하지만 하얗게 질린 기성의 얼굴은 가을보다 겨울에 더 가까웠다. 기성이 집까지 태워주겠다고 하자 현수는 연진이 볼 수도 있다며 제안을 거절했다.

"안동에 갔다면서요? 벌써 돌아왔어요?"

"연진이 집에 있어."

기성은 대꾸할 힘조차 상실했다. 현수의 음성이 싸늘하게 변했다.

"너 힘 좋다."

"네?"

"그렇게 잘하면서 왜 참았대?"

"여사님이 먼저 시작하신 거예요."

"니가 나한테 먼저 전화했잖아. 통화 기록에도 다 남아 있을걸."

저 멀리에서 까만 점처럼 이쪽을 향해 다가오는 택시 한 대가 보였다. 기성은 몸을 움츠렸다. 현수도 선글라스를 썼다.

"고슴도치 바위에 빈 내 소원이 이루어졌어."

"뭘 빌었는데요?"

"널 주상전하로 모실 수 있게 해달라고 빌었지."

"그래요? 나도 꿈이 실현됐어요."

"오호, 너도 날 원한 거였니?"

"아뇨. 학 꿈이었죠. 누구랑 학을 타고 세상 끝까지 갈 줄 알았는데 아니었어요."

"어떻게 됐는데?"

"추락했어요."

현수가 청양고추 같은 독함을 드러냈다.

"나하고 한 걸 추락으로 표현한 거야? 표리부동한 놈! 좋았으면서!"

기성은 연진에서 현수로 바뀐 어제의 꿈과 오늘의 현실을 생각했다. 그사이 택시가 다가왔다. 머리가 하얀 건장한 체구의 남자가 차창을 내렸다.

"택시 부르셨어요?"

"네."

현수는 기성을 돌아보지도 않고 택시를 타고 그대로 가버렸다.

기성은 시야에서 완전히 사라질 때까지 현수가 탄 택시를 바라보았다. 영혼이 붕괴된 기분이었다. 차창을 열어 아직 남아 있는 그녀의 흔적을 지워버리려 했지만 소용없었다. 그녀의 향취는 차에 깊이 스며들었다.

그는 정신이 없어 어떻게 운전했는지도 모르게 연수원으로 돌아왔다. 아직 수업 중이라 연수원 건물 앞에는 아무도 보이지 않았다. 주차장에 차를 세운 기성은 핸들에 고개를 묻었다.

'내가 무슨 짓을 한 거지!'

핸드폰이 울렸다. 그는 목소리를 가다듬고 전화를 받았다.

"응, 화영아."

"이제 수업 끝났어? 아깐 안 받더니?"

"못 받아서 미안해. 진료 중이었어."

"진료? 병원 갔어?"

"치질이 악화됐어."

"그러기에 술 좀 작작 마시라니까. 괜찮은 거야?"

"응. 바르는 약 처방받고 좋아졌어."

"연고만 바르면 된대?"

"빨리 수술하래."

"으이고, 잘생긴 우리 서방님 치질이 다 뭐야, 치질이?"

기성은 갑자기 울고 싶어졌다.

"미안해, 화영아."

"어, 나 비꼬는 거 아니야."

"미안해, 화영아. 사랑해."

"왜 그래? 무슨 일 있어?"

기성은 시험을 앞둔 화영에게 걱정거리를 안기고 싶지 않았다. 목소리를 밝게 하려고 애썼지만 쉽지 않았다.

"아냐, 니가 너무 보고 싶어서. 그동안 내가 너한테 너무 못되게 군 것 같아."

"어젯밤에 지나친 사람, 진짜 이연진 아니지?"

기성의 음성이 높아졌다.

"연진이?"

"왜 놀라고 그래? 어제 니가 야시장에서 비슷한 사람 봤다며?"

"연진이 아니었어."

"그럴 거야. 내 기억에 오류가 좀 있었거든."

"오류라니?"

"걔 고향이 섭주라 그랬잖아. 근데 뭔가 자꾸 틀렸다는 생각이 드는 거야. 그런데 함께 수업 듣는 경상도 수험생을 보는 순간 떠올랐어. 걔 집이 상주거든. 연진이 집도 상주 아니면 영주였어. 절대 섭주는 아니야."

"상주? 영주?"

"확실해. 내가 바리스타 동아리 총무였잖아. 그때 회원들 명부 만드느라 생년월일하고 고향을 하나하나 물었던 거 기억나."

"그래서 이젠 안심이 돼?"

"그럼, 당연하지. 내 서방님 곁을 그런 구미호들이 빙빙 맴도는 게 싫어."

"왜 그리 걔를 미워해?"

"한 번 악녀는 영원한 악녀니까."

"화영아, 우리 내년엔 꼭 결혼하자."

"뭐?"

"나 겁쟁이에 소심남이잖아. 니 마음이 변할까 봐 그래."

화영의 말이 빨라졌다. 흥분된 기색이 수화기를 타고 전해졌다.

"하하하, 얘가 왜 안 하던 짓을 해? 하여간 듣기 싫진 않은데? 녹음이라도 해둘 걸 그랬나."

화영은 신이 나 혼자 이것저것 이야기를 늘어놓다가 전화를 끊었다. 곧바로 기성의 핸드폰에 하트 모양의 이모티콘이 날아왔다.

'내가 무슨 짓을 한 거지? 아무것도 모르는 화영인 나만 믿고 있는데…… 그리고 연진이는 왜 섭주가 고향이라고 거짓말을 했을까? 걔가, 아니 모녀가 나한테 사기를 치려는 걸까?'

기성은 핸들에 머리를 쾅쾅 박았다. 현수와의 카섹스를 생각하자 얼굴이 화끈거렸다. 열아홉 살이나 많은 여자랑 그런 짓을 하다니! 어깨가 아파 옷을 들춰보니 어깨에 톱니바퀴 모양으로 피멍이 들어 있었다. 절정에 달했을 때 현수가 깨문 것이리라. 모든 것이 꿈이 아니라는 실감이 들었다.

그녀가 기성의 귓가에 뜨거운 숨을 쏟아내며 했던 말이 떠올랐다.

"우리 주상전하, 맘 푹 놔. 이 후궁은 절대 중전한테 들키지 않을게."

그녀의 말이 의미하는 게 뭘까? 불장난이 단 한 번으로 그치지 않을 수도 있다는 말일까? 기성은 차에서 내려 강의실을 향해 터벅터벅 걸어갔다. 강사의 목소리가 복도까지 새어 나왔다.

"(……) 결국은 민원인도, 인간 공무원도 인간입니다. 인간의 일을, 그 의지를, 방향을, 목적을, 개인적인 속성을 어느 누가 완벽히 이해할 수 있겠습니까? 도스토옙스키도 모를 걸요? 인간은 절대로 인간을 이해할 수 없습니다. 열 길 물길은 알아도 한 길 사람 속을 모른다는 말은 어떤 철학자의 천 페이지 저서보다도 인간의 불가해성에 대해 잘 말해주고 있습니다. (……) 우리 모두는 수학 공식과도 같은 삶을 살고 있습니다. 법령이, 조항이, 규칙이, 질서가 그렇게 요구합니다. 합의를 하고 만들어놓은 것, 최선이라고 생각하는 것에 맞춰서 사는 거죠. 그럼 모두가 여기에 맞춰서 잘 살고 있습니까? 모두가 최선이라고 생각하는 것에 동의합니까? 절대 그렇지 않을걸요? 우리 모두는 인간이잖아요? 기계는 말을 잘 듣지만 듣는 척할 순 없습니다. 인간은 말을 잘 들을 수도 있고 안 들을 수도 있지만 듣는 척할 수도 있죠. 기계는 오작동을 하지만 인간은 잔머리를 굴립니다. 기계의 위험성은 단순하지만 인간의 위험성은 복잡합니다. 인간은 결코 인간을 이해할 수 없습니다. 이해할 수 있다고, 분석할 수 있다고, 판단할 수 있다고 믿고 있을 따름이죠. 하지만 어떻게 내가 남을 알 수 있을까요? 남이 되어본 적이 없는데? 여러분은 나를 안다고 생각하세요? 여러분이 내가 아닌데? 해답은 절대로 없습니다. 인간은 결코 인간을 이해할 수 없습니다. (……)"

지금 강의실에 들어가면 모든 교육생이 기성을 쳐다볼 터였다. 기성은 강의실을 지나쳐 대기실로 갔다. 대기실에는 음료수 자판기와 앉아서 쉴 수 있는 소파가 놓여 있었다. 정리 안 된 온갖 생각들이 몰려와 머리가 아팠다. 전화가 걸려왔다. 현수인 줄 알았는데 처음 보는 번호였다. 그는 긴장된 목소리로 전화를 받았다.

"기성아, 수업 중인데 전화한 거 아니니?"

연진이 목소리였다.

"아, 아냐. 쉬는 시간이야."

"어제 니 번호 몰래 따놨어. 괜찮지?"

"응…… 그래."

"목소리가 왜 그래? 화영이한테 들킬까 봐 그래?"

차 안에서 있었던 일이 다시 떠올랐다. 붕평마을에서 기성이 만난 것은 현수이기도 했고, 동시에 연진이기도 했다.

"아냐, 괜찮아."

"저녁에 우리 집에 놀러 와."

"집에? 왜?"

"왜긴 왜야? 너 금요일에 교육 끝나면 집으로 돌아가잖아. 엄마가 어제 너한테 얻어먹은 거 신세 갚겠대. 꼭 와, 알았지?"

"말은 고맙지만 오늘은 약속이 있어."

전화기 뺏는 소리가 나더니 목소리가 바뀌었다.

"기성 씨, 나 연진이 엄마예요. 어제 잘 들어갔어요?"

"아, 네…… 잘 들어갔습니다."

간이 철렁했다. 그 짧은 순간, 기성은 그녀의 목적이 무엇인지 알아내려고 필사적으로 머리를 짜냈다.

"기성 씨 주려고 삼계탕 끓이고 있어요. 저녁에 먹으러 와요."

"괜찮습니다."

"왜요?"

"회식이 있어서요……."

"괜히 술 마시고 필름 끊어져 몸 상하지 말고 우리 집에 와요. 보양식을 먹어야지. 교육받느라 기운도 없을 텐데. 안 그래요?"

"……."

"안 오면 연진이한테 다 말할 거야."

"뭘요?"

"좋아하는 여자가 초대하는데도 안 오니, 한 서방은 호모라고!"

"못 하는 소리가 없어!"라는 호통과 함께 다시 연진의 음성으로 돌아왔다.

"하여간 주책바가지 아줌마야. 괜찮아, 기성아. 안 와도 돼."

"갈게."

기성은 전화를 끊었다. 관자놀이로 땀방울이 흘러내렸다. 현수의 명령을 거절했다간 어떤 보복이 기다릴지 몰랐다.

'연진은 정말 아무것도 모르는 걸까. 아니면 알고 있는 걸까?'

그리고 또 궁금증이 들었다.

'대금 소리만 들으면 왜 음란한 상상이 실제처럼 펼쳐지는 걸까?'

어쨌거나 고향을 속였다는 추측 하나로 모녀에 대한 의심이 커졌다. 가야금 소리가 스피커로 쏟아졌다. 수업이 끝나고 교육생들이 강의실에서 쏟아져 나왔다.

"너 괜찮아?"

장준오의 목소리에 기성은 고개를 들었다.

*

"어디 아프다더니?"

"누가 그래?"

"당직자."

"그럼, 어디 아픈지도 아는 거야?"

"그냥 복통이라고만 하던데. 회 먹고 식중독 걸린 거
아냐?"

장준오는 오늘도 화려한 디자인의 목걸이와 팔찌를
착용하고 있었다. 하지만 그것만으로 동성애자라고 단정
지을 수는 없었다. 요즘은 남자들도 패션이나 유행에 소
홀하지 않았다. 괜한 의심으로 현수에게 전화를 했다가
오히려 낭패를 보고 말았다. 기성은 자신의 어리석은 판
단에 한숨을 내쉬었다.

"왜 그래? 얼굴이 말이 아닌데."

"치료받고 왔어."

"솔직히 말해봐. 어디 갔다 왔어?"

"왜 그런 걸 묻는데?"

"너한테서 여자 향수 냄새가 진동을 해."

"간호사가 뿌린 거겠지."

"페로몬 향수 뿌리는 간호사라고? 흥, 이 향수 냄새는

분명 그날 노래방에서 맡았었는데. 그 도우미 만났지?"

사람들이 모두 이쪽을 쳐다보고 있다는 상상이 들었다. 기성은 장준오의 팔을 잡고 강의동을 나왔다. 그들이 들어선 곳은 야외 휴게실이었다. 다행히 그곳에는 아무도 없었다.

"준오야, 나 아무래도 당한 거 같아."

"둘이 했어?"

기성이 고개를 끄덕였다.

"언제? 몇 번이나?"

"오늘이 처음이야."

그는 장준오를 남색가로 의심한 부분은 생략하고 핸드폰 돌려주러 온 딸이 대학 동창이었다는 것부터 현수와 봉평마을까지 가게 된 이야기를 들려주었다.

"동창인 걸 알고 어제 셋이 식사를 하게 된 거야. 딸은 엄마와 내가 노래방에서 만난 사실을 모르고 있지. 밥만 먹고 아무 일 없이 헤어졌는데 오늘 아침 자고 일어나니 치질 때문에 하혈까지 한 거야. 수업 빼고 병원을 찾았지. '뉴타임 연합클리닉'이라고 꽤 큰 병원이었어. 치료 잘 받고 나오는데 주차장에서 그 여자가 기다리고 있더라고……."

"그 여자가 어떻게 알고 널 기다리고 있었어?"

"병원 소개시켜준 사람이 그 여자야. 원장과 아는 사이 랬거든. 그 덕에 예약 안 하고도 첫 번째로 진료받을 수 있었지."

"근데 뭐가 문제야?"

"그 여잔 돈 벌기 위해 노래방 뛰는 도우미가 아냐. 자기 말마따나 권태 때문에 나온 거야. 일종의 심심풀이지. 알고 보니 영화계에서 유명한 여자였어."

"뭐라고? 영화계?"

"특수 분장…… 아니 의상 담당자야. 변강쇠전 시리즈도 다 그 여자가 담당했어."

"변강쇠?"

장준오가 어이없다는 웃음을 지었다.

"그런 유명한 여자가 심심풀이로 노래방을 뛴다고? 사기 치는 거 아냐?"

"그 집 2층 방에 사극에 쓰는 의상하고 분장 도구가 가득했어. 거짓말은 아닌 거 같아."

"그때부터 널 유혹한 거야?"

"그런 건 아닌데 좀 친한 것처럼 행동하긴 했지."

"딸 앞에서도?"

"응."

장준오는 풀이 죽은 기성의 말을 유심히 들었다.

"객지에서 우연히 만난 동창이 하필 노래방에서 만난 도우미의 딸이었다? 뭐 그런 거짓말 같은 스토리가 다 있어?"

"하지만 정말 같은 동아리에 있었던 애가 맞아."

"너무 희박한 우연이야. 뭔가 이상한데? 꼭 너를 의도적으로 표적 삼았다는 의심이 들잖아?"

어쩌면 연진이 어떤 범죄와 연관돼 있을지도 모른다는 막연한 불안감이 들었다.

"근데 그 여자가 소개한 의사 있잖아. 김석준이라고, 책도 내고 유명한 사람이었어."

"설마 『내 사랑 명순 씨』의 저자 김석준 말하는 건 아니겠지? 말기 암에 걸린 와이프를 살린 의사?"

"그 김석준 맞아."

"그래? 그 여자가 그 의사와 아는 사이여서 너는 진료를 일찍 받았다, 그거 확실한 거지?"

"들어가자마자 그 의사가 말했어. 현수 씨한테 전화받았다고."

"그 여자 이름이 주리가 아니고 현수구나. 그런 명망 있는 의사하고 인맥 있는 사이라면 꽃뱀 같진 않은데…… 아니, 이건 성급한 예단이야."

기성이 뭔가 말하려는데 장준오가 손가락을 세웠다.

148

'나는 의심한다, 고로 존재한다……'

"그래, 일단 그건 그렇다 치고. 대체 뭐가 문제인 거야? 너한테 뭘 요구하는 거야?"

"아직은 아냐."

"그게 무슨 소리야?"

"협박 같은 건 없었어. 근데 오늘 자기 집으로 저녁 먹으러 오래."

"집엔 그 아줌마 혼자 있고?"

"아니, 동창이랑 같이."

"동창도 아는 눈치야? 너랑 그 아줌마가 그렇고 그런?"

"아닌 거 같아."

장준오가 하, 하고 입을 벌렸다.

"뭐야? 지금 장난해? 대체 걱정하는 게 뭔데?"

"불안해."

"저녁 먹으러 오라 그랬다며?"

"말은 그렇게 했지."

"바뀐 폰 받으러 가보니 그 딸이 대학 동창이었다. 어떻게 어떻게 하다가 노래방 도우미인지 영화 업계 종사자인지 모르는 걔네 엄마랑 하게 되었다. 할 땐 좋았는데 그여자가 다시 널 부르니 무슨 협박이 있을까 봐 겁난다, 이거잖아?"

"무슨 음모가 있는 것 같기도 하고 아닌 것 같기도 하고……."

"음모가 맞지. 한번 몸 섞은 젊은 놈 또 만나고 싶은……."

"야, 우습게 보이겠지만 난 심각해. 난 공무원이잖아. 소문이 새나가기라도 하면 바로 파면이라고."

"굴러온 호박을 먹긴 먹었는데 독이 들었을까 봐 겁내고 있구먼. 그렇게 겁낼 거면 뭐 하러 그 짓을 했어? 죽기 살기로 거부했어야지."

"그게 이상해. 내가 어떤 최면술에 걸린 거 같았거든."

"최면술?"

"응. 어제 그 집에서 동창 애가 대금을 연주했는데 그소리를 들으니 갑자기 성적으로 흥분하고 걔가 누드 상태로 보이는 거야. 연주를 마치니 그런 환상이 사라졌고. 오늘 아침, 차 안에서 그 여자가 날 덮칠 때도 의도적으로 대금 연주가 녹음된 CD를 틀더라고. 온 힘을 다해 저항했지만 그 음악을 들으니 반항할 힘조차 사라졌어. 그여자가 또다시 알몸인 동창으로 보였거든."

"너한테 최면술을 걸어서 섹스를 유도했다? 말도 안되는 소리. 법정에서 그게 통하겠냐? 너 솔직히 말해봐. 그 여자 딸한테 관심 있는 거지? 아니면 둘 다한테 관심있는 거야?"

기성이 망설이다 고개를 끄덕였다. 장준오의 어투에 비아냥거림이 묻어났다.

"너 지금 자랑하는 거지? 그 아줌마가 널 부르는 이유가 명백하잖아. 겁을 내면서도 은근히 기대하는 표정이 네 얼굴에 다 드러나 있어, 아니야?"

"그건 아니야! 정말 죄책감이 크단 말이야."

"할 짓 다 해놓고 무슨 죄책감? 하긴 먼저 죄를 짓고 나서 생기는 감정이 죄책감이긴 하지."

"진짜 오늘 일은…… 실수였어."

"그 여자가 어떻게 널 유혹했는데?"

"내 차를 한번 몰아보고 싶다고 했어. 그래서 운전대를 맡겼더니 정해진 길로 안 가고 아무도 없는 산속으로 들어간 거야."

장준오의 비아냥거림은 어이없는 웃음으로 바뀌고, 눈에서는 모멸의 기운이 뿜어져 나왔다.

"산속? 니 차로 니가 납치당한 거네. 너 같은 녀석, 그 여자한테 된통 당하면 좋겠다."

"무슨 말을 그렇게 하냐?"

기성은 최면술 탓이라고 변명하고 싶었으나 이젠 자신이 없었다. 연진을 정말 여자로 느꼈기 때문에 그런 음란한 상상을 펼쳤을지도 모르는 일이었다.

"엄마 앞에서 딸한테 엉큼한 시선 보내지 않도록 조심해, 이 이중인격자야."

"내가 그렇게 나쁜 놈이냐?"

"나쁜 놈 맞지. 여친이 가까운 데 있었으면 절대 사고 못 쳤을걸."

"변명 같지만 난 정말 아무 짓도 안 하려고 했어. 그 아줌마가 작정하고 유혹을 해서……."

장준오의 표정이 조금 풀어졌다.

"하긴 부처가 아닌 이상 유혹에 넘어가는 게 사람이지. 게다가 여긴 자유와 일탈을 만끽할 수 있는 객지이고."

"부처? 맞아, 너 혹시 『반야심경』 외우니?"

장준오가 눈을 크게 떴다.

"어, 니가 그걸 어떻게 알어?"

"새벽에 니 방에서 독경 소리 들었어."

"너도 불경 하나 구해줘? 여색에서 헤어 나오는 데는 부처님 말씀만 한 게 없다."

"됐어, 너랑 안 어울려서 물어본 거야."

"신나 통이 눈앞에서 터져봐. 안 다니던 절도 다니게 되고 『천수경』 『반야심경』 『금강경』, 경이란 경은 다 외우게 돼."

"그런가? 그럼, 나도 한 권 구해줘."

"그래. 가만 생각해보니 이상하긴 해. 어떻게 너를 유혹한 여자의 딸이 하필 대학 시절 동창인 거지? 이 상황엔 스릴러 영화 같은 요소가 분명 존재해. 하지만 그 노래방을 선택한 것은 우연이었으니 그 여자가 계획한 건 아닐 테고……."

장준오가 손가락을 탁 튕기며 말을 이었다.

"내 결론은 이래. 우연은 맞아. 진짜 몇만 분의 1에 해당하는 우연이 너한테 일어난 거라고. 만약 교육이 끝나는 주말까지, 딸한테 안 걸린다면 아무 문제도 없어. 깔끔한 엔조이 깔끔한 엔딩이지. 문제는 이 아줌마의 집착이 길어져 너한테 계속 달라붙거나, 누군가 특히 딸이 두 사람의 관계를 알아버리게 될 때야. 그럴 경우 모든 원인 제공이 너한테 있다는 식으로 태도를 바꿀 수도 있어. 그러면 널 파멸시킬 덫이 될 수도 있지. 몇 시까지 오라고 했다고?"

"저녁 7시."

수업 시간을 알리는 가야금 연주가 울렸다. 기성이 미안한 표정으로 말했다.

"수업 들어가야 되는 거 아냐?"

"지금 수업이 문제야? 사람이 죽게 생겼는데. 이렇게 해. 지금 나가서 녹음기를 하나 구하는 거야. 그리고 그 여자

153

들이 하는 대화를 몰래 녹음해. 하나도 빠뜨리지 말고! 이
건 만일을 위한 방비책이니까."

"일종의 보험 같은 거란 말이지?"

"맞아, 생명보험."

어쩐지 장준오의 말이 위안이 되었다. 문제 많은 민원
인을 대하는 수완도 자신보다 월등할 것 같아 기성은 감
탄했다. 몸을 일으키자 지팡이로 배를 후비는 듯한 복통
이 일었다. 항문도 아파왔다. 잊고 있던 통증이 삽시간에
살아났다.

"왜 그래?"

"배가 아파서……."

"참고 일어나봐. 한시가 급하잖아."

"잠깐만, 아으. 왜 이렇게 아프지?"

"일부러 이러는 거지?"

"내가 쇼하는 걸로 보여? 너랑 술 마시고 치질이 악화
된 거야. 피를 한 바가지나 쏟았다고."

"어쭈, 이젠 책임 소재를 나한테 돌려? 한 바가지 같은
소리하고 있네. 그 정도 피를 쏟으면 이렇게 서 있지도 못
해. 알았어, 기다려봐. 내가 구해 올게."

"니가?"

"그래. 넌 그런 게 어디 파는지도 모르잖아. 난 예전에

한번 써먹은 적 있어."

"누구한테?"

"누구긴 누구야? 좆같은 진상 민원인이지."

장준오가 백발 머리를 쓸어 넘겼다. 기성은 그에게서 남자다움을 느꼈다. 모든 일의 원인은 자신의 쓸데없는 의심에서 비롯되었다는 생각이 들었다.

*

장준오가 떠나고 기성은 수업에 들어갔다. 4교시 강의는 교실이 아닌 야외에서 배우는 '국궁(國弓)'이었다. 교육생들은 건물에서 나와 뒷산으로 올라갔다. 야바위 돌림판 같은 커다란 과녁판들이 보이기 시작했다. 활과 화살이 교육장 바닥 여기저기에 놓여 있었다. 돌계단 앞에서 활쏘기 시범을 보일 강사가 교육생들을 맞이했다. 외부 강사인 그는 출석 확인조차 하지 않았다. 돌아온 기성을 신경 쓰는 이는 없었고 사라진 장준오를 궁금해하는 이도 없었다.

활보다는 청룡도를 휘두르는 것이 더 어울릴 법한 풍채의 강사는 임진왜란과 병자호란을 들먹이며 우리나라 활의 역사에 관한 일장연설을 늘어놓았다. 그러고는 다

치면 곤란하니 자신 있는 사람만 나서라고 했다. 기성은 활터에서 물러나 연진과 현수를 생각했다.

26번 교육생 이건식이 다가와 말을 걸었다.

"혹시 갈색 지갑 주우신 적 없나요?"

"아뇨."

"큰일 났네, 현금도 많이 들었는데……."

"지갑을 잃으셨나 보군요."

"예. 어디서 흘렸는지 보이지가 않네요."

이건식이 땅에서 고개를 들고 기성을 바라보았다.

"저 한기성 씨, 아프다더니……."

"괜찮아졌습니다."

"어디가 아파서?"

"배가 좀 아팠는데 병원에 다녀왔어요."

"객지에서 아프면 고생이지요. 28번 장준오 씨는 어디 갔나요?"

"저도 모르겠습니다."

기성은 이건식이 어떤 의도를 가지고 질문을 한다는 느낌을 받았다.

"아까 바깥에서 두 분이 뭘 심각하게 얘기하던데."

"심각한 얘기는 아니고 술각한 얘기였어요."

이건식의 쓸데없는 수작에 기성은 경계심을 느꼈다.

"그래요? 나도 좀 끼워주세요. 술은 좋아하는데 어울릴 사람이 없어서요. 우리 앞번호 뒷번호 아닙니까? 장준오 씨는 저를 별로 안 좋아하는 것 같더라고요."

"그럴 리가요?"

"싫어하는 게 맞아요. 그 사람 말하는 거 다 들었어요."

"뭘요?"

"내가 원래 전라도 싫어한다 아이가!"

"아, 그거요? 그냥 농담 삼아 한 말이에요."

"내 귀에 들리는 자리에서요?"

"제가 기회가 되면 따끔하게 야단을 치죠."

사실 기성도 그 점이 이상했다. 홍성에서 교육생 대표를 맡았던 장준오는 세상을 보는 시각에 균형이 있었고, 어느 한쪽에 치우칠 사람이 아니었다. 지역감정에 휘둘려 선동을 하는 꼰대적 행위를 결코 보인 적이 없었다. 그런데 왜 이건식이 듣도록 그런 저열하고 위험한 발언을 했을까? 그의 접근을 원천 차단하려고?

서둘러 자리를 벗어나고 싶었다. 둘 사이에 뭔가 있는 게 분명했지만 끼어들고 싶지 않았다. 현수 일만으로도 머릿속이 복잡했다. 기성이 일어나려고 하는데 이건식이 불쑥 물었다.

"그 노래방 또 간 적 있나요?"

"무슨 노래방이요?"

"도도 노래방."

기성은 깜짝 놀랐다. 이건식의 안경이 감시카메라 렌즈처럼 자신을 시시각각 감시하고 있다고 느껴졌다.

"거기서 이상한 일 당하진 않았나요?"

"아뇨. 왜 그러시죠?"

"그 노래방 좀 이상해서요."

이건식은 활시위를 당기고 있는 남자를 손으로 가리켰다.

"저기 32번 장흥 교육생 보이죠? 저 사람하고 내가 그날 도도 노래방엘 갔었어요. 카운터 아줌마가 장님인 업소."

"장님…… 맞아요."

"두 분보다 우리가 먼저 그 노래방에 갔었어요. 우린 돼지막창집에서 1차를 했는데 노래방에 들어가기 전에 '나는 자연산이다'에 앉아 있던 한기성 씨와 장준오 씨를 봤어요. 도도 노래방에 들어가보니 사장이 시각장애인이라 깜짝 놀랐어요. 우리가 노래하러 왔다니까 영업 안 한다 하데요. 영업은 안 하면서 왜 불은 켜놨냐니까 눈이 안 보여서 불을 켜놨다는 거예요. 그 아줌마는 기다리는 사람이라도 있는 것처럼 우리 음성을 유심히 듣는 것 같았어요. 진짜 영업 안 하냐고 묻자 미안하다며 나가달랬죠. 이상한 동네도 다 보겠다며 우린 나왔고, 그 옆에 '불티나 노래방'으로 갔죠. 거긴 손님을 돌려보내지 않았어요. 한 시간 후에 불티나 노래방을 나왔을 때 이제 막 도도 노래방으로 들어가는 두 분을 봤어요. 도도 노래방 간판엔 여전히 불이 켜져 있었고요. 난 '저 둘도 쫓겨날 것이다'라고 생각했는데 장흥 직원이 '아닐걸. 저 둘은 손님이 될걸' 하고 말했어요. 우린 만 원 내기를 했고 내가 졌어요. 두 분이 20분이 넘도록 나오지 않았으니까요. 장흥 직원은 만 원을 받지도 않고 '장님이라 귀가 개처럼 발달했나 보군! 전라도 말 쓰는 손님은 쫓아내고 경상도 말 쓰는 손님은 받는 이 섭주가 정말 싫다!'라며 화를 냈어요. 그는 따져야겠다면서 도도 노래방으로 올라갔어요. 난 그를 말리러 따라 올라갔고요. 근데 올라가보니 가게 문이 잠겨 있더라고요. 두 분이 그 안에 있는데도요."

"잠겨 있었다고요?"

"영업 안 한다는 팻말이 걸려 있었어요. 두드리고 벨을 눌러도 응답이 없었죠. 계단을 내려오니 그새 전광판도 꺼져버렸어요. 두 분을 들이고 나서 끈 거예요. 우린 두 분이 인신매매단에 납치되었다는 상상까지 했어요. 전화를 하려니 번호를 알아야지요. 거기서 무슨 일 당한 건 아니죠?"

"아무 일도 없었는데요."

"근데 왜 불을 끄고 문을 닫았을까요?"

이건식이 기성의 눈을 똑바로 바라보았다. 현수와 켕기는 일이 있었던 기성은 제 발 저린 도둑처럼 불필요한 대답까지 해버렸다.

"퇴폐 영업 같은 건 없었어요."

"정말 아무 일 없었습니까?"

"네."

"그래요? 근데 정말 이상한 건 말이죠. 어젯밤에 시내 나갔다가 그 노래방 주인을 다시 본 거예요. 역전 파출소 마당에서요. 그 여자 장님이 아니었어요. 멀쩡히 앞을 보더라고요."

"확실한가요? 한 번 본 사람 얼굴을 다 기억하세요?"

"난 기억해요. 그 여자 경찰이던데요? 파출소장 같아 보였어요."

"뭐라고요! 그럴 리가요?"

"물론 사람 눈이 완벽할 순 없겠죠. 근데 말이죠, 내 사십 평생 이 눈으로 한번 찍은 건 틀려본 적이 없어요."

기성은 아무 말도 하지 않았다. 그는 낯선 곳에서 만난 타인들의 낯선 행동에 당혹스러웠다. 그가 알지 못하는 어떤 일이 은밀히 진행되고 있는 느낌이었다.

*

장준오는 마지막 수업이 끝날 무렵, 모습을 드러냈다.

"많이 기다렸냐?"

"내 방으로 가서 얘기하자."

"좋아. 나도 그러려고 했어."

두 사람은 인파에 섞여 숙소로 걸었다. 207호실 문을 열자 장준오가 침대를 살폈다.

"핏자국 어디 있냐?"

"이부자리 바꿨어."

장준오는 침대에 털썩 앉더니 주머니에서 축소한 전기 면도기 같은 물건을 꺼냈다.

"사용 방법을 알려주지."

"그 전에 먼저 할 얘기가 있어."

기성은 이건식이 전해준 노래방 이야기를 장준오에게 그대로 전달했다. 장준오는 흥미로움을 감추지 않았다.

"그 노래방에 못 들어가서 앙금이 남았나?"

"다른 노래방은 받아주더래. 도도 노래방에서만 거절 당했고."

"아무 데서나 잘 놀았으면 그만이지, 왜 굳이 걸고넘어진대?"

"그러게. 우리가 그 안에 있었는데."

"어떻게든 너하고 나 코를 꿰려는 수작 같잖아?"

"우리를?"

"날 왕따시킨 놈들, 징계 먹을 지어다, 심보겠지."

"도도 노래방이 아니라 우리 코를 꿰려고 그런다고? 그럼 혹시 그 사람, 너한테 악감정 같은 거 있는 건 아냐?"

"나한테? 왜?"

"저번에 우리 대화에 끼어들었다고 니가 그 사람한테 좀 불친절했잖아. 아깐 나한테 너 어디 갔냐고 묻던데?"

"내가 어디 갔냐고 묻더라고?"

"응."

"뭐라고 대답했어?"

"모른다고 했지."

"그 새끼, 무단으로 수업 빠졌다고 연수원에도 코 바르려고 그러나?"

기성이 손을 내저었다.

"그런 건 아닐 거야. 근데 그 노래방 있잖아. 왜 우리가 들어가고 가게 문을 잠근 걸까?"

"그 인간 말만 듣고 잠궜는지 안 잠궜는지 알 수 없지.

우린 아무 일 없이 출입문으로 나왔으니까."

기성은 긍정도 부정도 할 수 없었다. 자신은 술에 취해 정신을 잃었으니까. 어쩌면 약에 취해 정신을 잃었을지도 모르니까.

"그 장님이 정말 경찰일까?"

"말도 안 되는 소리. 이건식 눈이 슈퍼컴퓨터냐? 어두운 데서 한 번 본 사람을 정확히 기억하게?"

"만약 장님으로 가장한 잠복근무였다면? 혹시 성매매 단속하려는 함정 수사가 아닐까?"

"그런 건 떼로 움직이는 단속반이나 하는 거야."

"그렇지? 우리가 나올 때까지 제복 경찰은 안 나타났잖아?"

"경찰은 물론 손님도 없었지."

"난 기억 안 나. 맥주 먹고 정신을 잃었거든. 술 마시고 한 번도 그런 적이 없었는데."

"그날 우리 많이 마셨어. 각자 소주 세 병씩 마시고 또 맥주를 마셨다고. 나도 넘어가기 일보직전이었어."

"그 정도 먹고 인사불성이 된 적은 없었는데……."

"그날은 됐지. 우리가 마신 소주는 도수가 센 빨간 뚜껑이었고."

"경상도 소주가 경기도 소주보다 독했던 건 확실해."

기성이 자신 없는 어조로 말했다. 장준오가 다그쳤다.

"너 무슨 죄지은 거 있냐? 왜 그리 겁을 내? 노래방 사
장이 잠복 경찰이라 치고 누굴 체포하려고 가게 문을 잠
궜다면 정황상 표적은 우리가 아니야. 거기 있던 유일한
사람인 주리겠지."

장준오가 손가락으로 턱을 매만졌다. 셜록 홈즈 같은
기백이 엿보였다.

"아니면 숨어 있던 누군가일 수도 있거나."

기성이 새파랗게 질렸다.

"준오야, 사실 내 동창 있잖아? 수배받고 있는 몸이야."

"주리의 딸?"

장준오의 눈이 커졌다. 기성은 고개를 끄덕였다.

"진짜야? 뭘로 수배받았는데?"

"다단계 사기로 쫓겨 다니고 있댔어."

"경찰한테?"

"성형수술까지 했어."

"그러니까 경찰한테 쫓기고 있냐구?"

연진은 피해자들한테 잡히면 찢겨 죽을 것처럼 얘기
했지만 경찰에 쫓겨 다닌다는 얘긴 한 적이 없었다.

"모르겠어."

장준오가 쓴웃음을 지었다.

"내가 신경 쓰는 건 다른 거야. 왜 이건식 그 자식이 널 찾아와 이상한 소릴 하지?"

"우리는 그 노래방에 갔는데 지들은 못 갔잖아. 우리가 인신매매당한 줄 알았대."

"우리를 증거로 그 업소의 약점을 잡으려는 건 아닐까?"

"돈? 설마."

"너한테 말 거는 게 수상했다면서?"

"붙임성이 좋았어. 다른 이야기들을 꺼내다가 기습적으로 질문을 하나씩 던졌지."

장준오가 팔짱을 끼고 눈을 가늘게 떴다.

"혹시 감찰반에 있는 놈은 아닐까?"

"감찰반?"

"그래. 요새 연수원에서 터진 사고 사례가 많으니까 품위 손상하지 말라고 공문까지 발송했잖아. 교육생들 중에 일부러 감찰반 직원을 섞는 경우도 있다 하더라고."

"충분히 그럴 수 있단 생각은 드는데, 그럼 왜 하필 장님을 경찰이라고 한 걸까?"

"몰라. 진짜로 경찰이 맞을 수도 있겠지."

"그 사람 말로는 사십 평생 눈으로 찍은 걸 틀린 적이 없대."

"근데 너 장님 아줌마 얼굴 기억은 하냐? 이건식은 기억할지 몰라도 나는 기억이 전혀 안 나는데?"

"나도 안 나. 봐도 못 알아볼 것 같아."

"이건식도 그럴걸. 사십 평생의 투시력 자존심을 훼손당하기 싫으니까 조금 닮은 사람을 보고도 맞다고 우기는 거겠지."

"우리는 손님으로 받았는데 왜 그 둘은 도도 노래방에 못 들어오게 했을까?"

"전라도니까!"

장준오가 언성을 높였다.

"앞 못 보고 귀가 발달한 장님이 안전한 동네 사람만 손님으로 받을 거란 생각은 안 해봤어? 객지 뜨내기들이 흉기라도 갖고 있을지 어떻게 알아?"

"니 부산 말투나 내 평택 말투도 그 사람한테 낯설기는 마찬가지지!"

"여긴 섭주야! 서기 2000년이 넘었지만 아직 지역감정이 그대로 남아 있는 보수적인 동네라고."

"아니야. 난 널 알아. 넌 지역감정 같은 데 휘둘릴 사람이 절대 아냐. 왜 이건식이 듣도록 일부러 비하 발언을 했지?"

"내게 신나 통 던진 인간도 전라도니까!"

장준오가 기성에게 손가락을 겨누며 다시 말했다.

"지금 니가 걱정해야 할 문제는 다른 데 있는 거 아냐?"

장준오의 목소리가 싸늘하게 변했다. 기성이 아무 말도 하지 않자 장준오가 직사각형 녹음기를 이마 앞에 들이댔다.

"이걸 어떻게 사용하는 건데?"

"이 버튼을 누르면 개미 기어가는 소리도 다 녹음되지. 아날로그 테이프가 아닌 파일로 저장되는 디지털식이야. 녹음 시간도 아주 길어. 갖고 가. 네가 이렇게 바퀴벌레인 줄은 몰랐어."

"바퀴벌레라니?"

"불만 켜면 후다닥 도망치는 꼴이 생각나서 한 말이야. 으슥한 데선 실컷 재미 보고 밝은 곳에선 몸을 숨기기 급급한 니 모습이 천생 바퀴벌레야."

"너도 그랬잖아. 모든 걸 의심하라고."

"의심과 찌질함을 왜 혼동하냐?"

기성은 아무 말도 하지 못했다. 장준오가 침대의 탄력을 이용해 몸을 확 일으켰다.

"녹음기값 2만 원이야. 안 줄 거야?"

기성이 주머니에서 만 원짜리 두 장을 꺼내 건넸다. 장준오는 낚아채듯 돈을 받고 방을 나섰다.

*

　기성은 차를 몰고 모녀의 집으로 출발했다. 내비게이션으로 역전 지구대를 검색하고 일부러 그곳을 경유했다. 근처에 차를 세운 그는 지구대 정문을 열고 고개를 들이밀었다. 소장 자리는 비어 있었다. 일하던 순경 하나가 기성을 발견하고 무슨 일이냐고 말을 걸었다. 기성은 말없이 물러났다.

　모녀의 집 2층에는 낚싯줄의 탄성 때문에 독수리 연이 자유롭게 떠다녔다. 모녀는 집 밖에 나와 있었다. 기성의 차를 알아본 연진이 손을 흔들었다. 현수는 쳐다보기만 했다. 그녀는 석고상처럼 서 있었지만 고개를 들면서도, 눈을 깜빡이면서도 기성을 의식하고 있는 것처럼 보였다.

　연진이 기성의 팔을 잡았다.

　"정말 왔네. 무리한 거 아냐?"

　"아냐, 괜찮아."

　"젊은 사람이 무리는 무슨 무리."

　현수가 리모컨으로 대문을 열고 들어갔다. 기성은 차를 대문 안에 넣으면서 마당에 펼쳐진 검은 우산들을 보았다. 초현실주의 미술품 전시장 같았다. 검은 개가 사슬을 끌며 빚 독촉하는 채권자처럼 짖어댔다.

"확 보신탕 끓여부까! 주디 안 다무나?"

현수가 소리치자 음소거가 된 것처럼 조용해졌다. 겁에 질린, 혹은 분노로 타오르는 듯한 검은 개의 눈이 기성의 뇌리에 박혔다.

"자, 들어가요."

현수가 기성을 이끌었다. 차 안에서의 정사가 생각난 기성은 얼굴이 화끈거렸다. 현수의 눈은 촉촉하게 빛났다. 열린 문틈으로 삼계탕 냄새가 번져왔다. 가스 불 위에 세 개의 뚝배기가 끓고 있었다.

"배고프지? 벌써 7시 20분이네. 바로 식탁으로 가."

식탁 옆자리에 앉은 연진은 기성에게 몸을 기대며 말을 걸었다.

"뉴타임 원장님 만났다며? 엄마가 새치기 도와줬다며?"

기성의 목소리가 떨렸다.

"너도…… 알고 있었어?"

"어머, 내가 괜히 말했나 봐. 기성이한텐 비밀일 텐데. 엄마, 안 그래?"

"비밀?"

기성은 두 사람이 모녀인지 마녀인지 헷갈렸다. 그래도 크로스백 안에서 녹음기가 작동하고 있어서 안심이 됐다.

연진이 기성을 향해 손가락으로 하트 모양을 커다랗게
그렸다.

"그거 비밀일 거 없어, 기성아. 엄마 엉덩이나 네 엉덩
이나 똑같으니까."

기성이 눈을 동그랗게 떴다.

"그게 무슨 소리야?"

"엄마도 치질이 있다고."

"그 원장, 엄마 부탁이라면 거절할 사람이 아냐."

"큰 병원이던데."

"원래는 시내 끄트머리 2층 건물에 있었는데 돈 많이
벌어 새로 지었어."

"옛날부터 있었어?"

"응."

"니가 어릴 적부터?"

"맞아."

"어제 돌아가다가 생각난 건데 네 고향을 착각했어. 섭
주가 아니라 상주나 영주 같은데, 아니었나?"

기성은 그녀의 얼굴에 나타난 미묘한 표정 변화를 알
아챘다.

"발음이 비슷해서 그런 거겠지."

"화영이가 우리 동아리 총무였잖아. 주소록 관리를 자

기가 했대. 내가 섭주에서 널 본 것 같다고 얘기하니까
니 고향은 상주나 영주라고 말하던데."

기성은 어떻게든 모녀가 거짓말을 하고 있다는 걸 녹취
로 남기려고 했다. 무엇이든 거짓말을 한다는 건 중요한
증거가 될 수 있으니. 연진의 음성이 싸늘하게 변했다.

"화영이? 나랑 만난 걸 화영이한테 얘기했어? 나 죽는
꼴 보려고 그런 거니?"

그 정도로는 부족했다. '나 경찰에 잡혀가는 꼴 보려고
그런 거니?' 정도는 나와줘야 했다.

연진의 공세가 계속되었다.

"뭐 하러 내 얘길 해? 안 그래도 남자애들 가로채는 년
이라고 마녀사냥당했는데, 내 악성 소문만 더 부풀려지
잖아."

현수가 딸을 꾸짖었다.

"얘가 왜 언성 높이고 그래!"

"나 만났다고 얘가 화영이한테 다 일러바쳤잖아."

"너 봤다고 안 했어. 축제장에서 너 닮은 애 본 거 같다
고 했지. 그거 빼곤 아무 말도 안 했어. 니가 다단계……."

"됐어, 그만해! 상주 아니라 영주라면 걔도 확신 못 하
는 거네."

"그게 너한테 그리도 중요해?"

"아는 사람들 입길에 오르내리기 싫단 말이야!"

'왜? 사기로 경찰에 쫓겨 다니는 몸이어서?' 기성은 입이 근질거렸다.

현수가 허리에 손을 턱 얹고 야단쳤다.

"그만! 너 왜 그리 목소리가 높아?"

"얘가 날 거짓말쟁이 취급하잖아!"

연진의 히스테릭한 모습은 오전의 현수를 연상시켰다. 모녀라서 꼭 닮은 것일까?

현수가 부글부글 끓는 뚝배기를 들고 와 기성 앞에 놓았다. 큼직한 닭이 허연 다리를 드러낸 채 국물 속에 머리를 처박고 있었다. 뚝배기를 들고 있는 현수의 손이 위태롭게 떨렸다. 연진이 식탁에서 일어났다.

"내가 할게. 엄만 앉아."

연진이 장갑을 끼고 직접 삼계탕을 날랐다. 현수는 소금과 후추를 테이블에 올렸는데 그릇이 탁자에 부딪쳐 덜그럭 소리를 냈다.

"술 때문에 그러신 줄 알았는데…… 원래 수전증이 있었어요?"

"약발이 떨어지니까 그런 거지."

"약발이요?"

"주상전하의 기운."

그녀는 기성을 향해 눈을 게슴츠레 떴다.

"니가 좀 안 떨게 해줘."

"이렇게요?"

기성이 현수의 손을 잡았다. 기성의 손안에서 진동이 느껴지다가 천천히 멎었다.

"니 손이 약손이네! 어머나, 주상전하!"

"어제 여사님 손톱에 찔린 손이죠."

"손이 아주 따뜻해. 이 손으로 어루만진 건 아니지?"

"뭘 어루만져요?"

연진이 그들을 돌아보았다. 현수가 얼른 기성의 손을 놓으며 얼버무렸다.

"땡칠이 말이야. 만졌으면 손 씻고 와."

"안 만졌어요. 깨물려고 하는 거 같아서."

"깨물리면 좀 어때? 아프지도 않을 텐데."

현수의 목소리는 조금 전과 달리 훈훈했다. 그녀와 나눈 대화에는 서로를 그리워하는 듯한 암시가 담겨 있었다. 기성은 하나도 빠짐없이 잘 녹음되기만을 바랐다. 나중에 현수가 백팔십도 돌변해서 딴소리를 못 하도록.

연진이 둘을 향해 눈동자를 굴렸다. 삼계탕 두 그릇이 더 놓였다. 모녀의 권유대로 기성이 먼저 닭다리를 뜯었고 다음에 현수와 연진이 젓가락을 들었다. 연진은 기분이 상했는지 별로 말을 하지 않았고 현수가 주로 말을 걸었다. 예상과 달리 그녀는 오전의 일을 연상시키는 스릴을 꾀하지 않았다. 기성은 '주상전하'라는 단어가 귓가에 맴돌았지만, 현수의 암시가 있기 전엔 어떤 의도적인 말도 하지 않도록 주의했다.

분위기는 좋았다. 현수는 협박의 의도가 아닌, 보고 싶은 마음 때문에 기성을 초대한 것 같았다. 그녀는 외로운 여자였고, 알코올중독에 우울증까지 시달렸다. 권태를 잊게 해줄 일종의 영양제 같은 사람이 필요했을 것이다.

기성은 삼계탕을 뜯으며 두 여자에게로 눈길을 향했다. 짜릿한 일탈을 원하지만, 그 무엇도 책임지기 싫어하는 속물은 그 누구도 아닌 자신임을 거듭 깨달을 수 있었다. 화영에게 죄책감이 들었지만 이 자리를 일찍 뜨고 싶지 않았다. 인생에서 두 번 다시 이런 기회는 오지 않을 것이다. 모녀는 그만큼 매력적이었다. 어느새 기성의 양옆에 바짝 붙어 앉아 있었다. 불안과 기대감이 복통을 잊게 했다. 그러자 포만감과 함께 졸음이 밀려왔다. 연진이 손으로 턱을 괸 채 그를 향해 눈웃음을 지었다. 기성은 눈길이 자꾸 그녀의 가슴으로 향하는 것을 참기 위해 애를 썼다. 시선 끝에 백 킬로그램짜리 역기가 달려 있는 기분이었다. 연진이 화를 내서 미안하다고 사과했다. 연

진은 사과하는 모습도 예뻤다. 가슴속에서 뜨거운 기운
이 솟구쳤다. 녹음은 잘 진행되고 있었고, 괜히 겁을 냈
다는 자신감이 생겨났다. 포만감은 불안을 잊게 해주는
것도 모자라 묘한 설렘을 불러왔다.

그때 연진이 물었다.

"우리 엄마 어떻게 생각해, 기성아?"

"멋진 분이지."

"어떻게 멋져?"

"유명한 분이잖아. 너 아니면 알고 지낼 수 있었을까?"

"니가 자꾸 엄마를 훔쳐본다는 생각이 들어서."

"뭐? 아니야!"

현수가 끼어들었다.

"애가 못하는 소리가 없어. 기성인 너만 보고 있었어."

"난 너도 어머니도 안 봤어. 이 닭만 봤지."

기성이 절반쯤 뜯어 먹다 남은 닭 몸통을 수저로 들
어 올렸다. 커다란 몸통에 붙어 있는 닭 머리가 딸려 나
왔다. 기성은 눈을 크게 떴다. 부리와 벼슬까지 고스란히
붙어 있는 닭머리였다.

"아, 그거? 섭주에선 삼계탕을 이렇게 끓여. 옛날부터
내려오는 전통 방식인데 진국 내는 비법이야."

"그래요? 깜짝 놀랐어요."

세상에 닭 머리까지 통째로 넣고 끓이는 삼계탕이 어디 있나. 갑자기 속이 안 좋아지면서, 눈앞이 어지러워졌다.

연진이 뭐가 즐거운지 웃으며 물었다.

"너 생일 1월 21일이지?"

"니가 그걸 어떻게 알아?"

"바리스타 동아리 주소록. 사실 화영이 말고 나도 갖고 있거든. 거기 보면 동아리 회원들 생일도 다 나와."

"그런가? 난 몰랐어."

"화영이도 갖고 있을 텐데?"

"걔가 그걸 뭐 하러 갖고 있겠어?"

"총무였으니까."

"없을걸. 과거를 돌이키는 걸 싫어해서 옛날 물건이라면 뭐든지 버리거든."

"그럼, 걔 기억력이 좋은 거네. 내 고향이 상주인 걸 맞히다니."

"응, 화영인 뭐든지 한번 보면 절대 안 잊어. 뭐? 고향이 상주 맞다고?"

연진이 허리를 잡고 하하하 웃었다. 노래방에서 맥주를 마셨을 때처럼 세상이 빙글빙글 돌았다. 졸음이 쏟아지고 팔다리에 힘이 빠졌다. 현수와 연진이 서로를 바라보며 웃었다. 모녀는 웃는 모습조차 닮았다.

현수가 손가락으로 자꾸만 아래로 떨어지는 기성의 턱을 들어 올렸다.

"왜 그래? 졸려?"

"졸려요. 삼계탕에 수면제라도 넣었어요?"

"얘가 큰일 날 소리 하고 있네. 우리가 무슨 납치범이야?"

현수와 연진이 의자를 당겨 기성의 양옆에 바짝 붙어 앉았다. 현수가 줄자를 이용해 기성의 몸 여기저기 치수를 쟀다.

"간만에 분장 놀이나 해볼까?"

"기성이를? 멋지겠는걸?"

기성이 졸음을 가까스로 이겨내며 물었다.

"무슨 분장이요?"

연진이 사뿐히 일어나 기성의 무릎 위에 앉았다. 방어할 수 없는 돌격이었다. 연진이 팔로 기성의 머리를 감쌌다. 욕망을 견딜 수 없었던 기성도 그녀의 허리춤을 안았다. 이마와 코에서 그녀의 가슴이 느껴졌다. 정신이 몽롱했지만 기성은 육체적 욕망으로 머리부터 발끝까지 흥분했다.

"무슨 분장? 연진아?"

"널 사극 속 인물로 만드는 거."

"어머니가 옛날 실력 발휘하시는 거야?"

"잘 아네!"

세상이 빙글빙글 돌았다. 기성은 오히려 연진의 품 안으로 파고들었다. 같이 누워서 쉬고 싶었다.

"이연진, 너 왜 나한테 거짓말했어?"

"거짓말은 무슨! 상주와 섭주를 발음상 혼동한 거지."

"MT 가서 멧돼지 마주친 건 내가 아니잖아. 나 개 이름도 기억해. 동호. 화학과 김동호."

연진의 음성이 얼음처럼 차가워졌다.

"네 마음에 들고 싶어서 멧돼지한테서 나를 구해준 흑기사를 너라고 믿었는데, 그게 잘못이야?"

기성의 목소리는 꿈을 꾸는 듯했다.

"왜 내 마음에 들고 싶은데……."

현수가 그런 기성을 흔들어 깨웠다.

"야! 졸음 좀 참아봐. 해야 할 일 있잖아."

"왜 그래야 하는데요?"

"널 주상전하로 만들고 싶으니까."

"꼭 그래야겠어요?"

"난 분장사잖아."

기성이 구름 속을 거니는 기분으로 대꾸했다.

"그래요? 그럼 하죠, 뭐."

"2층으로 가자. 자, 일어난다. 하나, 둘, 셋!"

두 여자가 기성의 축 늘어진 몸을 일으켜 세웠다. 다만, 그의 아랫도리 부분은 크게 부풀어 있었다. 두 여자가 깔깔거리며 양쪽에서 팔짱을 꼈다.

"이게 아닌 척하면서 되게 밝히네?"

기성이 몽롱한 의식으로 물었다.

"삼계탕에 뭘 탔어요?"

"왜 그런 의심을 해?"

"통증도 없고 기분도 너무 이상해서요."

"아무도 못 해본 일을 하려니까 자네가 흥분한 거지. 한 서방, 내가 이상한 약이라도 탔을까 봐 그래?"

"한 서방?"

어둠에 싸인 2층 복도가 나타났다. 복도가 파도처럼 눈앞에서 일렁였다. 현수가 안쪽 문을 열자 어제 보았던 사극 의상들이 나타났다. 현수가 기성을 밀어 넣고 자신도 들어갔다. 그녀가 차가운 얼굴로 연진을 돌아보았다.

"넌 나가서 기다려."

"네, 어머니. 기성아, 어머니 말 잘 들어."

연진이 기성의 귀를 잡아당겨 잠을 깨운 뒤 밖으로 나갔다.

현수가 기성을 의자에 앉히고 무더기로 쌓인 의상을 치

웠다. 전구가 여러 개 달린 커다란 거울이 나타났다. 벽에 머리를 기댄 기성이 물었다.

"날 어떻게 하려는 거예요?"

"분장한다니까."

"난 또 여사님이 날 덮치는 줄 알았어요."

어딘가 녹음기가 있다는 것을 어렴풋이 의식했지만 혀가 자꾸만 꼬였다. 현수가 웃음을 멈추고 눈을 부릅떴다.

"니가 돈 주앙인 줄 착각하는 모양이지?"

"노래방에서 약 탄 것도…… 당신이지?"

"안 죽어. 시간 지나면 저절로 깨."

문이 열리면서 남자 두 명이 들어왔다. 기성도 아는 얼굴들이었다.

1층에서 연진은 기성의 핸드폰을 보고 있었다. 화영에게서 온 문자를 읽고 난 뒤 그녀는 기성을 흉내 내어 '오늘도 회식이다. 내가 연락할게. 딴생각 말고 시험에만 올인해'라고 답장을 보냈다.

*

기성은 자정을 넘겨 연수원으로 돌아왔다. 수위는 자주 통금 시간을 어기는 기성을 알아보고 눈살을 찌푸렸다. 기성은 몽환 상태에서 24시간 이상을 보냈다고 생각했으나 그것은 착각이었다. 실제로는 서너 시간이 지났을 뿐이었다. 그 길지 않은 시간 동안 그는 엄청난 일을 겪어야 했다.

약을 탄 삼계탕을 먹고 2층으로 끌려간 기성은 현수의 특수 분장을 받았다. 현수가 유혹하리라는 예상은 어긋났다. 그녀의 목적은 섹스가 아니었다. 의상을 입히는 착복(着服)일 뿐이었다. 그녀 옆에는 의사 김석준과 머리를 하얗게 염색한 건장한 체구의 택시기사—현수는 그를 오 사장이라고 불렀다—가 서 있었다. 왜 그들이 여기와 있는지 알 수 없었다. 반최면 상태에서 기성은 30여 분 가까이 분장을 받았다. 현수가 직접 했고, 두 남자는 기성의 반항을 저지할 뿐이었다. 그사이 기성은 잠이 들었다.

강제로 든 잠은 어지러운 꿈을 불러왔다. 땅에서 솟은 무수한 손들이 그의 몸을 잡고 놓아주지 않았다. 반복해서 꾸던 악몽과 비슷했지만 더 이상 안전한 곳에 발붙이고 있지 않다는 느낌이 들었다.

얼굴 위로 떨어진 차가운 물에 기성은 눈을 떴다. 꿈속에서처럼 현실에서도 여러 손이 그를 일으켜 세웠다. 전신 거울에 분장이 끝난 그의 모습이 비쳤다. 30분 사이에 그는 머리에 익선관을 쓰고 몸에는 곤룡포를 입은 왕이 되어 있었다. 턱에는 진짜 같은 수염이 붙어 있었다. 대하드라마에서 볼 수 있는 왕의 모습이었다.

"날 왜 이렇게 만든 거죠?"

기성의 물음에 현수는 얼굴 가득 미소를 머금었다.

"쇤네를 따라오소서, 주상전하."

김석준과 오 사장이 기성을 밀고 끌었다. 반항하려 해도 힘을 쓸 수 없었다. 두 사람에 의해 기성은 끌려가듯 복도를 걸었다. 2층에 있는 또 다른 방이 열려 있었다.

'창가에 독수리가 떠다니는 방이로군.'

현수가 먼저 들어가고 세 남자가 뒤를 따랐다. 방은 넓었다. 문 오른쪽을 차지한 가구만 없었다면 더 넓을 것이었다. 고동색 가구는 까마득한 옛 시대의 장롱처럼 보였다. 위에 뚜껑이 덮였고 커다란 황동 자물쇠가 붙어 있었다. 궤짝인지 장롱인지 구분이 안 갔다. 자물쇠에 흰 종이를 바르고, 붓으로 폐(閉) 자를 써놓았다.

창문은 닫혀 있었다. 독수리 연은 보이지 않았다. 창 아래 한복을 입고 연진이 다소곳이 앉아 있었다. 그녀도 사극에 어울리는 옷으로 갈아입었고, 뒤에는 카메라가 있었다. 하얀 머리의 오 사장이 카메라 뒤에 섰다. 그가 촬영감독이고, 김석준 원장은 제작자처럼 보였다. 그리고 연진과 기성을 내려다보는 현수는 이제부터 촬영할 영화의 각본가이자 의상 담당자이자 감독이었다.

기성이 김석준에게 물었다.

"내가 꿈을 꾸는 건가요?"

"꿈이 아니오. 현실이오."

"선생님은 오전에 저를 치료하셨잖아요?"

"맞아요. 내가 준 연고는 어땠소?"

"연고요? 신기해요. 항문도 안 아프고 배도 안 아프거든요."

"특허만 따면 떼돈 벌 일만 남았소."

"근데 이런 일은 왜 하세요?"

김석준은 의사답게 근엄한 미소를 지었다.

"글쎄요……."

"〈졸업〉이 무슨 의미인지 알 것 같아. 사이먼 앤 가펑클 노래 때문에 생각났어. 남자 대학생이 여자친구의 엄마랑 불륜 저지르는 내용이야. 당신은 그걸 알고 나를 떠본 거지?"

"떠보다니?"

"저 여자랑 나랑 섹스하게 될 걸 알고 있었잖아! 당신도 피리를 부나?"

"하하하, 〈졸업〉은 이미 했소. 이번 학기는 〈연산군〉을 찍을 차례요."

연진을 뺀 모두가 큰 소리로 웃었다. 기성이 소리쳤다.

"니들 뭘 하려는 거야?"

"이제 카메라 돌릴 거야. 연기에 집중해."

"시작되면 널 주상전하로 뫼실 거야. 그땐 왕답게 행동해, 기성아."

귀신처럼 하얗게 화장을 한 연진이 옷고름을 풀었다. 그러자 저고리에 가려져 있던 가슴 윗부분이 드러났다.

"아직 벗지 마! 시작도 안 했잖아!"

현수가 소리쳤다. 기성은 그들이 뭘 하려는지 깨달았다. 자신보다 건장한 남자 둘을 밀치고 도망쳐야 할 상황이었다. 약 기운이 걷혔는지 머리가 덜 어지러웠다. 몸이 따라줄지 걱정이었다. 하지만 시도도 하지 않고 당할 수는 없었다. 포르노 영화의 주인공이 될 위기가 눈앞에 닥쳤으니까. 이 영상이 유통되면 그는 끝장이었다. 평생을 숨어 살아야 할지도 모른다. 준오라면 이 위기를 어떻게 넘겼을까, 장준오라면……

오 사장이 기성의 어깨를 잡았다. 기성이 힘을 다해 오 사장을 밀치자 그가 비틀거리며 뒤로 물러났다. 몸에 어느 정도 힘이 돌아온 것 같았다. 그러자 자신감이 살아났다.

"경찰에 신고하겠어! 너희들 뭘 하려는 건지 알아!"

현수가 물었다.

"우리가 뭘 하려는데?"

"니들은 모녀가 아니야, 안 그래?"

연진이 고개를 좌우로 저었다.

"틀렸어, 우리 어머니야."

"딸한테 이런 걸 강요하는 엄마도 있나?"

"우리가 뭘 하려는지 네놈이 알아? 끈적한 눈길로 우리 몸을 훔쳐볼 땐 언제고. 만지고 싶고 올라타고 싶었지? 발정난 개 모습을 여태 잘 숨기고 있었으니, 너야말로 왕 될 자격이 있어. 옛날 왕들이 그랬거든. 근엄한 척하면서도 후궁을 수도 없이 거느렸지."

"너희들…… 이거 다 계획한 거지?"

김석준이 위협하듯 손을 들어 올렸다.

"그대로 앉아 있어요. 다치면 곤란하니까."

기성은 다리가 후들거렸다. 오 사장이 가까이 왔지만 손을 대지는 않았다. 기성은 깨달았다. 그들은 배우를 절대 다치게 하지 않는다! 무기가 될 만한 게 있으면 좋을 텐데. 두 남자가 거리를 좁혀오자 기성은 뒷걸음질 쳤다. 등에서 차가운 장롱의 감촉이 느껴졌다. 퇴로가 막혔다.

어디선가 대금 소리가 울려 퍼지면서 그의 몸은 다시

최면에 걸렸다. 기성은 왜 축제장에서 연진에게 이상한 마음을 품었고, 연진이 연주할 때 그녀의 벗은 몸을 보았으며, 차 안에서 현수와 섹스를 하고, 지금도 연진에게 참을 수 없는 욕정이 솟구치는지 알 수 있었다. 그 모든 게 다 피리 소리 때문이었다. 최면술이 아니라 그보다 더 한 사악한 주술이었다.

그는 더 이상 현수의 집 2층에 있지 않았다. 하얀 쌀로 덮인 눈부신 세상에서 연진과 단둘이 있었다. 그렇구나! 밥솥에 내 핸드폰을 빠뜨렸다더니, 그때 이상한 주술을 걸었던 게 틀림없었다.

피리 소리는 멈추지 않았다. 나무를 타고 오르는 뱀처럼 그녀가 서서히 기성의 몸 위로 올라왔다. 붉게 물들인 손톱이 기성의 다리와 허리를 지나 어깨를 잡았다. 그녀는 복종하는 사람처럼 고개를 떨군 채로 그에게 밀착해 왔다. 연진의 목소리는 어두운 밤을 배회하는 고양이의 울음소리와 흡사했다.

"아, 주상전하……."

기성은 온 힘을 다해 허리를 움직였다. 피리 소리가 들리는 한 연진과 한 몸이 되려는 일념뿐이었다. 연진의 손톱이 기성의 등을 할퀴었다. 그때 CD플레이어가 갑자기 멈추면서, 음악이 툭 끊겼다. 남자들은 크게 당황했다. 음악이 사라지자 기성도 제정신이 돌아왔다. 그는 연진을 안고 있지 않았다. 백 살 정도 된 노파가 썩은 나무토막 같은 육체를 드러낸 채 그에게 안겨 있었다. 노파가 기성을 향해 눈을 떴다. 기성은 숨이 멎는 줄 알았다. 그건 사람의 눈이 아닌, 호박색 바탕에 둥그런 동자가 있는 올빼미 눈이었던 것이다. 기성은 커다란 눈알을 굴리며 자신을 올려다보는 노파를 바라보다가 비명을 질렀다. 연진은 서둘러 대금을 가져와 연주를 시작했다. 기성은 온 우주가 뒤집히는 듯한 혼란을 맛보았다. 머릿속에서 학이 날고 뱀이 기어다니고 까마귀 떼가 창궐했다. 썩은 고목나무가 기성의 몸 안으로 파고들었다. 그것이 무엇인지 기성은 알지 못했다.

"주상전하! 주상전하!"

사정과 동시에 기성은 실신해버렸다.

기성은 거실 소파에서 깨어났다. 현수와 연진이 걱정스러운 얼굴로 그를 지켜보고 있었다. 그들은 처음 복장 그대로였고, 기성 역시도 곤룡포 차림이 아니었다. 꿈일 뿐이었음을 깨닫자 기성은 안도의 숨을 내쉬었다. 그러나 거실로 나온 김석준과 오 사장이 모든 게 현실이었다는 무서운 진실을 알려주었다.

그들은 기성을 풀어주었다. 아직도 정신을 못 차리는

187

기성을 차에 태운 뒤 협박했다. 어떤 말이라도 새나가면 보복이 있을 거라고. 대신 입 다물고 가만히 있으면 정기적으로 출연료를 보내주겠다고 했다.

살을 다 가린 긴 옷을 걸친 연진은 기성을 바라볼 뿐이었다. 현수가 기성의 뺨을 만지며 말했다.

"걱정 말고 돌아가. 최고의 특수분장을 했으니 아무도 널 못 알아봐. 너 말고도 이곳을 겪은 사람은 더 있어. 그러니 너무 신경 쓰지 마."

연수원 주차장에 차를 세운 기성은 힘없이 걸음을 옮겼다. 그 여자는 동창의 어머니가 아니었다. 희대의 범죄자일 뿐이었다. 그 여자는 동창이 맞았다. 불법 다단계 사기꾼이 아니라 그보다 더 위험한 악녀였다.

밤산책을 나온 교육생들이 그를 힐끗거렸다. 기성은 그 시선에서조차 무서움을 느꼈다. 뭔가를 아는 얼굴처럼 보였으니까. 이 공포는 평생 동안 계속될 터였다.

포르노 배우 한기성.

옛 시대 왕의 옷을 입은 해외 수출용 음란물 배우.

가장 먼저 떠올린 해결 방법은 극단적 선택이었다. 목을 매달거나 높은 곳에서 뛰어내리면 모든 악몽을 지울 수 있다. 그러자 평소 생각나지 않던 가족들이 떠올랐다.

그들은 먼 고향에서 자기 하나만 바라보고 있다. 그가 민원인을 상대하며 힘들게 번 월급은 가족을 부양하는 데 쓰였다. 그리고 화영이 떠올랐다. 화영은 어렵게 지내온 그의 모든 것을 이해하고 배려해주는 유일한 사람이었다. 어떤 여자도 그녀를 대신할 수 없었다. 그는 육체적 욕망 때문에 화영을 배신한 자신이 원망스러웠다.

만약 가족이나 화영이가 동영상을 보게 된다면……. 무책임하게 혼자 죽어버릴 수는 없었다.

'경찰에 신고를 하면 어떨까? 경찰에 도움을 청하면 무슨 해결책이 나오지 않을까?'

기성은 숙소로 가는 발걸음을 돌려 운동장을 가로질렀다. 걸음은 달리기로 변했다. 불 꺼진 강의동을 지날 때쯤엔 길에 사람이 없었다. 그는 개구멍을 통해 연수원을 빠져나갔다. 이건식의 말이 사실이라면 아마 노래방 카운터를 지키던 시각장애인은 잠복 경찰인지도 모른다. 노래방 주인으로 위장한 건 포르노 업계의 큰 손인 두 악녀를 체포하려던 작전의 일환일 수도 있다. 미리 비밀이 새나가 수포로 돌아간 작전.

그는 손을 들어 지나가는 택시를 세웠다.

"역전 파출소로 가주세요."

기사가 말없이 속도를 높였다. 온갖 상념이 찾아왔다.

'모든 걸 털어놓으면 처벌을 피할 수 있을까? 약을 탔고 최면술을 쓴 걸 어떻게 입증하지?'

'파면이나 해임을 당하면 퇴직금도 못 건질 텐데.'

'형사처벌을 받으면 두 번 다시 공무원 시험을 못 보게 될지도 몰라. 전과자가 되면 어떡하지?'

'그나저나 그 올빼미 눈 노파는 뭘까? 환상일까?'

택시는 역전 파출소 앞에서 멈췄다. 역전 파출소 출입문 사이로 행패를 부리는 취객과 말리는 경찰들이 보였다. 그리고 당당하게 소리를 지르는 키 큰 여자가 있었다. "자리에 앉으라니까!" 하는 목소리를 듣는 순간, 이건식의 목격담이 사실임이 확실해졌다. 굵직한 목소리는 노래방 주인의 음성과 일치했다. 생김새도 유사했다. 시각장애인은 위장이었다!

'그 사람이 맞든 아니든 법의 심판에 모든 걸 맡기자! 미루면 돌이킬 수 없다!'

기성은 더 이상 마음이 흔들리기 전에 파출소 안으로 달려 들어갔다. 취객과 한 몸이 된 경찰들은 기성의 등장을 알지 못했다. 파출소장도 취객의 팔을 잡고 있느라 그를 알아보지 못했다. 기성은 어떻게 말을 걸어야 좋을지 몰랐다.

취객의 난동은 절정에 달했다. 그를 저지하려는 경찰

관들에게 떠밀려 기성도 한 걸음 물러서다가 책상에 엉덩이를 부딪쳤다. 그곳은 파출소장의 자리였다. 길게 가로로 놓인 명패가 눈에 들어왔다.

'경북지방 경찰청 섭주파출소장 박권태.'

그 이름을 보자, 현수와 나누었던 대화가 기성의 기억 속에서 살아났다.

"유명한 분이셨네요. 아무리 심심해도 이제 노래방 일은 하지 마세요."

"쉿! 내가 그 얘기 하지 말랬지?"

"아니, 먼저 꺼내시길래……."

"권태."

"예?"

"권태가 나를 노래방 도우미로 뛰게 했다고."

기성은 천천히 뒷걸음질 쳤다.

진실이 아닐 수도 있다.

아니, 진실일 수도 있다.

뒷걸음질 치다 문에 가로막혀 쾅 소리가 났다.

잠복 근무였는지도 모른다.

아니, 한패끼리의 연극이었는지도 모른다.

"당신 뭐죠?"

파출소장이 뒤돌아보았다. 기성의 입은 지퍼를 채운 듯 열리지 않았다.

기성은 그대로 파출소에서 달려 나왔다. 그에게 못 박힌 소장의 얼굴이 멀어져갔다. 시각장애가 없는 그녀의 눈은 기성을 제대로 보고 있었다. 기성은 뒤돌아보지 않고 달렸다.

*

새벽 3시 반, 그는 다시 연수원으로 돌아왔다. 섬주에서 그가 갈 곳은 연수원 말고는 없었다. 숙소는 어둠에 싸여 있었다. 기성은 참담한 심정으로 문을 열었다. 침대 위에 눕자 세상이 침묵 속으로 빠져들었다. 장준오의 『반야심경』이라도 들려오길 바랐지만 벽 너머에선 아무 소리도 없었다. 사르르 배와 항문이 아파왔다. 그는 크로스백을 열었다. 김석준이 준 연고는 있었지만 장준오가 준 녹음기는 사라지고 없었다.

연고 뚜껑을 열자 특유의 한약 냄새가 코를 찔렀다. 정체를 알 수 없는 물건이었다. 기성은 연고를 쓰레기통으로 집어 던졌다. 화영에게 전화하려 했지만 할 수 없었다. 모든 상황이 정상적으로 돌아오기 전까진 그녀를 볼 수 없었다.

그는 민원인과 아웅다웅하던 평소가 그리웠고, 늘 똑같던 화영과의 만남이 그리웠으며, 티격태격하던 가족이 그리웠다. 벗어나려 했던 모든 게 그리웠다. 후회가 산사태처럼 쏟아져 내리면서 그는 잠이 들었다.

잠은 꿈을 불러왔다. 늘 반복되던 꿈이었다. 하지만 평소와 달리 현실처럼 생생한 감각이 기성을 놓아주지 않았다.

그는 산을 깎아 만든 개활지(開豁地)에 있었다. 평원이라 불러도 그럴듯했다. 그곳은 장식 기둥처럼 동서남북 끝에 큰 나무를 세우고 밧줄로 둘레를 친 사각형의 공간이었다. 방목장 같은 그 넓은 공간은 임금인 기성이 나랏일을 집행하는 조정(朝廷)이었다. 백성들이 사각 공간 안에 빼곡히 들어차 있었다. 그들은 옛 시대가 아닌 현대인의 복장을 하고 있었다. 오직 높은 대좌에 앉아 있는 기성만이 임금의 옷을 입었을 뿐이다. 현수가 입혀준 차림 그대로 기성은 발아래에서 자신을 올려다보는 만조백성을 굽어보았다.

기성은 혐오감을 느꼈다. 사람들이 모인 이유는 명백했

다. 임금인 그를 알현하기 위해서였던 것이다. 왕의 옷을
입은 채 여자와 그 짓을 하는 광경을 동영상이 아닌 실제
로 보기 위한 알현. 동포도 있었고 외국인도 있었다. 그들
은 반복되던 지난 꿈처럼 절망적으로 팔을 뻗는 대신 이
제는 호기심 넘치는 눈으로 기성을 올려다보고 있었다.

기성의 시선이 멀리 나아갔다. 군중의 뒤편에서 이쪽
을 노려보는 여자는 분명 현수와 연진이었다. 그녀들만
이 조선 시대에 어울리는 의상을 입고 있었다. 독수리가
그녀들의 머리 위로 떠다녔다. 그 인공의 날짐승이 낯설
지 않았다. 독수리 연은 온 하늘을 덮을 만치 몸집이 커
져 있었고 게다가 살아 있었다. 독수리가 날개를 펼치며
포효하자 겁먹은 백성들이 무릎을 꿇고 기성에게 절을
올렸다.

그 순간 기성은 자신이 존재하는 이유가 음란한 공연
을 펼치기 위해서가 아님을 깨달았다. 그는 백성들의 고
난을 어루만지기 위해 높은 대좌에 앉아 있었던 것이다.
모인 사람 모두가 가려운 곳을 긁어주고 고충을 해결해
줘야 할 민원인들이었다. 우열을 가리기 힘든 위치에서
힘겨루기를 할 정글 속 야수들이 아니라, 절대지존이 보
듬고 계도해야 할 어린 백성들이었다.

기성이 일어섰다. 머릿속에서 구름이 흘러가고 감로수

가 몸 구석구석을 채우는 듯한 청량감이 찾아왔다. 만조 백성들이 "주상전하!" 하고 열 번씩 절을 올렸다. 그러나 맨 끝에 선 두 여자는 그대로 서 있었다. 현수와 연진은 예스러운 헤어스타일에 비녀까지 꽂고 있었지만 몸에는 아무것도 걸치지 않았다. 그들은 바닥에 놓여 있던 빗자루만 한 붓을 들어 서로의 몸에 閉(폐) 자와 開(개) 자를 번갈아 그려댔다. 보고 있는 것만으로도 분노가 차올랐다. 기성은 엎드려 있는 백성들에게 "저것들을 죽이라!"고 위엄에 찬 일갈을 내질렀고 광장을 메운 백성들은 왕의 명령을 수행했다. 군중들이 달려들어 알몸의 두 여자에게 끔찍한 폭력을 행사했다. 무수한 손들이 그녀의 사지를 조각조각 찢어버렸다. 튀어 오른 피가 독수리를 붉게 채색했고 팔다리가 허공을 날았다. 그래도 두 여자는 깔깔거렸다. 군중들은 떨어진 몸통을 좀비처럼 뜯어 먹었다. 먹어야 할 사람들에 비해 양이 부족했다. 군중들은 왕에게 팔을 흔들며 불만을 표했다. 기성이 "네 이놈들, 무엄하다!" 소리쳤지만 오히려 군중들의 화를 불러오는 결과를 가져왔다. 군중들은 서로를 밟고 올라 대좌를 흔들었고 구석까지 몰리던 기성은 추락했다. 익선관이 날아가고 곤룡포가 찢어졌다. 분노한 군중의 손에 의해 기성의 몸도 수십 조각으로 흩어질 판이었다.

기성은 악몽에 시달리면서 고통스러운 잠을 이어갔다.
땀이 얼굴을 덮었고 고개가 좌로 또 우로 돌아갔다. 신음
소리가 막혀오는 숨을 간신히 뚫어주었다.

아침이 되었다. 이불을 젖히니 침대 커버가 먹자두 속
처럼 벌겋게 물들어 있었다. 지난번보다 피의 양이 더 많
았다. 자리에서 일어난 기성은 현기증을 느꼈다. 항문이
따갑고 아팠다. 쓰레기통에서 연고를 다시 꺼내 바르자
서서히 통증이 가라앉았다.

화장실로 가서 세수를 하고 거울을 봤다. 흰자위가 피
에 물든 것처럼 새빨갰다. 갑자기 올빼미 눈을 가진 노파
가 떠올라 기성은 비명을 질렀다. 소리를 듣고 온 당직자
가 문을 두드렸다. 또 너냐, 는 얼굴로 들어온 그는 피로
물든 침대 시트를 보고 구역질을 했다. 계장, 과장, 교수
들까지 모두 들어왔다. 살인사건 현장이라도 본 것처럼

경악을 금치 못했다. 빨리 병원에 안 보내고 뭘 하느냐는 질문에 당직자는 어제 갔다 왔다는 말만 앵무새처럼 되풀이했다. 기성은 좆같은 섭주의 병원은 두 번 다시 가고 싶지 않다고 소리쳤다.

그새 누가 보고를 했는지 연수원장이 운전기사를 대동하고 나타났다. 그는 미친놈처럼 소리치는 기성을 보고도 대범한 표정을 유지했으나, 심각한 병을 앓고 있을지 모를 교육생을 1초라도 빨리 명단에서 지우고 싶어하는 것 같았다.

"아직 교육이 이틀 남았지만 수료 처리해줄 테니 당장 짐을 꾸리게. 섭주에는 마땅한 데가 없으니 수도권에 있는 큰 병원에 가서 진료받는 게 좋겠네. 연락해서 보호자분 오시라고 할까?"

기성은 혼자 가겠다고 소리쳤다. 고함 소리에 교육생들이 몰려들었다. 연수원장은 감히 아랫사람이 한 기관의 장에게 대드는 행태에 괘씸함을 느꼈는지 말도 없이 나갔다. 구경하던 교육생들은 연수원 최고 권력자를 숙소 복도에서 만나게 되자 기성에게 가졌던 궁금증을 거두고 인사하는 데 열을 올렸다. 기성은 그런 그들에게 눈길조차 주지 않고 가방을 꺼내 짐을 구겨 넣었다.

'여기를 벗어나야 해! 위험한 곳이야! 섭주를 빠져나

가야 해!'

　몇몇 사람들이 방 앞을 힐끗거렸고 피 묻은 이불을 보고 자기들끼리 수군거렸다. 장준오가 기성의 방으로 들어왔다.

　"야, 이불이! 너 왜 이렇게 됐어?"

　"똥구멍으로 쏟은 피다."

　"대장염 걸린 거 아냐?"

　"집으로 돌아갈 거야. 섭주 의사는 한 놈도 못 믿겠어!"

　"너 무슨 일 있지? 어제 거기 간 건 어떻게 됐어?"

　기성은 고개 들어 장준오를 바라보았다. 눈을 동그랗게 뜨고 흥분하는 모습이 연기를 하는 것 같았다. 놈이 나를 탐색하고 있어……. 기성은 이제 아무도 믿고 싶지 않았다.

　"어떻게 됐냐니까? 녹음은 했어?"

　"뺏겼어."

　"뭐! 뺏겼다고?"

　"나한테 신경 꺼. 너하고 그날 노래방만 안 갔어도 이런 일은 안 생겼을 거야."

　"왜 날 걸고넘어지는 건데?"

　"모든 게 거길 갔다 온 후에 벌어졌으니까."

　"그래서, 지금 날 의심하는 거야?"

"하나만 묻자. 너 호모냐?"

"뭐?"

"동성애자냐고?"

"이 새끼가 미쳤나. 뭐라 씨부리는 거야!"

"정황상 맥주에 약을 탄 건 너밖에 없어."

"약?"

장준오는 기성의 얼굴과 피 묻은 이불을 번갈아 보다가 고개를 끄덕였다.

"의심하는 법을 가르쳐줬더니 이젠 나까지 의심하나? 자자, 마음 좀 가라앉혀. 어젠 심한 소리 해서 미안해. 무슨 일이 있었는지 말해봐. 그 여자한테 정말 협박이라도 당한 거야?"

"그렇게 보이냐?"

"얼굴이 말이 아니야."

"너도 침대에 저만치 수혈해봐. 이틀 연속으로."

"그러니까 거기서 뭔 일을 겪었는지 말해보라고! 도와준다잖아!"

"까는 소리 하지 마!"

기성은 가방을 메고 장준오를 밀치듯이 방을 나갔다. 복도 끝에 이건식이 서 있었다. 기성은 자꾸만 자신과 장준오의 주위를 맴도는 그의 태도가 꺼림칙했지만, 지금은 한시라도 빨리 이곳을 떠나고 싶은 마음이 더 컸다. 기성은 이건식과 반대 방향으로 걸음을 옮겼다.

*

기성은 당직실에서 특별한 사유로 조기 퇴소한다는 문서에 사인을 했다. 당직자는 '빠른 대처'로 책임에서 빨리 벗어나 홀가분한 얼굴이었다. 기성은 뒤도 돌아보지 않고 주차장으로 가 차에 올랐다. 그사이 항문의 불편함은 완전히 사라졌다. 이렇게 신통한 연고까지 만든 유명 의사가 뭐가 아쉬워 그런 더러운 일에 가담했지? 벌어도 벌어도 돈이 부족해서? 아니면 변태성욕자라서?

기성은 일단 평택으로 돌아가기로 했다. 섭주를 벗어나면 복잡한 머릿속이 한결 선명해질 것 같았다. 악의 소굴인 섭주에서는 모든 게 혼란스러웠다. 화영이 보고 싶었고, 가족들이 그리웠다.

막 주차장을 빠져나가려는데 전화가 걸려왔다. 기성은 벨소리에 머리털이 곤두설 정도로 신경질적으로 반응했지만 다행히 현수도 연진도 아니었다.

"한 주임님, 양해철입니다."

교육 담당자, 양해철. 3월부터 요구해온 연수원 교육을

9월에야 보내준 재수 없는 놈이었다.

"한 주임님, 아프다더니 괜찮아요?"

"내가 아프다는 걸 어떻게 알았어요?"

"연수원에서 방금 연락 왔어요. 조기 수료하셨다면서
요?"

"불명예 제대지요."

"아무래도 보고를 해야 하는 입장이라서…… 몇 가지만
물어볼게요. 증상이 어떻고, 어느 병원을 방문하셨는지 좀
알려주세요."

"보고가 그렇게 중요합니까?"

"그래야 조기 수료한 이유를 설명할 수 있으니까요."

"항문에서 피를 쏟았어요. 어제하고 오늘 두 번."

"하혈, 어제하고 오늘 두 번."

그는 기록을 하는지 기성의 말을 반복했다.

"병원은 뉴타임 연합 가신 거 맞죠?"

"맞아요."

"진단은 어떻게 나왔죠?"

"단순한 치질이랬는데 의사가 오진한 거 같아요. 갈수
록 더 심해요."

"어느 정도로……."

"새 이불을 두 번이나 버렸어요."

"저도 연수원 당직자한테 그 얘긴 들었습니다. 그러면 보고서엔 치질이라 안 쓰고 대장질환이라고 쓰겠습니다."

"그게 뭔 상관이죠?"

"무슨 말씀이죠?"

양해철의 음성에서 신경 예민한 사람을 자극하지 않으려는 조심성이 느껴졌다.

"치질이든 대장질환이든 맘대로 적으라고. 언제는 내 동의받고 교육 보냈나?"

기성은 화가 나 전화를 끊었다. 치질이든 대장질환이든 무슨 차이야? 따지고 보면 이 모든 상황이 자신을 우선순위에서 미루고 또 미뤄 9월에서야 교육을 보내준 양해철 탓일 수도 있었다.

다시 전화벨이 울렸다. 양해철이라고 생각했지만 모르는 번호였다. 기성은 이상한 예감이 들었다. 망설인 끝에 전화를 받고는 아무 말도 하지 않았다.

"여보세요? 여보세요? 한기성 씨? 나 이건식입니다."

"누구요?"

"26번 교육생 이건식. 잠깐 얘기 좀 합시다."

"내 전화번호는 어떻게 알았어요?"

"교육생 대표에게 연락처를 알려달랬어요. 왜 예정보다 일찍 떠난 겁니까?"

"몸이 안 좋아서요."

"기성 씨한테 무슨 일이 생긴 거죠?"

기성의 머릿속이 복잡했다. 이놈도 한패가 아닐까. 왜 내게 자꾸 관심을 기울이는 거지.

"가봐야 해서요. 전화 끊겠습니다."

"잠깐만요. 그날 도도 노래방 있잖아요. 나한테 말할 게 없습니까?"

"왜 자꾸 노래방 얘길 하는 거죠?"

"이경도라는 사람 때문이에요. 끊지 말고 잠깐만 내 얘길 들어주세요."

이건식이 잠시 뜸을 들이더니 다시 입을 열었다.

"이경도는 부산에서 일하던 소방관이었어요. 1년 전 그는 어떤 공무원 친구와 죽도로 여행을 갔어요. 낚시동호회에서 알게 된 친구죠. 그 친구는 소방공무원이 아닌, 우리 쪽에서 일하는 사람이었어요. 이름은 장준오. 이경도는 장준오와 여행을 갔다 온 지 며칠 되지 않아 목을 매 죽었어요. 죽기 전 그는 내게 편지를 한 통 보냈는데 같이 간 친구 장준오가 그를 속여 죽도로 유인했다고 했어요. 이경도가 장준오와 묵었던 펜션에서 술을 마시다가 정신을 잃었는데 깨어보니 모르는 사람들이 거기 있었다고요. 어떤 중년 여성과 얼굴을 가린 할머니였는데 그 옆엔 복면 쓴 남자들도 있었다고 했어요. 이경도는 그 여자들과 강제로 성관계를 맺고 캠코더로 촬영당했어요. 그들의 강요로 포르노 영화를 찍은 거죠. 이경도는 '말을 하면 그들이 날 죽이고 가족들을 협박할 거라'고 했어요."

기성의 등에 땀이 흘러내렸다. 딱 한 번 대화 나눈 적 있는 사람이 자신이 당했던 일을 손바닥 보듯 훤히 알고 있었다.

"그래서요?"

기성이 묻자 이건식이 말을 이었다.

"우리가 경찰에 의뢰하지 못한 이유는 두 가지였어요. 첫째, 말이 새나가면 기관 망신이란 이유. 둘째, 이경도의 편지가 과연 신빙성이 있느냐는 이유였죠. 그의 주장을 입증할 아무 증거가 없었거든요. 할머니와 포르노를 찍다니 말이 되느냐는 소리가 윗분들의 입에서 오갔어요. 그들은 입막음을 신신당부했고 사건은 정식 수사 대신 자체 조사로 진행되었죠.

조사단이 만들어졌고 몰래 장준오를 추적하는 작업이 이뤄졌어요. 나도 조사원 중 하납니다. 이번에 연수원에 교육 온 것도 놈의 뒤를 캐기 위해서죠. 불행히도 현재까진 아무것도 건진 게 없지만요. 하지만 장준오가 공직에 있으면서 못된 아르바이트를 하고 있다는 의혹은 여전히 증폭되고 있어요.

이경도는 우울증으로 정신과 진료를 받은 기록이 있고, 이 사실 때문에 그의 제보는 신빙성이 떨어졌어요. 그가 목을 맨 사건은 정신적 문제로 인한 자살로 처리되었죠. 그는 나 말고는 어떤 이에게도 자신이 당했던 사실을 숨겼어요. 사건은 그렇게 끝이 났죠. 장준오는 무고한 것으로 말입니다. 그러나 의혹이 완전히 해소된 건 아닙니다."

"왜요? 죽은 사람의 포르노 테이프가 떠돌기라도 했나요?"

"그건 아닌데 조사반이 죽도를 찾았을 때 사건 현장 근처 CCTV를 조사한 결과 그 펜션에 장준오, 이경도 말고 나중에 나타난 사람들이 다 찍혔거든요. 이경도의 진술과 동일해요. 남자 둘에 중년 여자 그리고 그들이 휠체어에 태워 온 선글라스 쓴 할머니가 카메라에 잡혔어요."

"그들이 사람을 가둬놓고 포르노를 찍었다는 증거는 있나요?"

"없습니다."

"그럼 이경도란 사람의 편지뿐인가요?"

"그렇습니다."

"그렇다면 무슨 이유로 장준오를 의심하는 거죠?"

"심증이죠."

"심증!"

"그래요. 떠나신다기에 시간이 없어서 이렇게 급히 전화드렸습니다. 죽은 이경도는 내 동생이었습니다. 나는 남원에서 근무하는 직원이 아니라 본청의 감사반에 있습니다. 수개월 동안 장준오를 추적해왔죠. 녀석은 나를 몰라요. 여기 와서 장준오가 한기성 씨에게 접근한 광경을 보았습니다. 두 사람은 입사 날짜가 같은 동기더군요. 어쩌면 한기성 씨를 꾀려는 놈의 작전일지도 모릅니다. 그놈은 전라도니 경상도니 지역차별주의자도 아니에요. 그런 사람으로 행세해 모르는 사람이 접근 못 하도록 방어막을 친 거죠. 왜 두 사람이 같은 날 교육을 오게 되는 우연이 벌어졌는지는 모르지만, 교육 담당자 양해철과 장준오가 사촌지간이라는 건 압니다."

"양해철과 장준오가 사촌지간이라고요?"

"예. 자, 말해주세요. 노래방에서 장준오랑 같이 있을 때 무슨 일을 당하지 않았습니까? 그 노래방은 당신 둘을 받고 바로 문을 닫았단 말입니다. 무슨 협박이나 촬영 같은 걸 당하지 않았나요? 난 한기성 씨와 장준오의 대화를 몰래 엿들었어요. 당신은 내 뒷자리였으니까요. 한기성 씨가 혼자 인사불성이 돼서 그 사람한테 업혀 갔다는 얘기도 들리더군요. 이경도가 죽기 전에 진술한 것처럼 말입니다."

기성의 숨이 가빠졌다.

"아냐, 난 아무 일도 당하지 않았어요."

"아는 게 있으면 얘기하세요. 지금 한기성 씨는 위험에
처한 건지도 몰라요. 분명 아무 일도 일어나지 않은 것처
럼 보이지만 뭔가 일어난 것이 분명해요. 여기 처음 왔을
때 한기성 씨는 활기차고 멀쩡했잖아요. 그런데 오늘 얼
굴을 보니 사자에게 쫓긴 얼룩말 같았어요. 내 동생도 죽
기 전에 그랬죠. 혼란스러운 목소리도 지금의 한기성 씨
음성과 아주 비슷해요. 어떤 위험이 닥쳤다면 그걸 숨기
거나 혼자 앓는 건 방법이 아닙니다. 아는 사실이 있으면
제게 알려주세요. 내 동생은 그런 말을 지어내서 하는 아
이가 절대 아니에요. 한 놈이 아닌 여럿이 꾸민 어떤 음
모에 말려들었단 말입니다."

기성은 이성을 잃지 않으려 필사적으로 노력했다. 누
가 진실을 말하고 누가 거짓을 말하는 건지 컴컴한 미로
속이었다. 이놈들 전부가 한패는 아닐까. 모두가 자신을
엮을 함정을 파고 있는 건 아닐까. 내가 비밀을 지키는지
안 지키는지 떠보려는 현수의 시험은 아닐까. 아니면 연
진이 나타난 것도 우연이 아니란 말인가. 노래방에서 잠
든 것도, 전화기가 바뀐 것도 전부 계획된 것인가. 그렇

다면 나는 이경도라는 소방공무원이 죽자 두 번째 주인공으로 캐스팅된 것일까?

머리가 터질 것 같았다. 얽히고설킨 정보에 두뇌는 제대로 작동하지 않았다.

이놈은 현수의 첩자야! 날 시험하고 있어! 내가 비밀을 누설할까 봐 시험하고 있는 거라고! 그놈들은 평생 동안 날 지켜보고 평생 동안 날 따라다닐 거야! 보이지 않는 시험, 보이지 않는 협박!

"네? 한기성 씨? 아는 게 있으면 가르쳐줘요."

"무슨 말씀 하시는지 모르겠네요! 난 몸이 아파 빨리 병원에 가봐야 해요! 전화 끊을게요."

"괜히 이런 얘길 하는 게 아니에요! 한기성 씨가 내 동생 같아서 하는 말이에요! 당신을 지켜요! 생일도 1월 21일, 경도랑 똑같잖아요?"

"뭐요! 당신, 나에 대해 어떻게 그렇게 잘 알지요?"

"지금 그건 중요치 않아요. 기성 씨가 나가고 장준오가 207호실에 들어갔어요. 뭘 찾는지 침대를 뒤지더라고요. 내가 쳐다보니까 피 묻은 휴지를 버리는 척했어요. 왜 그 사람이 거기 있었을까요? 녹음기라도 숨겨놓은 건 아닐까요? 내 정체를 알아낸 건지도 몰라요. 희생자가 더 늘어날 수도 있습니다. 아는 게 있다면 나중에라도 이 번호로 전화 줘요. 난 같은 편이에요."

기성은 전화를 끊었다. 차를 출발시키려 하는데 누가 다가와 막아섰다. 장준오였다.

*

"너 이걸 빠뜨리고 갔다."

장준오가 손에 쥔 휴대용 녹음기를 흔들어 보였다. 기성은 차창을 내리고 그를 바라보았다.

"그거 어제 잃어버렸는데."

"니 방에 있었어. 다른 사람이 주워 갔으면 어떡할 뻔했냐?"

기성은 장준오를 향해 바늘 같은 시선을 던졌다.

"이경도가 누구야?"

장준오가 피식 웃었다.

"이경도? 감찰반에서 얘기했니?"

"누구야?"

"낚시동호인이야!"

"날 속이지 마."

"그래! 애인이다! 됐냐!"

장준오가 긴 머리를 쓸어 넘겼다.

"왜 죽었지?"

"경도가 자살한 게 내 탓이라는 거야? 걘 내 목적을 알아채자 충격을 견디지 못했어. 시간만 더 줬어도 이해시킬 수 있었을 텐데. 누가 네게 그 얘길 해줬지? 교육생 가운데 누가 첩자야? 이건식이야?"

"약아빠진 새끼! 넌 동성애자가 아니야. 너도 그것들이랑 한패지?"

"그것들이 누구야?"

"양해철도 너랑 사촌이잖아! 니들이 짜고 날 이리로 보낸 거야. 너랑 같은 교육을 받을 수 있게. 너희들은 사전에 무서운 계획을 모의했어. 피해자는 대체 몇 명이야?"

장준오가 차 지붕에 손을 올렸다.

"너 무슨 노이로제 환자 같아. 거울 좀 보지? 대체 어제 무슨 일을 겪고 온 거야? 여자 둘이랑 마약 섹스라도 벌이고 협박당한 건 아니겠지?"

"개자식! 모른 척하지 마!"

"잘 들어, 기성아. 나를 음해하려는 무리가 있어. 그놈들이 네게 접근한 것 같은데, 이건식 맞지? 신나 통 사건 이후로 난 우리 조직의 부정부패 사실을 인터넷에 많이 올렸어. 그 뒤로 늘 누군가에게 감시당하고 있지. 내 성정체성을 알게 되면 놈들은 나를 쉽게 자를 수 있어. 너한테 그걸 밝혀달라고 슬슬 구슬렸는지도 몰라. 그렇지 않고서야 니가 경도를 어떻게 알아? 아마 너와 나의 행적을 집요하게 캐물었겠지. 하지만 표적은 네가 아니라 나야."

기성은 말없이 장준오를 노려보았다. 그는 정말 연진 일당을 모르는 걸까? 아니면 알고도 시치미를 떼는 걸까? 그것도 아니면 이건식의 시험에 내가 놀아나는 걸까?

놀이공원의 회전목마나 다름없었다. 나를 가운데 두고 빙글빙글 돌아가는 회전목마.

'의심을 하자, 의심을! 한 놈 한 놈 얘기에 속아 넘어가지 말고!'

기성은 장준오에게 물었다.

"너 이경도랑 펜션에 둘이 갔어?"

"너한테 왜 대답을 해야 하는데?"

"널 못 믿으니까."

"대답하지 않겠어."

"찔리는 게 있나?"

"아니, 니가 제정신이 아닌 것 같아서."

"내 차에서 손 떼. 나도 너에게 아무 얘기 않겠어."

"아무도 안 믿겠다 이거야?"

"머릿속을 정리할 시간이 필요해."

"무슨 정리?"

"누구를 믿어야 할지 모르겠다는 생각. 전부 한패라는 생각."

기성은 그대로 입을 다물었다. 아무 말도 듣지 말고, 그 어떤 말도 믿지 말아야 살아남을 수 있다. 그러나 현실은 그렇게 호락호락하지 않았다. 기성의 귓가로 대금 소리가 바람에 실려왔기 때문이다. 갑자기 시야가 흐릿해지면서 장준오의 모습이 보이지 않았고, 용암이 솟구치듯 기운이 차올랐다.

"왜 그래?"

"너도 들려? 저 소리?"

"무슨 소리?"

"대금 소리."

"아무것도 안 들리는데."

"저 소리가 날 주상전하로 만들어줘."

장준오가 당황한 얼굴이 되어 이성을 상실한 기성의 뺨을 툭툭 쳤다.

"내게서 손 치워라! 이 무엄한 놈!"

기성이 주먹을 들이댔다. 기겁한 장준오가 기성에게서 얼른 손을 치웠다. 기성은 차창을 올리고 차를 출발시켰다. 장준오가 잡으려 했지만 늦었다. 대금 소리는 기성의 모든 시름을 잊게 했다. 그의 눈앞에 보이는 건 어서 오라고 손짓하는 연진뿐이었다. 그녀의 벙긋거리는 입술은 기성을 향해 이렇게 말하고 있었다.

"어서 오세요, 주상전하. 어서요……."

차가 굉음을 내며 주차장을 빠져나갔다.

*

차가 연수원을 벗어났다. 이제 두 번 다시 그곳으로 돌아갈 수 없었다. 오관을 마비시키는 대금 소리가 안전 영역으로의 도피를 막았다. 그는 평택으로 차를 몰지 않고 모녀가 있는 수낭면으로 질주했다.

흐린 날이었다. 바람을 타고 독수리가 미친 듯이 허공을 선회하고 있었다. 차가 도착하자 문이 저절로 열렸다. 검은 우산은 활짝 펼쳐져 있었지만 개는 보이지 않았다. 현관문이 열렸다. 대금 연주가 끊임없이 기성의 귀를 간질였다. 피리 소리를 따라 현관으로 들어갔다. 거실에는 아무도 없었다. 대금 연주 소리는 2층에서 나오고 있었다. 기성은 몽유병자처럼 뭔가에 이끌려 계단을 올라갔다. 그곳에 연진이 있었다. 그녀는 아무것도 입고 있지 않았다. 벌거벗은 채 대금을 입에 문 모습이 외설적이었다. 애욕으로 눈이 먼 기성은 그녀를 향해 비척비척 걸어 갔다. 그때 두 남자가 옆에서 튀어나와 기성을 붙잡았다. 기성은 강제로 착복(着服)을 하고 또다시 왕의 모습을 갖추게 되었다. 욕망은 하늘 끝까지 치솟았으나, 이상한 무력감에 몸에 힘이 들어가지 않았다. 오직 항문의 통증만이 살아 있음을 느낄 수 있는 전부였다.

방문이 열렸다. 장롱인지 궤짝인지 모를 커다란 상자는 그대로였으나, 그 앞에 붙어 있던 閉 자는 사라지고 없었다. 오 사장이 상자를 열었다. 안에는 아무것도 없었다. 김석준과 오 사장이 기성을 번쩍 쳐들었다. 헹가래를 당하듯이 허공으로 들어 올려졌다. 주머니에서 녹음기가 빠지더니 바닥에 떨어져 박살났다. 그와 동시에 반복 재생되던 대금 연주도 사라졌다. 기성은 그제야 깨달았다. 대금 연주 소리는 장준오가 건넨 녹음기에서 나오고 있었다는 것을.

"장준오! 이 개새끼!"

정신이 번쩍 들었지만 이미 때는 늦었다. 그의 몸은 상자 속으로 내동댕이쳐졌다. 상자에 거대한 황동 자물쇠가 채워졌다. 기성은 칠흑 같은 어둠 속에 갇혔다. 문을 열어달라 소리쳤으나 아무도 답하지 않았다. 방문 닫히는 소리가 났다. 그를 내버려두고 모두가 방을 나간 것 같았다. 갇힌 상자 안에서 발길질을 했으나 소용없었다. 침묵만이 그에게 답을 했다. 살아 있는 그 무엇도 기성에게 반응하지 않았다.

정체된 어둠 속에 오직 혼자 남았다. 작은 빛조차도 없는 어둠이었다.

어둠은 시간을 방해했다. 시간의 흐름도, 시간의 간격도 그 무엇도 가르쳐주지 않았다. 찰나와 영원이 구분되지 않았다. 자신이 갇혀 있던 게 몇 초인지 혹은 몇 년인지 알지 못했다. 단지 차오르는 공포와 배고픔, 생리적 욕구만이 느껴질 뿐이었다.

그러나 어둠은 그에게 공간을 허락했다. 어둠이 모든 것을 삼키듯 공간이 무한정으로 뻗어나갔다. 자신을 둘러싼 단단한 벽이 거짓말처럼 사라졌다. 기성은 무한한 암흑 속에 발이 빠져 허우적거렸다. 이제 좁은 상자가 아닌 광활한 어둠 속에 갇힌 몸이 되었다. 그는 방향도 바닥도 천장도 없는 암흑 속을 걷기 시작했다.

"내가 죽은 건가? 아니면 꿈을 꾸는 건가?"

기성은 소리쳤지만 메아리는 돌아오지 않았다. 그의 음성에 귀 기울이는 이는 어둠 말고 아무도 없었다.

"누구야? 나를 갖고 장난치는 게? 모습을 드러내란 말이다!"

그는 현수나 연진, 아니면 장준오나 이건식이 나타나기를 바랐다. 처절한 바람에 호응하듯 하늘에서 무언가가 낙하했다. 그것은 사람이 아닌 새의 형상을 띠고 있었다. 새 한 마리가 지상으로 추락하다가 밧줄에 목이 걸린 사형수처럼 허공을 부유하면서 그를 노려보았다. 새는 스스로의 의지로 날갯짓을 하지 못하고 날개를 편 채 바람에 몸을 맡기고 있었다. 그것은 모녀의 집 2층에 걸려 있던 독수리 연이었다. 새의 몸에는 부적이 가득 붙어 있었다.

새가 기성이 있는 쪽으로 몸을 돌렸다. 폭격기가 목표물을 탐지해 천천히 기수(機首)를 돌리는 기세였다. 새는 날개를 퍼덕거리지 않은 채 기성을 향해 날아왔다. 기성은 뒷걸음질 쳤다. 끝도 없는 검은 길을 달리고 또 달렸다. 등으로 몰아치는 바람이 거셌다. 기성은 바닥에 몸을 납작 엎드렸다. 독수리 연은 무서운 속도로 날아와 기성의 머리 위를 지나쳐 까마득한 허무 속으로 사라졌다.

기성은 엎드린 채 아래를 보았다. 놀랍게도 그는 허공에 떠 있었다. 바닥은 투명한 유리로 된 듯 아래가 훤히 보였다. 아래에는 산해진미가 차려진 기다란 밥상이 두 개 놓여 있었다. 그걸 보자 배가 고팠다.

기성은 그 상이 단순한 밥상이 아님을 알 수 있었다.

상 중앙에는 돼지 머리가, 좌우로는 떡과 과일이 놓여 있었다. 그 사이사이에 청룡도와 향불과 형형색색의 깃발이 장식품처럼 포진했다.

그 앞에는 거대한 당나무[神樹]가 서 있었다. 종이를 꽃모양으로 만든 보신개와 겹으로 꼬인 동아줄이 나무에 가득 걸려 있었다. 그리고 화려한 옷을 입은 무당이 그 아래에서 춤을 추었다.

무당은 동헌의 사또처럼 밀화패영(蜜花貝纓)이 붙은 긴 갓을 쓰고 있었는데 갓 끝에는 공작새 깃털이 꽂혀 있었다. 옥색 두루마기 위에 알록달록한 쾌자를 덧입은 무녀의 옷맵시는 현란한 색채미와 조화를 이루었다. 부채와 방울을 쥐고 회전하는 춤사위가 아름다워 무서움도 잊을 정도였다. 무녀가 간절한 표정으로 하늘을 올려다볼 때 기성은 그녀가 현수임을 알아차렸다. 그녀는 기성을 보지 못하는 것 같았다. 바람난 아줌마로도, 노래방 도우미로도, 의상 담당자로도 위장해왔지만 그 어떤 모습도 무녀가 된 지금보다 어울리지는 않았다.

그녀 앞에는 하얀 소복을 입은 한 여자가 한쪽 무릎을 세운 채 다소곳이 앉아 있었다. 머리를 풀어 헤쳤으나 숱은 많지 않았다. 그녀는 양팔로 거대한 잉어를 안고 있었다. 잉어는 입을 뻐끔거리며 꺼져가는 생명력을 간신히 유지했다. 철갑 같은 비늘이 호흡할 때마다 물결쳤다. 앞으로 쏠린 머리칼 때문에 여자의 얼굴은 알아볼 수가 없었다.

현수가 펄쩍펄쩍 뛰면서 알아들을 수 없는 말을 지껄였다. 그것은 장준오가 외웠던 구절과 똑같았지만 결코 『반야심경』이 아니었다. 불경의 서두로 교묘하게 위장한, 사악한 기운으로 뭉친 구절이었다. 거대한 손바닥이 양옆에서 누르는 것처럼 머리가 아팠다. 기성이 현수에게 그만 멈추라고, 욕을 해댔다. 하지만 현수는 아무것도 듣지 못하는지 펄펄 뛰기만 했다. 그러자 소복 입은 여자가 천천히 하늘로 고개를 들었다.

"그분의 목소리가 들린다. 그분이 오셨구나."

현수가 두 손으로 빌며 허리를 조아렸다.

"네에. 그러십니까? 아이고, 네에. 그분이 오셨다굽쇼오."

"들었다. 그분이 우릴 막 야단치는 소릴 들었다."

"무엇이 부족해 우리를 야단치셨을꼬? 쇤네는 아무것도 안 보이는뎁쇼?"

"네 눈깔로는 30년을 연마해도 해와 달도 구별 못 해."

"그렇다면 야단만 치지 말고 가르쳐주옵소서! 가르쳐주시옵소서어어!"

"뱀 기어가는 소리가 땅꾼 신명 돋운다더니 네년이 그

219

꼴이로구나!"

두 여자가 주고받는 대화가 기성의 귀에 생생했다. 차오르는 공포로 몸이 떨렸다.

소복 입은 여자가 허공을 향해 고개를 들었다. 기성의 예상과 달리 그 여자는 연진이 아니었다. 지금 그를 올려다보고 있는 눈은 사람의 눈이 아닌 올빼미의 눈이었다. 그녀는 연진과 정사를 나눌 때 환상과 실제 사이로 끼어들었던 백 살 노파였다. 썩은 나무토막 같은 육신의 형형하게 빛나는 올빼미 눈이 기성의 뇌리에 못 박혔다. 그 눈은 감기지도 않고 눈동자가 움직이지도 않았다. 평생 잊지 못할 공포에 기성은 소리를 질렀다. 그 서슬에 촛불 하나가 꺼졌고, 현수가 엉덩방아를 찧었다.

"에그머니나! 어머니, 저도 들었사와요!"

"네 귀에도 인제 들리느냐?"

"예! 예! 그분이 오셨구만요!"

"뭐 하고 있어! 어서 절을 올리지 않고!"

현수가 두 손으로 빌며 절을 올렸다. 올빼미 눈의 노파는 힘에 부치는 듯 자리에 앉은 채로 허리만 굽혀 힘겹게 절을 했다. 그럴 때마다 잉어가 빠져나가려고 안간힘을 썼다. 칭칭쾅쾅 징소리에 맞춰 현수가 방울을 흔들고 청룡도를 휘둘렀다. 징을 치는 남자는 한복을 입은 오 사장이었다.

현수와 노파는 그를 오 법사라고 불렀다. 현수가 표독
스러운 표정으로 칼을 휘두르자 잉어의 머리가 날아갔
다. 머리가 잘렸는데도 잉어는 입을 뻐끔거렸다. 노파가
꿈틀거리는 잉어의 몸에서 솟구치는 피를 옆에 놓인 놋
대야에 부었다. 입에서는 요상한 주문을 쉴 새 없이 중
얼거렸다. 대야가 금세 빨간 피로 가득 채워졌다. 그러
자 기성은 온몸에 강력한 전기가 통하는 듯한 고통을 맛
보았다. 신경이 찢어지다가 합쳐지고 세상이 흩어지다가
다시 모여 조이는 지옥의 고통이었다. 그는 도망치려 했
지만 보이지 않는 벽에 부딪쳐 쓰러지고 말았다. 암흑의
대로(大路)는 사라졌다. 현수와 노파도 사라졌다. 모든
환각이 사라지자 그는 여전히 좁은 상자 안에 갇혀 있었
다. 그대로 정신을 잃었다.

*

"일어나."

낯설지 않은 음성이 들려왔다. 기성은 몸을 일으키려
다 나무판에 머리를 부딪쳤다. 사방이 벽으로 가로막혀
있었다. 틈새로 들어오는 흐린 빛이 아직 상자 안이라는

사실을 알려주었다. 그는 무한히 확장된 길을 걸었고 올빼미 눈의 노파와 무당이 된 현수를 보았었다. 꿈을 꾸었던 걸까?

빛은 閖 자가 쓰여진 종이를 뜯은 틈으로 들어왔다. 눈을 들이대자 방 안에 모인 사람들의 모습이 힐끗힐끗 보였다. 현수와 연진, 김석준과 오 사장 같았지만 확신할 수 없었다. 기성은 숨통을 조이는 더위에 옷을 전부 벗어 던지고 턱에 붙인 수염까지 잡아 뜯었다. 역한 땀냄새가 좁은 공간 안에 가득했다. 그는 빛이 들어오는 구멍에 대고 소리쳤다.

"누구야? 누가 나를 보고 일어나라고 했어?"

"너의 지난 삶을 충분히 반성했나?"

"뭐라고? 장준오가 아닌데, 넌 누구야?"

"나는 검사야. 너는 피고인이고. 변호인이 없으니 넌 스스로를 변호해야 해. 어때? 충분히 반성했나?"

"니들 뭐야? 이거 안 열어? 당장 경찰에 신고할 거야."

상대의 입에서 비웃음이 나왔다.

"어떻게 신고를 해? 난 잘 알아. 넌 절대 신고 못 해. 한기성은 모든 것을 잃으면서까지 잘못된 걸 바로잡는 인간이 아니야."

"닥쳐! 나에 대해 뭘 안다고 헛소리야?"

"너의 신상명세는 내가 쫙 꿰고 있지."

"개새끼! 목소리를 들으니 알겠다. 너 양해철이지?"

"맞아. 교육 담당자인 나는 너를 교육할 의무를 갖고 있어. 그래서 지금 네 앞에 있는 거야."

"어떻게 여기에 와 있지? 다 네가 꾸민 일이지? 네가 정말 장준오와 사촌지간이야?"

"내 이종사촌 중에 장준오란 사람이 있긴 하지."

"대체 나한테 왜 이러는 거야?"

"먼저 말해. 지난 인생을 충분히 반성했나?"

"반성할 일 한 적 없어. 알고 있다면 니가 말해봐."

"소극적이고 수동적인 건 여전하군. 넌 머리를 쓰지 않아. 일할 때도 그랬지."

"너를 귀찮게 해서 그랬니?"

"아니."

"교육 보내달라고 졸라서 그랬니?"

"아니."

"그럼 뭐야!"

"너의 새로운 삶을 원하기 때문이지."

"새로운 삶?"

"그래. 네 삶을 돌이켜봐. 너는 나태하고 게으른 인간이었어. 다른 사람들한테 관심조차 쏟지 않고, 세상과 담

223

을 쌓은 채 살아왔잖아. 그리고 순간적인 쾌락만을 좇았지. 여길 와서 네가 한 짓을 돌이켜봐. 아주 가관이야. 가족과 여자친구도 잊은 채 오직 섹스에만 빠져들었지. 너한테 남은 건 짐승의 본능뿐이야."

"그렇지 않아. 난 내 나름대로 최선을 다해 살았어. 네가 뭘 알아?"

"난 니 머릿속을 다 알아."

뭔가를 읊조리는 듯한 여자의 목소리가 들려왔다. 양해철과 말싸움을 하던 기성은 다시 빛이 들어오는 틈에 눈을 댔다. 현수가 바늘처럼 뾰족하게 잎이 돋아 있는 나뭇가지를 붙든 채 쉬지 않고 중얼거렸고, 그 옆에는 무릎을 꿇은 연진이 기성을 향해 두 손으로 빌고 있었다. 현기증이 몰려오면서 다시 정신을 잃을 것 같았다. 양해철의 차가운 음성이 다시 들려왔다.

"최선을 다해 살았다고?"

"그래, 최선을 다해 살았다!"

"하이에나의 최선이겠지. 강자에겐 약하고 약자에겐 강한 짐승의 최선."

"너야말로 그런 삶을 살았잖아?"

"나는 너처럼 본능에만 충실한 짐승이 아니야."

"문을 열고 얘기하자. 직접 얼굴 보고 일대일로 붙어보자고. 남자답게."

"도발한다고 덫을 풀어줄 것 같아?"

"내가 본능에 충실한 것도 다 내 의지에 의한 거야. 대체 너는 뭐가 다른데?"

"내겐 너한테 없는 사람다운 의지가 있거든."

"그게 어떤 건데?"

"한 평범한 인간을 왕으로 추대하려는 혁명가의 의지이지."

"닥쳐! 사람 납치해 감금하고 포르노 찍는 게 무슨 혁명이고 의지야. 정상적인 걸 어지럽히는 짓거리로 체제를 전복한다고 생각해?"

기성은 자신이 무슨 말을 하는지도 모른 채 점점 공황 상태에 빠졌다. 양해철은 오히려 그런 기성의 모습에 흡족해 고개를 끄덕였다.

"좋아. 이제야 너의 말투에서 의지와 능동이 활활 타오르는 게 느껴져. 그래야 한 나라의 왕 답지."

"왜 하필 나를 왕으로 치장하려는 거지?"

양해철은 기성의 질문을 무시하고 이야기를 이어나갔다.

"너를 고른 건 저들이지 내가 아니야. 우리의 목적은 하나야. 니가 지상의 자질구레한 인간사를 잊고 일국의

225

왕다운 의지와 능동을 회복하는 것. 그게 바로 니가 진정 사람답게 거듭나는 길이기도 해. 행복과 웃음을 잃은 사람들에게 행복과 웃음을 찾아주는 선정(善政)을 펼치는 진정한 왕도지."

"이것들이 미쳤구나! 임금 포르노를 시리즈로 찍으려나 본데 그렇게 해서 사람들에게 행복과 웃음을 찾아줄 생각은 없어. 니들은 내게 숨기는 게 있어. 어이, 아줌마! 당신 정체가 뭐야? 영화 종사자 아니지? 무당이잖아! 왜 피리 소리를 틀면 내 피가 저 계집한테 몰리는 거야? 이 연진, 너도 날 계획적으로 이곳으로 끌어들였어! 너 정말 다단계 때문에 숨어 다니는 거 맞아? 너도 장준오랑 아는 사이지? 다 한패지? 뭣 때문에 나한테 이러는 거야?"

모녀라 믿어왔던 두 여자는 응답하지 않았다. 그녀들이 읊조리는 구결과 방울을 흔들고 두 손으로 비는 행동이 빨라졌을 뿐이다.

양해철이 말했다.

"달라지는 건 없어. 아무리 그럴듯하게 변호해도 넌 본능에만 충실한 짐승이었을 뿐이야. 왕이 되고 나면 지난날을 회개할 수 있어."

기성이 주먹으로 상자를 쳤다. 얼굴을 흘러내리는 흥건한 땀 사이로 그의 눈빛은 광기로 번쩍였다.

"양해철! 네가 힘든 현장 업무를 피해 편한 보직만 전 전해온 건 어떻게 생각해?"

"약아빠졌으니까. 그것이말로 내가 인간이란 증거지. 짐승은 잔머리를 안 굴리거든."

"천만에. 네놈은 기생충이야. 안전한 곳에 숨어 영양분을 빨아먹는 기생충. 지금도 상자 밖에서만 니 하고 싶은 말을 하고 있잖아."

"하하, 어떻게든 이 상자 문을 열고 싶은 모양이군. 한 기성이 전략가인 줄은 몰랐는걸? 왜 지난 세월엔 이렇게 능동적인 모습이 되지 못했나?"

기성이 고함을 질렀다.

"먹고살아야만 했으니까. 살기 싫어도 먹고살아야만 했으니까!"

현수와 연진의 읊조림이 더 빨라졌다. 기성은 화살을 맞은 것처럼 가슴 부위에 통증을 느꼈다.

양해철의 음성이 싸늘하게 변했다.

"똥을 싸놨으니 물을 내릴 때야. 넌 이기적인 놈이었어. 남을 도와야 하는 자리에 있으면서도 민원(民願)이 아닌 자원(自願)이 너의 인생 최대 목표였지. 우린 너를 지켜보았다. 너는 일을 대충 했어. 도움을 바라는 사람들을 상담하는 처지임에도 어떻게든 그들을 피하려 했고 그들과 거리를 두었어."

"나만 그런 것처럼 매도하지 마!"

"너는 이 낯선 객지에 와서 해야 할 의무를 잊었고, 네 가족을 잊었고, 너 하나만을 바라보는 짝을 잊었고, 책임감을 잊었고, 마지막으로 의지를 잊은 채 더러운 육욕에만 충실했어. 네게 새로이 거듭날 기회를 줄 거야. 이제부터 너는 모든 사람들의 민원을 위해서 살아가게 될 거야. 위대한 주상전하가 되는 걸 영광으로 생각해. 알아들었지? 새로운 갱생이 너를 향한 판결이야."

"너는 나보다 타인에게 더 무관심한 놈이야. 너의 이기를 위해, 너희들의 이기를 위해 나를 이용할 뿐이야!"

"이건 의지의 문제야. 우린 의지 없는 네게 의지를 불어넣어줄 거야. 그 의지가 모든 이로 하여금 너를 우러러보게 할 테니까."

장준오는 자꾸 '의심'을 언급했는데, 왜 이들은 '의지'를 내세우는 거지? 대체 이들의 정체는 뭘까?

상자 속 무더위가 절정에 달했다. 기성은 탈진하기 일보직전이었다.

"대체 나한테 왜 이래! 개똥철학 늘어놓지 말고 시원하게 가르쳐줘! 해철 씨, 소리 질러 미안해. 날 보내줘. 뭣 때문에 내게 이러는 거야? 제발 가르쳐줘, 응?"

기성은 거기서 말을 멈췄다. 대금 소리가 다시 들려왔기 때문이다. 알 수 없는 무력함으로 기성은 상자 안에서 몸이 스르르 무너져 내렸다. 끝없는 암흑이 상자를 가득 채우더니 눈앞에 다리 하나가 나타났다. 한 사람이 걸어왔다. 화려한 무녀복을 걸친 여자였다. 그녀는 올빼미 눈의 노파였다. 암흑 속에서 노랗게 충혈된 올빼미 눈은 달만큼이나 크게 보였다. 나무 등걸 같은 노파의 손이 기성의 뺨을 잡았다.

*

  빛이 눈부셨다.
  빛은 기성을 에워싼 암흑 속에서 길을 인도했다.
  빛은 왕이 된 그를 백성에게로 이끌었다.
  정신을 차린 기성은 자신의 모습을 살펴보았다. 몸에 곤룡포가 입혀져 있었다. 기력이 솟구쳤다. 노파가 공경이 담긴 태도로 그를 일으켜 세웠다. 빛 가운데서 보니 처음만큼 올빼미 눈이 무섭지 않았다. 할머니 같은 친숙함 때문에 거부감도 덜어졌다. 눈을 제외하면 이상한 곳은 한 군데도 없었다. 그녀는 인자한 웃음을 지으며 기성을 잡아끌었다. 어느새 그의 턱에 긴 수염이 붙어 있었다. 노파가 기성의 머리에 익선관을 씌워주고는 허리 굽혀 예를 올렸다.

하얀 폭설이 쌓인 것처럼 온 세상이 환해졌다.

네 명의 가마꾼이 기성을 향해 달려왔다. 사극의 엑스트라처럼 그들은 무명옷 차림에 머리에는 패랭이를, 얼굴에는 탈을 쓰고 있었다. 그들이 어깨에 메고 온 평교자를 내려놓자, 노파가 그 위에 오르라고 기성에게 손짓했다. 기성이 교자에 오르자 가마꾼들이 일어섰다. 칼 쥔 시위 무사들이 기성의 옆을 지켰다. 봉평마을에서 본 장승들처럼 모두가 얼굴에 탈을 쓰고 있었다. 그중 사자탈을 쓴 거덜* 하나가 힘찬 음성으로 권마성(勸馬聲)을 내질렀다.

"훠이! 물렀거라! 주상전하 행차시다!"

눈부신 빛 속에서 대형 콘서트장 같은 널따란 공간이 나타났다. 그곳은 꿈에서 본 개활지와 비슷했다. 수많은 인파가 기성을 기다리고 있었다. 그들은 박수를 치고 땅바닥에서 경중경중 뛰면서 환호했다. 가마꾼들이 교자를 내려놓았다. 기성은 천천히 교자에서 내려 눈앞에 모인 백성들을 바라보았다. 모두가 현대인의 복장을 하고 있

* 임금의 행차 때 말고삐를 붙잡고 따라다니는 하인.

었지만 그의 백성임은 명백했다. 입고 있는 복장으로 그들이 누구인지 알아볼 수 있었다. 가수, 탤런트, 경찰, 소방관, 아파트 경비원, 샐러리맨, 스튜어디스, 의사, 집배원, 간호사, 학생, 농사꾼, 어업종사자, 주부, 장애인, 스포츠 선수, 작가, 군인, 요리사, 영화배우, 배달원, 노동자, 사업가, 음악인, 법관, 정치인 등 사람들이 까마득히 모여 있었다. 그들 모두 좋은 일이 생기길 바라는 표정으로 기성을 올려다보았다.

"주상전하! 소원을 들어주시옵소서!"

맨 앞에 선 현수와 연진이 큰절을 올렸다.

"소원을 들어주시옵소서!"

모든 사람들이 따라서 절을 올렸다. 초대형 매스게임과도 같은 그 배례는 실로 장관이었다. 모든 이가 기성을 숭앙했으며 왕이 된 그에게 의지하고 있었다. 기성은 그들의 희망이자 등불이었고, 그들의 아군이자 조력자였으며, 그들의 위로자이자 상담사였다. 돈을 벌어줄 전주(錢主)였으며 역병을 막아줄 백신이었다. 환희가 그들의 얼굴에 넘쳤고, 그들의 눈물이 끊어지지 않게 서로를 연결했다.

바로 그 순간, 기성은 깨달았다. 그는 모든 사람들을 대하는 왕 된 자였지만 군중들 중에는 정작 아는 사람이

하나도 없었다. 가족이 없었고 친인척이 없었고 친구가
없었으며, 기성을 아끼고 이해해주었던 단 한 사람, 화영
도 없었다. 오직 자신의 이익과 목적만을 이유로 기성을
찾아온 사람들이었다. 그들은 자신의 소원을 이뤄달라고
그에게 아우성쳤다. 기성이 뒤로 물러서다가 넘어지자,
기다렸다는 듯 사람들이 몰려들었다. 일어나려 안간힘을
썼지만, 올빼미 눈의 노파가 허리춤을 끌어안고 놔주지
않았다. 수천만 군중이 가까워졌다. 사람들에게 짓밟힐
것이 두려워 그는 곤룡포 자락을 사방으로 휘저었다.

"안 돼! 살려줘! 살려줘, 화영아!"

9월 20일(연수 마지막 날)

"화영아!"

기성이 벌떡 일어났다. 상자 틈이 아닌 창문으로 햇빛이 쏟아져 들어왔다. 참새를 쫓고 있는 독수리 연이 보였다. 낚싯줄에 매달린 독수리는 죽은 물고기처럼 생동감 없이 허공을 둥실 떠다녔다. 부적 따위는 붙어 있지 않았다. 기성은 자신이 누워 있는 곳을 보았다. 2층 방바닥이었다. 기성이 갇혀 있던 상자인지 궤짝인지 모를 물건은 사라지고 없었다. 그는 왕의 옷도 입고 있지 않았다. 이곳에 왔을 때처럼 반팔 티셔츠에 흰색 면바지 차림이었다.

그는 천천히 밖으로 나왔다.

집은 텅 비어 있었다. 상의원이라 칭했던 의상실도 비

어 있었다. 옷이 몽땅 사라졌고 분장용 거울도 뜯겨지고 없었다. 그는 계단을 내려왔다. 부엌의 물건과 거실의 가구들은 그대로였다. 하지만 모녀가 이곳에 있었음을 입증할 만한 것은 하나도 남아 있지 않았다. 텔레비전 옆 진열장에 일렬로 세워진 비디오테이프도 몽땅 사라졌다.

주차돼 있는 자신의 차를 제외하고는 마당도 달라져 있었다. 검은 우산도, 검은 개도 보이지 않았다. 기성은 주머니를 더듬었다. 차 열쇠는 있었지만 핸드폰은 사라지고 없었다. 집 안으로 다시 돌아가 한 시간이나 뒤졌지만 증거를 절대 남기지 않는 모녀의 조심성만 확인했을 뿐이다. 그는 이웃집 초인종을 눌렀다. 아무도 나오지 않았다. 출입문이 활짝 열린, 마을 어귀의 한 집에서만 중년 남자가 세차를 하고 있을 뿐이었다.

"아저씨, 저 집에 살던 사람들 어디로 갔나요?"

기성이 현수의 집을 가리켰다.

"글쎄요. 우리도 오늘 아침에 와서 모르겠는데."

"예?"

"오늘 아침에 처음 왔다고요."

"이사 오셨단 말이에요?"

남자는 무슨 소리냐는 듯 기성을 바라보았다.

"이사라뇨? 여긴 단기간 임대하는 섭주 전원주택 단지

234

잖아요. 휴가용으로요."

기성은 악몽에서 이제 막 깨어난 사람처럼 편의점으로 달려갔다. 그리고 과자를 진열하고 있는 아르바이트생에서 다짜고짜 물었다.

"저 집! 저 집에 살던 사람 알아요? 젊은 아주머니랑 아가씨랑…… 술 사러 매일 오던……."

"모르겠는데요."

"잘 생각해봐요. 여기 자주 왔었어요. 키가 크고 연예인처럼 예쁘게 생기고……."

기성은 학생의 시선에서 비웃음을 느꼈다. 어떤 여자를 스토킹하는 한심한 남자라고 오해하고 있는지도 모른다.

"몰라요. 저흰 오전 오후 아르바이트생이 달라서요."

아르바이트생은 더 이상 쓸데없는 일에 엮이기 싫다는 듯 외면했다. 기성은 어쩔 수 없이 편의점을 나왔다.

'핸드폰부터 찾아야 해!'

차를 출발시켰다. 주행 속도 눈금이 스포츠카처럼 빠르게 올라갔다.

생각을 해야 해, 생각을! 놈들이 왜 나를 살려뒀을까? 목적이 있을 거야. 그래 목적! 처음부터 날 납치한 목적을 알아야 해. 포르노 배우 캐스팅은 아니야! 분명 여기에는 음모가 있어. 보다 괴상하고, 보다 비현실적이고, 보다 무서운 음모. 대체 그게 뭘까?

정신없이 달리던 그는 휴게소를 발견하고 차를 세웠다. 공중전화 부스가 보였다. 작은 간이 휴게소여서, 사람이 한 명도 보이지 않았다. 그는 동전을 꺼내 화영에게 전화를 걸었다. 신호만 지루하게 울렸다.

"제발 받아, 화영아! 제발!"

그때 기적처럼 화영의 목소리가 들렸다.

"여보세요?"

"화영아! 나 기성이야!"

"기성이라고? 너 어떻게 된 거야? 왜 연락이 안 돼? 너희 어머니도 나한테 수없이 전화하셨어. 연수원에서는 일찍 떠났다는데, 오지도 않고 연락도 안 되고. 너 괜찮아? 핸드폰은 어떻게 한 거야?"

기성은 머리가 터질 듯한 두통을 참으며 말했다.

"화영아, 아무리 생각해도 뭣 때문에 그 사람들이 내게 그런 짓을 했는지 모르겠어."

"뭐라고?"

"제발 이유라도 알고 싶어! 그들이 날 조종했어. 내게 무슨 일이 생길지도 몰라. 연진이도 한패야. 만약 내가 어떻게 되면 이건식을 찾아가. 그 사람만이 날 도울 수 있어."

"너 왜 그래? 진짜 연진이를 만났어? 걔가 너한테도 사기 친 거야? 좀 알아듣게 얘기해봐!"

"그들이 날 납치……."

기성의 입은 열리지 않았다. 의지와 상관없이 열리지 않았다. 대금 소리가 들려왔기 때문이다. 피리 소리에 맞춰 심장이 쿵덕쿵덕 뛰기 시작했다. 심장의 움직임은 점점 더 다급해지고 격렬해졌다. 당장이라도 심장이 파열될 것 같았다. 그 격렬한 움직임 때문에 눈은 뱀파이어처럼 새빨갛게 충혈되고, 온몸의 혈관은 지렁이처럼 꿈틀거렸다. 기성은 온 힘을 다해 고개를 돌렸다. 저쪽 나무 그늘에 차 한 대가 서 있었다. 그 안에 현수와 연진이 타고 있었다. 현수는 입이 찢어져라 웃고 있었다. 그 미소가 마치 사악한 주술처럼 느껴졌다. 하지만 연진은 눈가가 촉촉했다. 그녀는 눈물을 흘리며 기성이 반항하지 못하도록 대금 연주를 이어갔다. 현수가 손에 쥔 물건을 들어 기성에게 흔들어 보였다. 그것은 짚으로 사람 형상을 본떠 만든 제웅이었다. 짚단 인형이 자신의 분신임을 안 순간, 기성의 배와 항문에 격렬한 통증이 몰려들었다. 그 순간 모든 것이 선명해졌지만, 너무 늦은 깨달음이었다.

"기성아! 대답해! 나 무섭단 말야! 흐흐흑…… 너 왜 그래, 기성아!"

화영의 구슬픈 목소리에 기성도 울고 싶어졌다. 그러나 굳어버린 혀는 단 한 마디 말도 입 밖으로 내길 허용하지 않았다.

현수가 다른 손에 들린 칼로 짚단 인형의 몸통을 서서히 관통시켰다. 기성은 수화기를 손에서 놓쳤다. 그리고 공중전화 부스 벽을 타고 무너져 내리듯 쓰러졌다. 눈에서 검정 동공이 사라지고 흰자위만이 허공을 향했다. 두 여자를 태운 소형차는 인적 드문 휴게소를 유유히 빠져나갔다.

"저기 사람 쓰러진 거 아냐?"

누군가 기성을 발견했다. 휴게소 직원과 사람들이 공중전화 부스를 에워쌌다. 기성은 여전히 그곳에 갇혀 뒷머리에 손을 올린 채 경련으로 몸을 꿈틀거리고 있었다.

"아저씨, 정신 차려요!"

"이 사람, 왜 이러지?"

"119 불러! 뇌혈관이 터졌나 봐!"

"어떻게 해야지? 인공호흡해야 하나?"

그들은 처음 겪어본 일에 어떻게 대처해야 좋을지 몰라 우왕좌왕했다. 그때 LA 다저스 모자를 쓴 휴게소 직원이 소리쳤다.

"저것 봐! 저게 뭐야!"

기성의 흰 면바지, 정확히 말해 엉덩이 부분이 피로 물들고 있는 광경을 그곳에 모인 사람들이 전부 목격했다. 어쩔 줄 몰라 서로 시선을 교환할 때 바지가 꿈틀거렸다. 다른 부위에 비해 엉덩이께의 움직임은 활기로 넘쳤다. 호기심을 이기지 못한 LA 다저스 모자가 나뭇가지로 기성의 엉덩이를 툭툭 건드렸다. 꿈틀거림이 멎었다. 직원은 계속 나뭇가지로 엉덩이를 툭툭 건드렸다. 그러자 꿈틀거림이 격심해지더니 바지를 뚫고 피에 젖은 작은 머리가 튀어나왔다. 삼각형 머리에 혀를 날름거리는 그것은 맹독을 가진 뱀이었다. 사람들이 비명을 내질렀다. 기성의 체액으로 끈적끈적해진 뱀은 난생처음 접한 외부의 충격 때문인지 몸 밖으로 빠져나오지 못한 채 그대로 죽어버렸다.

*

마지막 날이라 오후 수업은 없었다. 형식적인 수료식을 마친 교육생들은 각자가 사는 곳으로 출발했다. 10월이 다가옴에도 날씨는 더웠다. 부산을 향해 출발하던 장준오는 자신을 미행하는 차를 알아보았다. 그는 핸드폰을 꺼내 누군가와 통화를 하고는 속력을 높였다. 톨게이트로 가지 않고 일부러 CCTV가 없는 한적한 시골길을 달린 뒤 사람이 없는 터널 아래에 차를 세웠다. 따라온 차는 잠시 머뭇거리다가 그 뒤에 섰다. 먼저 내린 장준오가 그 차로 다가갔다.

"잘 따라왔어요? 전라도 아저씨?"

2부

9월 15일(연수 전날)

'신비의 고장 섭주에 오신 것을 환영합니다.'

드디어 이정표가 보였다. 세 시간 30분이나 걸렸다. 그는 차창을 내리고 다 피운 꽁초를 던졌다. 차 속력을 높였다. 목적지는 연수원이 아니었다. 내비게이션 안내를 따라 엄동면과 반대 방향으로 달렸다. 도심의 건물들이 뜸해지면서 한적한 시골길이 이어졌다. 길은 S자를 그리기도 했는데 아지랑이 사이로 노랑 중앙선이 굽이쳤다. 노른자가 터져 흐물흐물해진 계란 위를 미끄러져 나아가는 듯했다.

시골 마을이 나타나고, 두다 만 장기판 위의 장기짝처럼 전원주택들이 이곳저곳에 흩어져 있었다. 자연 경관이 그 사이를 채웠다.

차 안에서 전화를 걸자 마을 끄트머리에 있는 집 대문이 자동으로 열렸다. 2층에는 독수리 연이 바람을 타고 떠다녔다.

마당에 차를 세우고, 현관 앞으로 가자 황금색 팔찌를 찬 여자가 그를 맞이했다. 수전증을 앓는지 손이 덜덜 떨렸다.

"잘 지내셨어요?"

"오느라 고생 많았네."

준오는 악수를 건네는 현수의 얼굴을 쳐다보았다. 그녀와는 네 번째 만남이었다. 그 짧은 사이에 진행된 노화는 놀랄 정도였다.

"안 좋아 보이시네요."

"얼굴만 그래."

"손을 많이 떠시는데요."

"마흔일곱 살 여자가 할망구처럼 변했다고 생각했겠지."

"그건 아니지만 많이 쇠약해지신 것 같아요."

"어머니와 나는 하나로 연결되어 있어. 그분이 강성하셔야 나도 총기가 생기지. 그분이 쇠약해지면 난 시들어가는 꽃이 돼버려."

"선생님은 여전히 미인이세요."

"진심이야?"

현수가 준오 옆에 바짝 붙어 앉았다.

"그럼, 우리 계약 기념으로 날 가져볼래? 지금 집에 아무도 없거든."

현수가 손을 뻗어 준오의 뺨을 어루만지려고 하자, 준오가 그 손을 잡았다.

"작전 짤 일이 급하잖아요. 목도 마르고요."

"너희 남자들은 다 똑같은 놈들이야."

현수가 투덜거리며 냉장고로 걸어갔다. 화장조차 하지 않은 그녀는 정말 늙어버렸는지 허리춤에 손을 올리고 힘겹게 걸음을 옮겼다.

"연진이는요?"

"뭘 좀 사러 시내에 보냈어. 내일이면 한기성이 오는 게 확실하지?"

준오가 가방에서 프린트물을 꺼내 탁자 위에 놓았다. '○○직 공무원 민원실무반 제21기 교육생 명단'이라고 쓰여 있었다. 현수는 돋보기를 쓰고 종이를 한 장씩 넘겼다.

"시력도 안 좋아졌어요?"

"자네 백발은 잘 보여. 25번 김성률, 26번 이건식, 27번 한기성, 28번 장준오…… 옆 방을 배정받았군그래."

"사촌동생 도움을 좀 받았죠."

"이 한기성이 정말 그 한기성 맞아?"

"예."

"1월 21일생?"

"제 사촌동생이 기성이랑 같이 근무하고 있어요. 교육 담당이라 직원들 신상명세를 훤하게 꿰뚫고 있죠. 걔가 아니었으면 한기성이랑 같은 날짜에 교육받을 수 없었을 겁니다."

"사촌은 입이 무겁나?"

"솥뚜껑처럼요."

"그래도 이런 일에 선뜻 나서진 않았을 텐데……."

"야망이 있는 애예요. 믿음도 강하고요."

"나를 믿어?"

"믿게끔 제가 설득했죠. 한기성을 미워하기도 하고요."

"얼마나 한기성을 미워하길래……."

"이런 일을 맡았냐고요? 선생님, 사람이 사람을 미워하는 데는 각자 이유가 다 달라요. 우린 죽을 때까지 그걸 알 수 없죠, 안 그래요?"

"자네는 한기성이랑 친했다면서?"

"어쩝니까? 내 코가 석 잔데. 어디 1월 21일생 남자 구하기가 쉽나요? 개의 등장이야말로 간택당한 사람이라는 계시가 아니고 뭐겠어요? 우린 전부 한배를 탔어요."

준오가 어깨를 으쓱했다. 그 모습은 민원 창구를 담당하는 공무원보다는 도박판의 사기꾼에 더 어울렸다.

현수가 송곳 같은 시선으로 준오를 잠시 노려보다가 방 안으로 사라졌다가 준오가 주스를 다 마시기 전에 양파망처럼 생긴 그물 자루를 하나 들고 다시 나타났다. 현수가 그것을 준오의 무릎 위에 올려놓았다. 촘촘한 그물 안에서 뭔가 꿈틀거렸다. 준오가 비명을 지르며 뒤로 나동그라졌다. 뱀이 놀란 듯 그물 안에서 똬리를 틀었다.

"이게 뭐예요! 뱀이잖아요!"

"조심해, 성질 사나워."

"이런 걸 왜 갖고 오신 건데요?"

"한기성 몸 안에 넣어야 하니까."

"배, 뱀을요?"

현수가 일어나 탁자 위에서 아직도 꿈틀거리는 뱀 자루를 내려다보았다.

"이경도 때 우리가 실패한 건 준비를 소홀히 해서야. 똑같은 1월 21일생인데도 그놈한텐 먹혀들지 않았지. 치성이 부족해 영험을 내지 못한 거라고. 이 뱀은 그냥 뱀이 아니야. 영험무쌍한 신충(神蟲)이야. 한기성이 이 뱀을 몸으로 받아들여야 우리의 공수(供授)도 수월해. 나와 육체를 나누도록 이 토룡(土龍)은 한기성을 발정난 개처럼 만들어줄 거야."

"그럼, 저는 무슨 일부터 할까요?"

"두 번 다시 대업을 망치지 않게끔 이번 각본은 치밀해야 해. 일단 내일 저녁, 시내로 한기성이를 유인해. 노래방에서부터 일을 시작할 테니까."

현수는 담배를 피우며 장시간에 걸쳐 그가 해야 할 일을 알려주었다. 준오는 사람의 몸에 뱀을 넣어야 한다는 충격 때문인지 한동안 말을 잇지 못했다. 브리핑을 들은 그는 한숨을 토해냈다.

"노래방 사장도 우리 편인가요?"

"나랑 친구야."

"믿을 만한 분이에요?"

"아니, 못 믿어. 그래서 내가 약간의 벌을 내렸지. 말 나온 김에 자네 지금 그 계집을 좀 만나고 와."

"지금요?"

"실수 없게 하려면 연습은 필수잖아, 안 그래?"

포대기에 싸인 아기처럼 그물 안에서 뱀이 꿈틀거렸다.

*

　준오는 도도 노래방 간판을 발견하고 일부러 먼 거리에 차를 세웠다. 걸으면서 주위를 살폈다. 아무도 그에게 관심을 기울이지 않았다. 준오는 현수가 한 말을 떠올렸다.

　"노크를 세 번, 그다음 두 번, 다시 세 번. 총 여덟 번을 하면 문을 열어줄 거야."

　주변에 아무도 없다는 것을 확인한 준오는 불 꺼진 계단을 올랐다. 여덟 번의 노크를 세 차례에 나눠 하자 문이 열렸다. 햇빛이 들지 않아서 안은 어두웠다.

　"불 켜지 마요."

　여자 목소리가 들렸다. 준오는 잠자리 눈알 같은 커다란 선글라스로 얼굴을 가린 여자의 실루엣이 다가오는 것을 느꼈다.

　"난 장님이에요. 밝은 데 익숙하지 않아서요."

　"잘 알겠습니다."

　"그분한테서 대강 이야긴 들었죠?"

　"내일 한기성을 이리로 유인해야 한다는 거요?"

　여자는 바로 본론으로 들어갔다.

　"그래요. 내일 오후 6시, 연수원에서 시내로 나와 식사 겸 반주를 한잔하고 나면 9시쯤 되겠죠? 그때부터 간판에 불을 켤 테지만 그쪽이 아닌 손님은 모두 돌려보낼 거예요. 물론 난 앞을 못 보니, 그쪽인지 아닌지 알 수 없어요. 내일 9시 이후, 여기 들어와서 이렇게 네 번으로 나눠서 말해요. '없어요? 아무도? 계세요? 안 계세요?'"

준오가 따라했다.

"없어요? 아무도? 계세요? 안 계세요?"

어둠 속에서 여자가 계속 말했다.

"두 사람이 오면 생맥주를 보낼 거예요. 그 사람 잔에만 약을 탄 생맥주예요. 잘 기억해요. 'SUNNAM GLASS'라고 표기된 잔 두 개인데 자세히 보면 한 잔은 SUNAM GLASS라고 N이 하나 없을 거예요. 그 잔에 약을 탈 거니까 당신은 그걸 마시면 안 돼요. 알았죠?"

"알겠습니다. 스펠링 하나가 모자라는 술은 내가 마시지 않는다."

"그다음부터는 고현수가 시키는 대로 해요."

준오가 여자의 말을 정정했다.

"주리지요. 노래방 도우미 주리."

"이 근방에는 CCTV가 없어요. 이 일이 끝나면 당신과 나는 영원히 모르는 사람이에요."

"그쪽이 경찰이라서 그런 겁니까?"

여자가 선글라스를 벗었다. 보는 기능을 상실한 두 눈이 준오를 관통했다.

"고현수는 내 친구예요. 우린 같은 고향에서 나고 자랐죠. 현수는 어머니를 이어 신을 받고 무당이 됐어요. 모두가 걔를 피하고 무시해도 나는 그럴 수가 없었죠. 신세 진 게 많으니까."

"전 그분에 관해 잘 모릅니다. 좀 얻어들어도 되겠습니까?"

"내가 순경으로 대구에서 초임 근무할 때 자동차 부품 회사 사장 아들이 유괴당한 사건이 있었어요. 범인의 정체를 아무도 알지 못했죠. 현수를 찾아가니까 진범을 알수 있도록 치성을 드릴 테니 이틀 뒤 다시 오라고 했어요. 이틀 후에 가보니 사장의 처남이 범인이라고 알려줬어요.

조카를 아끼던 사람이라서 아무도 그 처남을 의심하지 않았어요. 당연히 내 주장은 받아들여지지 않았죠. 안 그래도 슬픔에 잠긴 사람을 무당의 점괘 하나로 의심하다니 말이 되나요? 그래도 현수는 그가 범인이라고 확신했어요. 나는 그간 현수가 보여준 신기한 일을 많이 겪었기 때문에 사장 처남의 애인을 미행했어요. 사흘간 잠복 끝에 그 여자가 어린아이를 몰래 데리고 나가는 걸 확인할 수 있었어요. 그렇게 현수 덕에 내가 범인을 잡았지요."

251

"저도 그 뉴스 들어서 알고 있습니다. 대구에서 젊은 여경이 유괴사건을 해결했다고."

"그래서 난 빨리 진급할 수 있었어요. 그 후로도 현수 도움을 많이 받았어요. 걔가 모시는 어머니가 한번 영험을 발휘하면 이뤄지지 않는 일들이 거짓말같이 이뤄져요. 난 명예와 돈을 얻었고, 현수에게 평생 갚아야 할 빚을 진 셈이죠.

하지만 누가 뭐래도 나는 경찰이에요. 알다시피 이번 일은 생판 모르는 사람의 목숨을 빼앗는 일이잖아요. 못하겠다고 해도 현수는 막무가내였죠. 집이 필요하면 집을 주고, 돈이 필요하면 돈을 준다고 해도 다른 건 필요없고 자기를 한 번만 도와달라고 했어요. 악을 쓰면서 네가 누구 덕에 이 자리까지 왔느냐며 소리를 질러댔죠. 그래도 난 매정하게 거절했어요."

"그래서 시력을 잃은 겁니까? 하루아침에?"

"보다시피. 나는 미안한 마음에 현수에게 돈봉투를 건넸어요. 현수는 거절하지 않았죠. 돈 봉투를 건네는데 걔가 손톱으로 내 손등을 할퀴었어요. 피가 조금 났죠. 나는 현수가 건넨 누런 종이로 피를 닦았어요. 그게 부적인 줄은 꿈에도 몰랐어요. 다음 날 아침, 자고 일어나니 멀쩡한 눈이 안 보이게 됐어요. 어떻게 된 일인지 알겠죠?"

"경양식 냅킨 같은 휴지 말이죠?"

"당신도 그 부적을 봤어요?"

"네. 조만간 한기성한테도 직접 쓰겠다더군요."

"현수는 날 죽일 수도 있었지만 시력만 뺏었죠. 일이 끝나면 원상태로 회복시켜준댔어요. 내가 친구라서 그런 호의를 베푼 거라 생각해요?"

"부탁을 절대 거절할 수 없게 하기 위해서죠."

"맞아요. 그러니까 당신도 조심해요."

준오가 티슈로 코를 풀었다. 그 소리에도 여자는 민감하게 반응했다.

"고현수가 무서운 여자란 겁니까? 아니면 그 어머니가 무서운 여자라는 겁니까?"

여자가 잘라 말했다.

"어머니."

"현수 씨가 하려는 일도 다 그 어머니 때문입니까?"

"맞아요. 하지만 걔를 얕잡아보면 안 돼. 자기 어머니한텐 못 미쳐도 무서운 무당이니까. 뭐 하나 알려줄까요? 난 계속 대구에서 근무하고 있었어요. 석 달 전, 뇌물과 관련한 어떤 투서를 받았고 그래서 섭주로 좌천되어 온 거예요. 많고 많은 시골 중에 왜 하필 섭주로 좌천 왔을까? 하필 현수가 있는 섭주로. 어쨌든 명심해요. 어떤 소원 때문에 이 일을 맡았는지는 모르지만 당신은 이제 죽을 때까지 고현수와 엮인 거예요."

"그 어머니에 대해 알려주실 수 있나요?"

"말할 수 없어요. 올빼미 눈을 가졌다는 거 말고는."

"올빼미 눈이요?"

쿵, 하는 소리가 어둠 속에서 들려왔다. 준오는 소리가 난 쪽으로 고개를 돌렸지만 아무것도 보이지 않았다. 박권태는 심하게 몸을 떨었다.

"소화기가 넘어진 것뿐이에요."

준오가 아무렇게나 둘러댔지만, 박권태의 음성에 히스테릭한 기운이 묻어났다.

"그게 왜 넘어져? 이만 돌아가. 너무 알려고 하면 걔가 가만 안 둘 거야."

"가만 안 두다니요?"

"난 봤어! 실명하기 전에 똑똑히 봤어!"

"뭘요?"

"올빼미 눈!"

아침이 밝았는데도, 연진은 계속 잠에 빠져 있었다. 현수가 연진의 허리춤을 발로 툭툭 찼다.

"일어나."

"아이, 조금만요. 선생님."

"거사를 앞두고 잠이 와?"

"어제 물건 구하느라 늦게 들어왔잖아요."

"니가 꾸물댄 거지."

"시골이라 없는 게 많았어요. 10분만요, 선생님."

연진의 풍성한 머리칼이 베개 주변으로 꽃을 그렸다. 현수가 한껏 만개한 젊음을 묘한 눈길로 바라보다가 머리칼을 잡아당겼다.

"내가 선생님이라 부르지 말랬지?"

"잘못했어요, 엄마."

자리에서 일어난 연진은 현수의 지시에 따라 손발을 바쁘게 움직였다. 마당으로 나온 그녀는 검은 우산을 하나 펼쳤다. 옆에서는 검은 개가 컹컹 짖어댔다. 현수가 잿가루가 둥둥 떠 있는 바가지 물을 한 모금 머금은 뒤, 푸 내뿜자 개가 입을 다물었다.

"9시 다 되어가네. 한기성 도착했겠지?"

"준오 씨랑 만나고 있겠죠."

"너 걔랑 동창이라며?"

"네."

"죄책감 안 들어?"

"……."

"넌 여기 있는 개만도 못해."

연진은 표정 관리를 하려고 애를 썼지만 눈시울이 금세 뜨거워졌다.

"네……. 그런데 선생님, 아니 엄마…… 이 우산은 왜 펴는 거예요?"

"궁금해?"

"네."

"밤에 손톱 깎지 말고, 집 안에서 우산 펴지 말고, 베개

세우지 말고, 문지방 밟지 말고, 아침에 원숭이 얘기하지 말고, 까마귀 울음 들으면 침 세 번 뱉고…… 왜 그럴까?"

"복 날아갈까 봐 그러는 거겠죠."

"복이 왜 날아가는데?"

"모르겠어요. 왜 날아가는데요?"

"귀신을 불러들이니까 날아가는 거지."

현수에게 물 공격을 당하고 주춤했던 개가 다시 짖어 댔다. 아까보다 더 사납게 으르렁거렸다. 현수가 웃었다.

"개의 눈은 귀신을 볼 수 있단다."

연진은 질린 표정으로 물었다.

"저 개한테 뭘 하신 거죠?"

"궁금해? 너도 똑같이 만들어줄까?"

"아, 아니에요."

연진은 다시 우산 펴는 일에 몰두했다. 지금쯤 장준오는 기성과 만났겠지. 연진은 연수원이 있는 엄동 쪽을 바라보았다. 불어온 바람에 2층 창 앞 독수리가 그녀를 향해 배를 드러냈다. 방향을 틀지 않는 독수리의 눈이 연진을 똑바로 향했다.

현수가 독수리 연을 보고 있는 연진에게 말했다.

"저기도 부적 붙여야 해. 마지막에 기성이 가둘 방 앞이니까. 표 나지 않게."

"알겠어요."

"지네 먹은 신계(神鷄)는 머리하고 벼슬은 그대로 놔두고 털만 다 뽑아. 부적도 떼지 마. 그 상태로 삼계탕을 끓여야 하니까."

현수가 손을 떨며 집 안으로 들어갔다. 연진도 뒤를 따랐다. 문지방이 있던 자리에 새로 발판을 놓았다. 키를 재기 위한 눈금선이 붙어 있었다.

"문지방 아래 파놓으라고 시켰는데, 다 했어?"

"파는 데 엄청 힘들었어요, 엄마."

"고작 그런 일가지고 힘들다고 하는 거야?"

현수의 말에 기분이 상한 연진은 얼른 말을 돌렸다.

"문지방 밟으면 재수 없는 일 생긴다는 말, 저도 어릴 때 아빠한테 들은 적 있었어요. 대체 저 아래 뭘 넣으실 건데요?"

"사람 손."

"예?"

"두 개. 왼손과 오른손이지."

"정말이에요?"

"궁금하면 너도 그 위에 서봐. 대번 꿈자리가 어지러워질 테니."

"대체 그, 그런 건 어디서 구하신 거예요?"

"내가 그걸 알려주면 손 주인이 꿈을 통해 널 찾아갈 거야. 그 손이 네 몸을 더듬다가 눈알을 파내고 혀를 뽑을지도 몰라. 50년 전 서울에서 죽은 함경도 사람인데, 네가 감당할 수 있다면 가르쳐줄게."

"아뇨. 안 알려주셔도 돼요."

연진은 장준오가 일을 제대로 해내기만을 바랐다. 어서 빨리 이 재수 없는 여자한테서 벗어나고 싶었다.

"끄으으으으으으…… 어어어!"

쥐어짜는 듯한 비명이 들려왔다. 연진의 팔에 소름이 돋았다. 그녀는 소리의 진원지인 닫혀진 2층 방을 바라보았다. 그 안에는 장롱인지 궤짝인지 모를 무시무시한 상자가 있었고, 그 앞에 백 살 정도 된 노파가 누워 있었다. 올빼미 눈을 한 노파가!

"어머니가 찾네. 어서 올라가봐."

현수가 연진의 어깨를 탁 쳤다. 연진은 그 방에 들어가기가 죽기보다 싫었으나 고개를 끄덕일 수밖에 없었다.

'동호야, 제발 빨리 일어나! 너 때문에 이런 고생을 감수하는 거야! 너만 일어난다면 난 무엇이든 할 수 있어!'

연진은 청량산에서 멧돼지를 만난 기억을 떠올렸다. 목숨이 경각에 처할 무렵, 동호가 수호기사처럼 나타나 용감하게 앞을 막아섰다. 함께 MT를 갔던 기성은 그 자리에 없었다. 하지만 자신의 매력을 이용해서 어떻게든 그 기억이 기성 자신의 것이라고 믿게 만들어야 했다.

연진은 사람 손이 들어갈 문지방 아래를 밟지 않으려 조심하며 2층 계단을 올랐다.

'나 잘할게, 동호야. 지켜봐줘. 알지? 네 눈을 뜨게 하려고 내가 이 고생을 한다는걸.'

*

노래방 기계에서 한창 〈땡벌〉의 반주가 흘러나오고 있었지만, 노래를 부르는 사람은 없었다. 준오는 소파에 쓰러져 잠들어 있는 기성을 내려다보았다. 테이블에는 스펠링이 잘 분간되지 않는 맥주잔 두 개가 비어져 있었다. 제법 도우미답게 외모를 꾸민 현수가 준오에게 말했다.

"금강장으로 가자."

"여기서 하면 안 돼요?"

"안 돼!"

"사장님도 우리 편이잖아요. 여기가 제일 안전한데 뭣하러 사람 눈 피해가며 모텔까지 가야 해요?"

"방위가 안 맞는다고 그랬잖아."

"방향요?"

현수가 준오를 매섭게 째려보았다. 불과 15분 전까지 그녀는 버드나무 가지와 요령(饒鈴)을 쥔 무녀가 아니라, 탬버린과 마이크를 쥔 밤의 여인이었다.

"북향사배(北向四拜)라고 들어봤어?"

"임금 계신 북쪽 보고 네 번 절하는 거요?"

"그렇게 대가리 좋은 놈이 금강장이 북쪽에 있는 건 왜 몰라?"

"그랬나요?"

"신령님의 행업은 무엇 하나 소홀하면 안 돼. 알아들어?"

"예."

"이 총각이 깨면 곤란하니까 빨리 부축해."

　현수가 기성의 엉덩이를 철썩 때렸다. 기성은 미동조차 하지 않았다. 어느새 편한 옷으로 갈아입은 현수가 텅 빈 어둠 속에 앉아 있는 박권태를 향해 말했다.

"곧 다시 앞을 보게 될 거야. 우리 작전이 성공하면."

"성공 못 하면?"

"평생 장님으로 살아야겠지."

"부탁이야. 날 그렇게 내버려두지 마."

　현수는 건물에 은밀하게 나 있는 뒷문을 통해 노래방을 빠져나갔다. 이 건물의 소유주는 박권태의 언니였지만 실제 주인은 현수 덕에 돈을 번 박권태였다. 그녀는 현수가 사라진 쪽을 향해 치성을 드리듯 두 손으로 빌었다. 시력이 돌아오는 것만이 그녀가 바라는 전부였다.

*

금강장 여관에 도착한 준오는 305호에 방을 얻었다. 기성은 아직도 꿈속을 헤매고 있었다. 먼저 도착해 있던 연진은 현수와 함께 305호실로 들어갔다. 수면제를 과도하게 먹은 기성은 세상모르고 잠들어 있었다. 지금 앞에 누워 있는 남자는 그녀와 깊은 사이는 아니었지만, 한때 같은 취미와 시간을 공유했던 친구였다. 기성은 연진에게 원한을 살 만한 어떤 짓도 하지 않았다. 독하게 마음을 먹었지만, 기성의 얼굴을 보니 다리에 힘이 풀렸다. 차라리 모르는 사람이라면 좋았을걸.

"뭘 빤히 쳐다보고 자빠졌어?"

현수가 소리치자 연진이 정신을 차렸다. 그녀는 떨리는 손으로 준오에게 장갑을 내밀었다. 준오가 장갑을 끼는 사이 그녀는 피리를 꺼냈다. 현수는 이마에 파란 비단 끈을 질끈 동여맸다. 창문을 열고 밤하늘을 향해 네 번 절을 올렸다. 연진은 현수의 지시에 따라 가방 지퍼를 내렸다. 그리고 세 사람 모두 가방에서 물러났다.

현수의 손짓에 연진이 피리를 불기 시작하자 열린 가방 사이로 뱀의 머리가 솟아올랐다. 뱀은 자신을 둘러싼 환경에 긴장했는지 곧추세운 상반신을 조금씩 돌려 세 사람과 일일이 눈을 맞추었다. 충만한 악의, 전염되는 교활, 싹을 자른 인정을 잠든 기성은 알지 못했다. 뱀이 움찔거리자 현수의 주문이 빨라졌다. 준오가 뱀의 목을 낚아챘다. 뱀과 눈이 마주치자 그는 몸을 떨었다. 장갑을 끼지 않았더라면 손의 감촉을 견딜 수 없었을 것이다.

갑자기 뱀이 준오를 향해 똬리를 틀었다. 놀란 그가 뱀을 놓쳤다. 방바닥을 기어가는 파충류의 움직임에 연진도 비명을 질렀다. 피리 소리가 끊기자 현수가 다급히 휘파람을 불었다. 순간 뱀의 몸이 얼어붙었다. 어디선가 "누가 밤중에 휘파람 불고 지랄이야! 뱀 나오게!" 하는 술 취한 음성이 들렸다. 현수는 휘파람을 계속 불며 두 사람에게 눈으로 이렇게 말했다.

'빨리 넣어, 이 병신 같은 새끼야!'

'계속 불어, 이 쓰레기 같은 년아!'

준오가 다시 뱀을 붙잡고, 연진은 피리를 불었다. 현수는 맨살을 드러낸 기성의 엉덩이를 간호사처럼 강제로 벌렸다. 준오는 소원을 들어주소서, 라고 말하며 뱀의 머리를 기성의 엉덩이 사이로 들이댔다. 연진의 가쁜 호흡에 피리 소리는 들쑥날쑥했다. 터널로 들어가는 기차처럼 뱀이 빠르게 기성의 몸 안으로 사라졌다. 세 남녀의 이마에 땀이 흥건했다. 기성이 끄응, 하며 천장을 향해 돌아 누웠다. 침 한 가닥이 입가로 흘러내렸다. 연진과 준오가 동시에 화장실로 달려갔다. 누가 먼저랄 것도 없이 세면대와 변기에 구토를 했다. 현수가 화장실로 따라 들어가 문을 닫고는 두 사람의 머리채를 세면대에다 쾅쾅 찧었다.

"결과만 생각할 땐 용기 백배였지? 응? 만사형통일 줄 알았지?"

"……."

"직접 해보니 속이 뒤집히지? 사람 하나 어떻게 하기가 쉬울 줄 알았어?"

현수가 머리채를 놓아주었다.

"한심한 것들…… 하기로 했으면 마음을 독하게 먹어야지."

준오에게 기성을 맡긴 뒤 현수는 연진과 함께 집으로 돌아왔다. 연진은 현수의 지시대로 준비된 그릇의 뚜껑을 열었다. 빗살무늬 토기처럼 생긴 그릇이었다. 그 안에는 쌀이 가득 담겨 있었고 부적도 두어 장 꽂혀 있었다. 현수가 칼로 연진의 손가락을 그어 부적 위에 피를 뿌렸다. 기성의 핸드폰을 그 위에 놓고 뚜껑을 덮었다. 그녀는 주문을 외우면서 미나리 단 같은 풀로 그릇을 찰싹찰싹 때렸다.

"이 핸드폰을 돌려받으면 한기성이는 자나 깨나 네년 몸뚱어리만 생각할 거야. 밤에 울부짖는 고양이처럼."

현수가 웃었다. 연진은 투시경으로 알몸을 관찰당한 사람처럼 양팔로 가슴을 감싸 안았다.

9월 18일(연수 3일차)

영화배우처럼 잘생긴 중년 신사 하나가 이른 아침부터 현수의 집을 찾았다. 립스틱을 바르다 만 채로 현수는 손님을 맞았다.

"아침부터 불러서 미안해, 김 원장."

"별 말씀을. 안 그래도 찾아뵙고 싶었는데요."

"기성이한테서 연락이 왔어. 피를 많이 쏟았대. 좀 있다가 자네 병원을 찾아갈 거야. 얘 시영아, 커피 두 잔만 타오너라. 한 잔은 블랙으로."

쌀을 안치던 연진이 손을 닦고 가스레인지 불을 켰다.

"치효성모(鴟梟聖母)님을 능가하실 일도 이젠 꿈이 아닌가 보군요."

김석준의 감개 어린 말에 현수는 대답하지 않았다. 머쓱해진 그가 입술을 매만졌다.

"외람된 말씀이지만 이경도 건처럼 실패하진 않겠지요?"

"이번 제물에는 신충을 넣었잖아. 내가 '거기'서 직접 꺼내 온 신충이야. 이름 없는 잡뱀이 아냐. 그 뱀이 어디 피만 쏟게 한 줄 알아? 사람의 오장육부를 건드려 오욕칠정(五慾七情)을 자유자재로 부린다고. 이제 피리 소리만 들으면 한기성이는 언제 어디서나 색골로 변해."

현수가 쟁반을 들고 걸어오는 연진을 가리켰다. 연진은 현수의 지시대로 한껏 치장을 한 모습이었다. 그녀가 커피를 탁자에 놓는 사이 현수가 연고 하나를 내밀었다. 김석준이 뚜껑을 열고 냄새를 맡았다. 현수가 연진을 노려보았다.

"넌 2층 어머니께 올라가봐."

"네."

연진이 물러났다. 두 사람이 나누는 대화가 귀로 들어왔다. 일부러 들으라는 듯 크게 나누는 목소리였다.

"한약재가 섞인 건 알겠는데 성분이 뭐죠?"

"맨드라미, 결명자, 봉숭아, 백반."

"아, 전부 뱀이 싫어하는 것들이군요."

"기성에겐 신비의 진통제가 될 테지. 다른 사람에게 떠벌리지 않도록 잘 구워삶아줘."

"그거야 일도 아니죠."

"걔는 항문이 아픈 게 남자한테 강간당했기 때문이라고 믿고 있어. 그렇게 믿어서도 안 되고 배 속에 뭔가가 들어 있다고 믿게 해서도 안 돼."

"단순 치질로 몰아가죠."

"그래. 자네가 진료를 해주면 나는 거기에 있다가……"

더 이상은 말이 들리지 않았다. 연진은 2층 방문 앞에 당도했다. 그녀는 가볍게 문을 두드렸다.

"성모님, 일어나셨어요?"

대답이 없었다. 연진이 다시 한번 노크했다.

"일어나셨어요, 성모님?"

바스락거리며 이불이 들썩이는 기척이 났다. 아래층에서 현수가 김석준에게 원피스 지퍼를 내려달라고 하는 소리가 들렸다.

"들어갈게요."

연진이 문을 열었다. 방 안은 어둠에 싸여 있었다. 악취와 함께 신음에 가까운 노인의 숨소리가 들려왔다. 복도 불빛이 방으로 비쳐들었다. 창가의 독수리가 연진을 노려보았다. 연진은 가슴이 철렁했다. 노인은 모로 누워 있었다. 가슴께까지 내려온 이불 끄트머리를 잡은 채 베개에서 얼굴을 들고 이쪽을 쳐다보았다. 올빼미 눈이 노란빛을 뿜으며 연진을 노려보았다. 연진은 겁에 질려 내려왔다. 몹시 들뜬 현수의 음성이 가까워졌다.

"아이, 거기 말고 그 옆을 좀 눌러봐."

연진은 눈앞에 펼쳐진 광경에 멈춰 섰다. 김석준의 무릎 위에 현수가 앉아 있었다. 연진을 보고도 둘은 놀라지 않았다. 김석준이 현수의 귀에 대고 속삭였다.

"놀라는 척도 할 줄 아니 아주 예의 바른 아가씬데요?"

"홍, 보기보다 간보가 강한 계집이야."

현수가 옷을 추스르며 일어섰다.

"왜 내려왔지?"

"성모님이 뭐라고 하셔서요."

2층에서 고함이 들려왔다. 새의 포효는 아니었다. 고령의 노인이 내지르는 소리는 무슨 말인지 알아들을 수 없었다. 현수가 김석준에게 말했다.

"이만 돌아가게. 또 보게 될 테니."

"그러죠."

"선생님 배웅해드리고 와야지, 시영아."

현수가 인사도 없이 2층으로 올라갔다. 김석준은 마당으로 나와 자신의 외제 차에 올랐다. 연진이 따라가 대문을 열었다. 김석준이 차창을 내리고 그녀를 바라보았다. 눈이 마주치자 연진은 머뭇거리던 질문을 던졌다.

"혹시 김석준 선생님 아니세요?"

"나를 알아요?"

"선생님이 쓰신 책 읽어봤어요."

"제대로 읽어보긴 한 거요?"

"네."

"내용이 어땠소?"

"감동적이었어요."

"아니, 어떤 내용인지 기억하냔 말이오. 아가씨가 정말 그 책을 읽었는지 궁금해서 묻는 말이오."

"하도 오래전에 읽어서…… 선생님이 어렵게 공부해 의과대에 수석 합격했고, 암을 앓으신 사모님을 직접 치료하셨고, 어려운 사람들을 상대로 꾸준히 선행을 베푼다는 내용으로 기억해요."

"그 모든 건 내가 한 게 아니오."

"무슨 말씀인지?"

"현수 씨와 그녀의 어머니가 한 거요. 실력으로 못 붙을 시험에 나를 붙게 했고, 못 나을 병을 낫게 해준 게 그들이오. 당신이 선행이라고 말한 것만 내가 한 건데 그건 내 과거를 들키지 않으려는 위장막에 불과해요."

"왜 제게 그런 비밀을 들려주시는 거죠?"

"아가씨도 과거의 나처럼, 인간의 힘으로 고칠 수 없는 현재를 고쳐보려고 치효성모를 찾은 것 아니오? 올빼미 눈의 할머니 말이오."

김석준이 핸들에서 손을 떼고 차창에 팔을 올렸다. 중후한 신사의 얼굴 뒤에 투견 같은 강인함이 자리했다.

"나는 지방대학 의과대에 될까 말까 한 실력이었지요. 근데 저분들 덕에 우리나라 최고의 의과대에 합격할 수 있었어요. 재벌의 딸인 내 아내? 내 실력은 고사하고 대한민국 어떤 명의도 낫게 할 수 없는 유전적인 질환을 앓았어요. 그 병을 저 사람들이 치료해준 거죠. 의술이 아닌 굿판으로. 의사들이 알면 코웃음을 칠 푸닥거리 말이에요. 연애할 때 저분들이 내 아내의 병을 호전시켰고, 결혼에 골인했을 땐 완치를 시켰어요. 내가 한 걸로 포장해서요. 그 덕에 난 처가의 막대한 재산을 물려받을 수 있었어요."

연진의 표정이 진지해졌다.

"한번 효험을 보면 평생 저분들을 도와야 하나요?"

"당연하죠. 은혜를 모르고 돌아선다면 괘씸하게 생각할 것 아니오."

"저분들 능력이 그만큼 믿을 만하단 말씀이죠?"

번지는 먹물 같은 독기가 그녀의 얼굴에 두드러졌다.
김석준도 그걸 알아본 듯 눈동자를 굴리며 연진을 관찰
했다.

"그럴 법한 소원이라면 반드시 이뤄줘요."

연진이 의사에게 몸을 굽혔다.

"그럴 법한 소원이라면 어떤 걸 말하는 거죠?"

"타인의 눈에 의혹이 없을 소원. 초등학생에게 대학교
합격증을 주진 않는단 말이오. 아가씨가 뭘 빌었는지는
모르겠지만."

"죽은 사람을 깨어나게 해달라고 빌었어요."

"시체를 되살릴 소원이라니 그녀가 받아들였을 리 없
소. 아마 식물인간을 눈뜨게 해달라는 소원이라면 몰라
도."

"어떻게 아셨어요?"

"시체가 일어나는 건 식물인간이 눈뜨는 것보다 의혹
이 큰 법이잖소?"

연진이 김석준을 똑바로 쳐다보았다.

"남자친구가 사고로 아직도 의식을 못 찾고 있어요."

"현수는 안 보고도 모든 걸 아는 여자요."

연진이 2층을 올려다보았다. 창문은 닫혀 있었다. 독
수리 연만 바람에 둥실 떠다녔다.

"선생님도 저 여자에게 복종할 수밖에 없는 건가요?"

"당연하지. 고현수 그리고 치효성모와 관계를 트고 지낸 이상 절대로 떨쳐버릴 수 없소. 죽음만이 해방일까."

*

김석준이 돌아간 후 연진은 제단 앞에 무릎 꿇고 현수가 적어준 경문을 계속 외웠다. 제단에는 불상 대신 제웅이 들판의 허수아비처럼 서 있었고, 그 옆으로 돼지머리와 떡, 과일 등이 놓였다. 현수는 혹시 기성이 냄새 맡을까 봐 일부러 향을 피우지 않았다. 어제 이곳에 왔을 때 기성은 사람 손이 파묻힌 문지방 위에 섰고, 검은 우산들 사이를 걸었다. 검은 개의 호통으로 외부에서 묻어온 이로운 잡귀들을 떨쳐버렸다. 그래서 기성은 저주의 기운을 고스란히 받고도 아무것도 알아차리지 못했다. 현수는 벌거벗은 연진이 유혹하는 환상에 기성이 정신을 차리지 못하는 모습을 보았고, 어떤 금구*보다도 성모님의 대금 연주가 특효였다는 사실을 깨닫고 기뻐했다. 연진은 그녀가 웃을 때도 무서웠다.

* 징, 꽹과리, 장구 등.

"나간다. 이따가 장 좀 봐놔!"

현수의 말에 연진이 눈을 떴다. 야하게 치장한 현수를
보고 연진은 예쁘다고 칭찬했다.

"그래 봤자 한기성이는 내가 아닌 너하고 그 짓을 하
는 줄 착각할걸?"

현수가 라피아 모자를 쓰고 집을 나섰다. 밖에는 개량
한복 차림의 오 법사가 택시기사 차림의 오 사장으로 탈
바꿈한 채 대기하고 있었다. 그가 문을 열어주자 현수는
유명 할리우드 여배우처럼 차에 올랐다.

차가 떠나는 소리가 들렸다. 해방감을 느낀 연진은 텔
레비전을 켠 후 제단 앞에 벌렁 드러누워 눈을 감았다.

'아아, 동호야. 니가 내 고생을 알고 있기는 하니? 제발
알아줬으면 해. 어서 빨리 일어나야 해.'

의식 불명 상태인 동호의 얼굴이 떠올랐다. 아무것도 모
르는 듯 산소호흡기를 단 순수한 얼굴.

공이 탕탕 튀어 바닥으로 굴러왔다. 연진이 눈을 떴다.
터진 자두였다. 여러 개의 자두가 날아와 그녀의 얼굴을
때렸다. 주위에는 아무도 없었다. 제단의 짚단 인형도 그
대로였다. 그녀의 눈이 위를 향했다.

2층 계단에 노파가 있었다. 하얀 소복 차림의 그녀가
계단 중턱에 앉은 채 올빼미 눈으로 연진을 응시했다. 집

에는 연진과 노파 말고 아무도 없었다. 노파는 계단을 내려올 힘도 입으로 부를 힘도 없어 자두를 던지는 중이었다. 노파가 입을 벌리자 비정상적으로 긴 혓바닥이 턱까지 내려왔다가 들어갔다. 연진이 비명을 질렀다. 노파가 쉰 목소리로 웃기 시작했다.

*

뉴타임 연합클리닉 주차장에서 기성이 현수를 만나 붕평마을로 떠났을 때, 연진은 준오를 만나고 있었다. 못 나온다는 걸 막무가내로 불러냈다. 결국 준오는 무단으로 수업을 빠지고 시내로 나왔다. 연진은 CCTV가 없는 기찻길 옆 인적 드문 장소에 차를 대고 그를 기다렸다. 선글라스를 쓴 준오가 잽싸게 연진의 차 안으로 들어갔다.

"오 법사가 만나지 말랬는데 이러면 어떡해요?"

"그 사람 언제 봤어요?"

"오늘 새벽, 연수원에 찾아왔어요. 택시기사로 위장하고 있더군요."

"지금 그 여자 태우고 기성이를 만나러 갔어요. 우리가 만나는 건 모를 거예요."

"나한텐 피 묻은 부적을 줬어요. 기성이 침대 아래에 반드시 넣으라면서요."

"안 봐도 그게 뭔지 알아요. 어제 그 여잔 젊은 남자한테
환장한 아줌마 연기를 했어요. 아카데미 여우주연상 감이
었죠. 일부러 손바닥을 손톱으로 찌르고, 닦아주는 척하
며 부적에 피를 묻혔어요. 그런 걸 침대 아래에 넣으니까
기성이가 하혈을 한 거예요."

"고현수가 그 부적으로 사람 눈을 멀게 할 수 있단 것
도 알고 있습니다. 그런데 왜 보자고 했어요?"

연진이 양팔로 스스로를 끌어안았다.

"무서워서요! 당신은 치효성모를 직접 본 적이 있어요?"

"아뇨."

"그 집에 있어야 하는 난 매일 봐요! 수발을 들어야 하
니까요!"

"진정하세요."

"분명 사람인데 사람 같지가 않아요. 대체 사람이 어떻
게 올빼미 눈을 갖고 있을 수 있죠? 그 할망구 치다꺼리
를 하자니 미칠 것 같아요. 얼마나 소름 끼치는지 몰라요.
옆에 있기만 해도 헛것이 보이고 온몸이 불에 막 타오르
는 것 같아요. 우리나라에서 가장 무서운 무당이란 말은
거짓이 아니에요. 집에 도저히 못 있겠어요."

연진의 두려움은 과장이 아니었다. 준오는 주위에 사

람이 있는지 살피면서 말했다.

"우리 계획이 어차피 정상적인 건 아니었잖아요? 헛것이 보이고 피가 마르는 게 당연하죠. 이제 얼마 안 남았어요. 며칠 내로 끝난다고 했으니까 조금만 참아요."

"우리가 대체 그 모텔에서 무슨 짓을 한 거죠?"

누가 듣는다면 두 사람이 불륜 관계인 줄 착각할 수도 있는 말이었다. 하지만 그들이 어긴 건 천륜이었다. 둘이 합심해 사람의 몸에 강제로 살아 있는 뱀을 넣었다. 공포에 질린 두 사람과는 달리, 파란 하늘의 흰 구름은 어떤 비현실적인 일도 현실에서 저질러버리는 게 바로 너희들 인간이지 않느냐고 설법하듯 태평하게 흘러갔다.

"연진 씨, 약해지면 안 돼요. 이제 와서 물러서면 화를 입는 건 우리예요."

"그 올빼미 눈만 안 볼 수 있다면 뭐든지 하겠어요."

"우리 소원을 이뤄줄 유일한 무당이니 어쩔 수 없어요. 어차피 이 일을 시작할 때 1월 21일생 남자가 필요하단 걸 알았잖아요? 우리가 똑같은 장소, 똑같은 시간에 한기성이라는 1월 21일생 남자를 뽑았다는 걸 기억해요. 그때 우린 천지신명의 계시라고 기뻐했잖아요. 여기서 멈추면 안 돼요. 치효성모만이 우리한텐 천지신명이에요."

"하지만 막상 기성이를 보니까…… 걘 나한테 잘못한

일이 하나도 없는데."

"그건 나도 마찬가지죠. 그래서 여기서 그만둘 거예요?"

"아뇨."

"연진 씨만 양심의 가책을 느끼는 게 아니에요. 이미 우린 브레이크 없는 차에 올랐어요. 어떻게든 끝까지 가야지 중간에 세우려 하면 전복하고 말아요. 난 내가 선택한 일에 후회하지 않기로 했어요. 우선 내가 살고 봐야 하니까."

"당신은 나를 의지 없고 나약한 여자로만 취급하는 거 같네요."

준오가 연진을 똑바로 쳐다보았다.

"우리가 인간이길 포기한 건 맞잖아요? 우리 솔직히 털어놓죠. 연진 씨가 빈 소원은 대체 뭐길래 이번 일에 가담한 거죠?"

연진이 오래 뜸을 들이다 대답했다.

"식물인간 된 사람을 살려달라고요."

"그게 누군데요?"

"남자친구예요."

"그 남자가 당신 목숨을, 아니 다른 남자 목숨을 바칠 정도로 소중한 사람이에요?"

"이 세상 하나밖에 없는 내 사람이에요."

"그러면 마음 독하게 먹읍시다. 나는 당신보다 더 나쁜 놈이니까."

"당신은 뭘 빌었는데요?"

"사법고시에 합격할 수 있느냐 물었는데 고현수가 가능하다고 했어요."

연진이 어이없다는 투로 말했다.

"사법고시 합격이요?"

"당신은 웃을지 몰라도 난 지금 다니고 있는 직장에서 목숨을 잃을 뻔했어요. 어떤 민원인이 내가 마음에 들지 않는다고 신나 통을 던지고 불을 질렀어요. 그 일이 내 인생을 바꾸었어요. 삶을 되돌아보게 했고 하루하루가 얼마나 소중한지 깨달았죠. 그 사건은 내게 정신적인 위축을 가져온 반면, 능동적으로 행동하게 해주었어요. 새 인생을 살 수만 있다면 대가는 무엇이든 치르겠다고 맹세했죠. 난 인간에 대해 실망하고 분노하고 증오하는 맘을 가지게 됐어요."

"판사나 검사가 되면 복수하려는 맘인 건가요? 인간에게?"

"날 무시했던 이들에겐 성공한 모습을 보여주고 싶고, 내 목숨을 위협한 자들에겐 몇 배 더 큰 고통을 주고 싶어요."

"공부를 해서 그 목적을 이루려는 맘은 없었나요?"

"불확실한 것보단 확실한 것을 믿기로 했습니다."

"어떻게 확신하죠?"

"어쨌든 끝까지 가볼 겁니다. 신나 통 사건 이후 난 죽음의 공포에서 벗어날 수 없었어요. 머리카락부터 이렇게 죽은 색깔로 변하기 시작했죠. 이대로 가만히 있으면 내 삶도 잿빛으로 변하게 될 테고, 결국 난 서서히 죽어갈 거예요."

"만약 뜻대로 안 되면 어떡하실 건데요?"

"고현수를 죽이고 나도 자살할 겁니다."

"기성이 때문에요?"

"죄책감 때문이죠. 기성이 하나가 아닌 이경도까지 두 사람이에요."

연진이 준오를 말없이 바라보았다. 준오는 그 눈에서 보이지 않는 멸시, 비웃음, 야유, 경멸을 읽었다.

"치효성모가 병들지 않았을 때 만났더라면 이런 일 안 해도 됐을 텐데요."

"대신 굿 비용으로 엄청난 금액이 필요했겠죠. 내 퇴직금 몇 배를 줘도 섭외 못 할 금액을요. 연진 씨가 매일 본다는 그 여잔 살아 있는 산신령입니다. 우리나라 최고의 무녀예요. 그녀를 회복시키기 위해서라면 고현수가 하라는 대로 따라야 해요."

감정의 격랑으로 준오의 눈이 이글거렸다. 그 정신력으로 오직 공부에만 매진했다면 자포자기했던 현실을 원하는 미래로 바꿀 수도 있지 않았을까. 기성을 바치지 않고도. 연진은 복잡한 생각을 지우려고 머리를 저었다.

그래, 세상엔 별의별 인간이 다 있어. 장준오 같은 인간도 있잖아. 나만 나쁜 게 아니야. 연진은 산소호흡기를 꽂고 있을 동호를 생각하고 마음을 다잡았다.

준오가 차에서 내리며 말했다.

"누구 하나 약해지면 같이 죽는다는 걸 명심해요. 가볼게요."

"잠깐만요!"

내리려는 준오의 팔을 연진이 잡았다.

"왜 그래요?"

"조금만 더 있어줘요. 혼자 있기 싫어요."

"미안하지만 안 돼요. 이경도 건으로 날 미행하는 놈이 있어요."

"막상 그 할망구한테 가야 하니 미치겠어요."

준오는 인상을 찌푸리듯 미간을 구겼다.

"자신이 죽는 줄도 모르고 있는 기성이를 생각해요."

준오는 뒤도 돌아보지 않고 연진의 차에서 내렸다. 자신의 차로 옮겨 탔을 때 그녀의 차가 먼저 골목을 빠져

나가는 모습을 지켜봤다. 시야에서 멀어지자 준오는 자신이 불필요한 말을 많이 했다는 후회가 들었다.

'그나저나 궁금하군. 대체 식물인간이 된 남자친구는 이연진에게 어떤 사람이었을까?'

준오는 현수의 집에서 연진과 처음 만났던 날을 떠올렸다. 그날은 8개월 전, 기성의 생일인 1월 21일이었다.

*

그 방의 벽은 짙게 채색된 무화(巫畵)로 도배되어 있었다. 포도대장 같은 옷을 입은 신장(神將)들과 허연 수염을 드리운 신령들이 같은 계파에 몸담은 조직원처럼 인상을 썼다. 그런 인상을 써야만 귀신도 굴복시킬 수 있는 모양이었다. 한 화공이 모든 그림을 도맡았는지 화풍이 비슷했는데, 인자한 미소라는 게 뭔지 모르는 이 토속 신들은 당장에라도 그림 밖으로 튀어나와 손에 쥔 창, 칼, 불로 남녀노소를 가리지 않고 해치워버릴 인상이었다. 불을 뿜는 용과 날갯짓하는 학이 그들 주변에 포진했지만 느낌은 조금도 밝아지지 않았다. 그들이 짓밟고 있는 악귀들의 표정은 비웃는 건지 고통스러운 건지 구분이 되지 않았는데, 지금 이 무화 앞에서 안방마님처럼 자리 잡은 백단(柏檀) 보살 고현수의 표정도 그와 다르지 않았다.

준오가 물었다.

"선생님, 어떻게 되었습니까?"

"어떻게 되긴 뭘 어떻게 돼? 자네가 본 그대로지."

"굿만 해도 확실히 검사가 될 수 있다 그랬잖아요?"

"말했잖아. 어머니한테서 몸주가 떠났다고."

"이경도를 바쳤잖습니까?"

"실패했지. 될 줄 알았는데 우리가 실패한 거야."

준오가 소리쳤다.

"그럼 죄 없는 사람만 죽인 거네요!"

현수는 골치가 아픈지 끈으로 싸맨 머리를 손으로 눌렀다.

"1월 21일생만으로 조건이 갖춰지는 게 아니었어."

"대체 뭐가 잘못된 겁니까? 하라는 대로 다 했는데."

"방법이 틀렸나 봐. 왕을 맞이할 준비를 우리가 제대로 못 한 거야. 어머니가 예전 같지 않으시니……."

현수가 준오의 무릎에 손을 올렸다.

"기왕 이렇게 된 거 한 번만 더 수고해보세. 1월 21일생 남자를 다시 구해줘. 이번엔 성공할 자신이 있어. 실패하지 않을 걸세. 우리 모녀도 살고 자네도 검사가 되어야지."

"장난하십니까? 이경도도 가까스로 구했는데 어디서 같은 출생일 남자를 또 구해 와요? 벌써 조직 내부에서도 날 의심하기 시작했어요."

"그럼 이대로 포기할 텐가?"

"……."

"자네한테서 불의 기운이 보이네. 그 직장, 당장 떠나지 않으면 내년쯤 신나 통 또 맞게 돼. 이번엔 피하지 못할걸?"

"협박하시는 거예요?"

"협력하려는 걸세!"

준오의 얼굴이 벌게졌다.

"선생님도 영험하신 분이잖아요. 어떻게 혼자 힘으로는 안 돼요?"

"말했잖아? 내 능력 대부분은 어머니에게서 나온 거라고. 어머니의 협조가, 정확히 말해 치효성모의 협조가 있지 않으면 안 돼. 치효성모에게서 힘을 기대할 수 없으니까 1월 21일생 남자가 필요하단 말일세. 이번엔 이경도 때와 방법을 달리 할 거야. 두 번 다시 실패하지 않는다니까."

"만약 이번에도 실패하면요?"

"실패할 리가 있나? 자네 목숨뿐 아니라 내 목숨도 달린 문젠데."

준오가 탄식만 토해내고 있을 때 밖에서 장지문이 열렸다. 현수가 문을 연 사람에게 말했다.

"오 법사, 무슨 일인가?"

"손님이 왔습니다."

"당분간 손님 안 받는다고 했잖아."

"박권태 씨하고 아는 분의 딸이라는데요."

"아! 깜빡하고 있었네. 장 선생, 자네 미안한데 잠깐 나가서 오 법사하고 바둑이라도 두고 있을 텐가? 까치 울음이 요란하게 들리지? 우리한테 귀한 손님이 찾아온 징조인지도 모르겠네."

준오가 퉁퉁 부은 얼굴로 일어섰다. 사기꾼한테 속은 기분이었다. 비밀을 알게 된 이경도가 목을 매 죽어 마음이 편치 않았다. 대기실로 걸어가는데 연예인처럼 매력 넘치는 아가씨가 다가왔다. 결혼 운수라도 보러 온 모양이지. 하지만 아무것도 눈에 들어오지 않는 처지라 준오는 그녀를 그대로 지나쳤다.

백단 보살 고현수의 점집은 크고 으리으리했다. 그녀와 그녀의 어머니는 사회 각계의 유명인사들에게 영험함을 떨쳐 큰돈을 벌었다. 신기한 소원, 이루기 어려운 소원만 도맡아 들어준다는 입소문이 돌았고, 그녀들이 이뤄낸 기적은 결코 거짓이 아니라고 했다.

신나 통 때문에 직장에서 죽을 위기에 처한 준오가 이직의 소원을 얘기했을 때 현수는 이상한 소리를 했었다. 최근 어머니가 신기를 잃어 더 이상 굿을 할 수 없다고. 이젠 자기가 역할을 이어받아 큰 영험함을 떨쳐야 하는데 그러려면 1월 21일생 남자가 반드시 필요하다고. 그 남자만 구할 수 있다면 5천만 원이 드는 굿 비용은 안 받아도 좋다고.

복잡한 심정으로 준오는 오 법사가 준 음료수를 들이켰다. 소원도 이루지 못했고, 애꿎은 이경도만 죽게 만들었다. 이미 벌어진 일도 후회되었지만, 앞으로 벌어질 일이 더 무서웠다. 감사반의 조사가 시작되었기 때문이다. 게다가 머잖아 또 신나 통을 맞을 운명이라니.

전화가 걸려왔다. 이종사촌 동생인 양해철이었다.

"준오 형, 어떻게 됐어?"

준오에게 고현수를 소개한 사람은 해철의 어머니, 즉 장준오의 이모였다. 애당초 "세상에 9급 공무원을 검사로 만들어주는 점쟁이가 어딨어요" 하고 비웃던 그는 이모에게 호된 야단을 맞았다.

"이 녀석아, 너도 해철이 초등학교 때 소풍 이야기 알잖아. 그 사고를 막아준 이가 바로 백단 보살이라니까."

원래부터 이모는 고현수의 단골이었다. 해철이 경주로 소풍을 가려고 할 때였다. 해철 엄마와 친분이 있던 고현수가 다리를 부러뜨리는 한이 있더라도 아들이 소풍 가는 걸 막으라고 했다. 하지만 아들이 하도 난리를 피워 소풍 가는 걸 막을 수 없었다. 그래서 이모는 복채는 심심치 않게 줄 테니 액막이 부적이나 하나 써달라고 했다. 현수는 노한 음성으로 부적도 소용없고 무조건 그날을 피해야 한다고 했다. 그렇지 않으면 아이와 영영 생이별이라고 했다. 겁이 난 이모는 결국 해철이에게 설사약을 먹여 소풍 가는 것을 막았다. 그 결과 해철은 브레이크 파열로 버스가 10미터 낭떠러지 아래로 떨어지는 사고를 피할 수 있었다. 버스는 강으로 추락했고 타고 있던 모두가 아까운 목숨을 잃었다. 그날 이후 이모는 고현수를 부처님처럼 모셨고 그녀의 말이라면 해를 달이라고 해도 믿었다.

"응? 준오 형? 이경도 건 어떻게 됐냐니까?"

준오가 기계적으로 답했다.

"조사반이 냄새 맡기 시작했어."

"아니, 그게 아니고 그 보살이 그만둔대?"

"내가 그만둔다 그랬지."

"왜 그만둬? 엄마 말이 그 보살, 원숭이가 나무에서 한

287

번 떨어진 것뿐이라던데."

"이모가?"

"응. 될 때까지 하래. 반드시 성공한댔으니."

"사람 목숨 갖고 하는 일인데 도저히 더는 못 하겠어."

해철의 음성이 진지해졌다.

"지금 그게 중요한 게 아냐. 그 여자하고 일을 시작하
면 절대로 먼저 포기해선 안 된대. 절대로. 끝을 볼 때까
지 반드시 해야만 한다는 거야. 안 그러면 형이 급살 맞
을 수도 있거든."

"백단 보살이 이모한테 연락했구나. 이 전화도 이모가
시킨 거지?"

"그건 맞는데, 엄마 말이 이번 일, 장난이 아니래. 형이
어떻게 될지 몰라."

준오는 해철이 자꾸만 좋지 않은 쪽으로 이야기를 몰
아가자 겁이 났다. 문득 준오는 해철의 음성에 섞인 들뜬
기색을 알아차렸다.

"설마 니가 아는 사람 중에 1월 21일생 남자가 있는 건
아니겠지?"

해철이 기다렸다는 듯 답했다.

"내가 인사 담당이잖아. 우리 직원 중에 양력 1월 21일
생 남자가 하나 있어. 3월에 민원 쪽으로 자리 옮길 사람

이야. 형과 같은 날에 연수원 교육에 보낼 계획이야. 형하고 동기 같던데."

"동기라고? 이름이 뭔데?"

"한기성."

준오의 얼굴에 아련한 향수 같은 표정이 나타났다.

"한기성 씨? 잘 알지. 나랑 술도 마셨어. 그 사람이 1월 21일생이었어?"

누가 준오의 등을 건드렸다. 돌아보니 오 법사였다. 조용히 통화하라는 제스처인 줄 알았는데 아니었다.

"보살님이 급히 좀 들어오라십니다."

"야, 해철아. 이따가 통화하자. 내가 다시 전화할게."

해철이 말하지 않았으면 생각나지도 않았을 사람이었다. 준오는 한기성의 얼굴을 기억하려 애쓰며 안으로 들어갔다. 조금 전에 봤던 아가씨는 보이지 않고 현수 혼자 앉아 있었다.

"이보게, 장 선생. 이건 신령님 계시가 틀림없네."

"뭐가요?"

"좀 전에 여길 왔던 처자도 몇 달 전부터 자네랑 비슷한 부탁을 해왔거든. 절실한 사정 말일세."

"무슨 사정인데요?"

"그건 자네가 알 필요 없고, 중요한 건 우리가 신통력을 회복하는 일이고, 그건 양력 1월 21일생 남자가 있어야만 가능한 일 아니겠는가?"

"그렇지요."

현수의 얼굴이 가까워졌다.

"이 처자가 그런 남자 하나를 알고 있다는 걸세. 이야기 나눠보니 자네랑 같은 일을 하는 사람이라지 뭔가?"

"네?"

"아, 걱정 마. 자네 뒤를 밟은 건 아니니까. 이 처자가 대학 다닐 때 주소록을 집에서 발견한 모양인데 거기에 사람들 생년월일이 나와 있대. 한 명이 1월 21일생인데, 수소문 끝에 공무원으로 취직한 걸 알아냈다는군. 같은 업에 종사하는 사람이라면 자네도 접근이 쉬울 거 아냐? 어때, 이 처자까지 끌어들여 새로 계획을 짜보지 않겠나?"

신단으로 통하는 쪽문이 움직였다. 누가 엿듣고 있었다. 준오가 손가락으로 그 여자가 저기 있느냐고 묻자 보살은 고개를 끄덕였다. 준오가 쪽문을 향해 말했다.

"아가씨, 혹시 그 남자 성이 한씨는 아니겠죠?"

문이 열리면서 조금 전에 보았던 미녀가 걸어 나왔다. 그녀는 놀람을 감추지 않은 눈으로 준오를 바라보았다.

"맞아요. 어떻게 그걸 아시죠?"

"직장 동기입니다. 한기성."

"저하고는 학교 동창이에요. 한기성. 이런 우연이……."

백단 보살 고현수가 하늘을 향해 팔을 쫙 펼쳤다.

"아하, 그렇구나! 신령님께서 이경도를 내치신 이유를 알겠다. 신령님은 처음부터 바로 그 한기성이란 사람을 고르신 거다. 같은 1월 21일생이라도 왕이 될 사람은 따로 있었던 거야! 얼씨구나! 결국 우리를 안 버리고 계시를 주셨어. 아이구, 신령님! 처음부터 이경도는 아니었다고 알려주셨으면 우리도 덜 고생했지요."

9월 20일(연수 마지막 날)

수료식 후 부산으로 출발하던 준오는 미행하는 차를 알아보았다. 그는 핸드폰을 꺼내 누군가와 통화를 했다.

"따라붙었어요. 어디요? 그리로요? 알겠습니다."

톨게이트로 가려던 차가 CCTV 없는 한적한 시골길로 향했다. 기성이 쓰러졌음을 안 준오는 더 이상 섭주에 있으면 안 되었다. 그는 액정화면을 눌러 내비게이션 목적지를 바꾸었다. 구림사라는 절이었다. 낯선 차도 거리를 두며 미행을 계속했다. 전화의 상대방이 알려준 절 아래 작은 터널이 눈에 들어왔다. 준오가 어두운 터널에 차를 세우자 따라온 차도 멈춰 섰다. 준오가 먼저 내렸다.

"잘 따라왔어요? 전라도 아저씨?"

이건식이 차창을 내리고 그를 올려다보았다.

"도망가는 거냐?"

준오가 하하 웃었다.

"앗따! 왜 나를 못 잡아먹어 안달이여? 암만 생각혀도 이유를 모르겠당게. 당신, 서울 사람이면서 왜 전라도 사람 행세를 하죠? 젊을 때 남원에서 몇 년 살았을지 몰라도 억양이 너무 티가 나요."

"넌 지역감정주의자가 아니야. 내 접근을 막기 위해 더러운 방법을 쓴 거지. 네게 신나 통을 던진 또라이는 부산 토박이고. 니가 한기성이 차에 녹음기를 던져 넣는 걸 봤어. 한기성은 모르고 있더군. 무슨 짓을 했나?"

"마술을 건 거죠. 바보 같은 기성이는 너도 저 피리 소리가 들리지 않느냐고 묻데요. 그건 다 녹음기에서 나온 건데."

"경도 말이 거짓이 아니었군?"

"역시 당신일 줄 알았어요."

"걔들한테 무슨 짓을 한 거야?"

"왕이 될 기회를 줬죠."

"왕?"

"왕 몰라요? 주상전하. 상감마마."

터널 위를 지나는 차들은 극히 드물었다. 터널 안에는

어둠이 짙었다. 이건식은 천천히 안전벨트를 풀었다. 그는 합기도 유단자였고 언제든 나가서 장준오를 제압할 준비가 되어 있었다.

"네가 한기성이 침대 아래서 피 묻은 종이를 꺼내는 걸 봤다."

이건식이 차 문을 열자 준오의 몸이 밀려났다.

"난 니가 말하는 걸 다 들었어. 벽을 통해서."

"뭘 들었단 말이에요? 천리안 아니, 천리이(耳)네요. 내가 당신 욕이라도 했나요?"

"연수 이틀째지. 난 방을 바꿨어."

"뭐요?"

"내 방은 206호고 니 방은 208호였어. 진급 시험 준비하는 목포 직원은 209호고. 그 사람이 210호에서 젊은 직원들이 술 파티를 벌이고 208호 직원은 불경을 외운다며 집중이 안 된다더군. 그래서 하루만 방을 바꿔달라고 했어. 원하던 바라서 난 209호로 갔어. 너한테서 이경도를 살해했다는 증거를 찾아내길 원했으니까. 난 그날 새벽에 니가 외우는 독경 소릴 들었어. 그런데 그건 불경이 아니었어. 불경을 흉내 낸 요상한 주문이었지. 경도를 꾀어내서도 그런 짓을 했나? 사이비 종교단체가 니들 실체야? 니들이 젊은 남자들 꾀어 포르노 찍는다는 건 알아.

한기성을 잡아서 겁주면 다 털어놓게 되어 있어. 하지만 위에선 소문 안 나게 해결하길 원한다. 그러니 감옥 가기 전에 나한테 먼저 모든 걸 얘기해."

"왠지 날 매수하려는 것 같은데. 건식이 형, 협상할 수 있어요. 우린 돈이 많거든요. 근데 우리가 한 짓은 포르노 촬영이 아니에요."

"도도 노래방 사장을 봤어. 지역 경찰 따위 매수해도 겁 안 나. 우린 더 힘 있는 사법기관에 너희들을 넘길 테니까."

"진실을 알고 싶어요?"

"그래."

"포르노 장사가 아니에요. 사이비 종교단체도 아니고요. 내가 외운 건 무당의 주문이에요. 한기성 혼백에 올리는 일종의 치성이란 말이에요. 그를 왕으로 모시려구요. 경도는 실패했지만 기성이는 성공했어요."

"대체 무슨 개소리야? 지금 장난치는 거야?"

"장난이 아닙니다. 당신은 안 당해봐서 몰라요. 무속의 힘은 무궁무진하고 미스터리합니다. 실제로 그런 일은 우리 주변에 많습니다. 미제 사건 중에는 그런 힘이 개입된 사례가 하나둘이 아니거든요."

준오가 주머니에서 갈색 가죽 지갑을 꺼냈다. 이건식

의 동공이 커졌다.

"이 새끼! 역시 니가 내 지갑을 훔쳤구나!"

이건식이 어깨를 치자 준오가 나동그라졌다. 그러나 그는 손에서 지갑을 놓지 않았다. 이건식이 육중한 몸집으로 달려들어 준오의 멱살을 잡았다.

"조심해요. 우린 그 지갑에도 부적을 붙였어요."

준오의 입술이 주문을 외웠다. 그러자 마취총을 맞은 곰처럼 이건식이 힘을 잃었다. 뒷걸음질 치던 그는 눈과 입을 크게 벌린 채 무너져 내렸다. 터널 위쪽에서 차 두 대가 빠른 속도로 내려왔다. 준오는 계속 주문을 외우며 누가 오는지를 살폈다. 두 대의 차는 정확하게 준오의 발치에 멈췄다. 이건식과 덩치가 비슷한 오 사장과 처음 보는 사람들이 차에서 내렸다. 그들은 허름한 한복에 꽁지머리를 했고 몸에서는 향 냄새가 났다.

"보험 들어놓길 잘했네."

준오가 지갑을 흔들었다. 오 법사가 주사기를 꺼내 이건식의 팔에 바늘을 찔러 넣었다. 일당은 강제로 차에 태웠다. 차는 터널을 통과해 산 속 익숙한 샛길로 들어 목격자를 남기지 않고 사라졌다.

  이건식은 눈을 떴지만 손가락 하나 까딱할 수 없었다. 눈앞의 사물들이 둥둥 떠다녔다. 잘려진 돼지 머리가 그를 향해 웃고, 시루떡이 공상과학영화의 외계인처럼 흘러 다녔고, 창칼이 허공으로 날아올라 그를 노리다가 시선을 회피하면 원래 자리로 돌아갔다. 몽롱한 상태에서 모든 사물이 제사상을 이륙해 날아올랐고 그가 고개를 흔들면 다시 착륙해 있었다.

  방에는 잉어를 안은 한복차림의 할머니가 정면을 바라보는 벽화가 걸려 있었다. 하얀 얼굴에 빨간 입술, 착 넘긴 비녀 머리. 미소는 고왔으나 눈은 위로 쭉 찢어져 잔인한 상념이 인자함을 압도했다. 그녀의 곁에는 지방(紙榜)인지 부적인지 모를 종이들이 일어섰고 그녀 뒤로는 앵무새, 사슴, 옥동자 떼거리가 살아 움직였다. 고개를 흔들고 다시 보면 그림일 뿐이었다.

  제사상 옆에는 누가 앉아 있었다.

  검은 천을 머리부터 발끝 위까지 씌워, 복숭아뼈 아래만 드러난 특이한 사람이었다. 왜 답답하게 저런 걸 뒤집어 씌웠는지 이해할 수 없었다. 신발은 사극의 대신들이 신는 털 장화와 비슷했고 끄트머리만 보이는 옷자락 역시 고전미가 넘치는 의복이었다. 이건식은 초등학생 두 딸과 놀러 간 경복궁에서 '수문장 교대 의식' 때 비슷한 복장을 본 기억이 있었다. 천을 덮은 사람은 움직이지 않았다. 이건식은 주먹으로 정수리를 눌렀다.

준오가 나타나 손에 든 사발을 내밀었다.

"이걸 마셔요."

"여긴 어디야?"

"서낭당이라고 생각하면 돼요."

"날 어디로 데려온 거야?"

"더 알면 당신도 경도처럼 자살을 당합니다. 자, 마셔요."

준오의 뒤로 차가운 기운을 풍기는 중년 여인이 등장했다. 주름살이 사라진 그녀는 더 이상 손을 떨지 않았다. 그 옆에는 젊은 여자가 서 있었다. 문득 이건식은 나이 든 여자가 무당이고 젊은 여자가 의뢰인이라는 생각에 사로잡혔다. 전자가 무당의 옷을 차려입은 데 반해 후자는 스포티 룩 차림이었으니까. 젊은 여자 곁에는 부부 동반 토크쇼에서 한 번쯤 본 것 같은 중년 남자가 서 있었다. 그는 표정 하나로 호인과 악인을 번갈을 수 있는 능력을 갖고 있어 보였다. 이중생활을 해온 의사답게, 선악이 공존하는 얼굴이었다. 장준오 옆에 서 있는 머리 하얀 남자는 한 손에는 북채를 다른 손에는 무전기를 쥔 채 원시

적 야수성과 문명적 변화무쌍함을 동시에 선보였다. 오
법사이자 오 사장이며 오 기사로 행세했던 그는 사람을
죽이는데 돌도끼부터 권총까지 능숙하게 다룰 수 있을
것 같았다.

"마시라니까!"

준오의 음성이 단호했다. 이건식의 흐리멍덩한 눈을
본 준오는 직접 한 모금 마신 뒤 사발을 내밀었다.

"독이 든 게 아니에요. 마셔야 머리가 맑아져요."

이건식은 마지못해 마셨다. 재 냄새가 가미된 소나무
향이 났다. 사발 속 액체가 식도를 넘어가자 준오의 장담
처럼 머리가 시원해졌다.

"이건식 씨, 명도(明圖)가 뭔지 알아요?"

"명도가 누구야? 그 이름을 착각해서 경도를 죽였나?"

대답은 현수가 했다.

"명도는 사람 이름이 아니에요. 명도는 손님*을 앓다
가 죽은 어린 계집아이 귀신을 말해요. '태주'와도 같은
말인데 경상도 지방에선 '공진'이라고도 불러요. 섭주는
경상북도에 속해 있으니 우린 공진이라 부릅시다. 전염
병이나 참사로 죽은 아이 혼백이 무녀에게 신 내리면 그

* 마마(천연두).

무녀는 사람의 길흉화복을 예언할 수 있고 온갖 것을 잘 알아맞히게 돼요. 나는 귀신을 볼 수 있고 귀신과 말할 수 있는 사람이에요. 내게도 그런 공진이 붙어 있는 거예요. 이쯤 되면 이해 가나요?

김동리의 「을화」라는 소설 봤어요? 거기 보면 신기가 떨어진 태주할미가 어린아이를 납치해서 독 속에 가두고 공진으로 만드는 내용이 나와요. 가둔 아이에게 첫째 날에는 빨강 물을 한 종지 먹이고, 둘째 날에는 파랑 물 한 종지, 셋째 날에는 노랑 물 한 종지, 넷째 날에는 검정 물 한 종지를 먹여요. 넷째 날 아이가 숨을 거두자 할미는 가위로 아이의 손가락을 자르고 말하죠. '아가, 아가, 날 따라가자.' 손가락을 검정 비단에 싸서 간직하고 시체는 뒤꼍에 묻죠. 그렇게 해서 할미는 아이의 혼백, 공진을 취한 거예요. 무녀로서 그녀의 영험함은 아이의 혼을 취하기 전보다 월등히 나아지게 되고요.

소설 속 태주 할미는 사람들에게 붙잡히지만 우린 잡히지 않을 거예요. 유일하게 비밀을 아는 이건식 씨한테 차 안에서 번개탄을 피우게 하거나 고가대교 아래로 핸들을 틀게 하는 건 일도 아니니까요."

"경도처럼 자살로 죽인다고? 귀신도 부리는 인간들이 뭘 겁내 자살로 위장하지?"

"안 그러면 장준오가 의심받을 테니까. 당신은 그를 감시해왔잖아요."

"내가 입을 안 놀릴 거라는 확신이 있어 보이는데?"

"우리가 당신을 순순히 보내줄 거라고 믿는 모양인데?"

현수가 웃었다. 이건식은 제사상 옆에 높인 여러 자루의 칼을 보았다.

"그러니까…… 경도와 한기성이 명도인지 태주인지 공진인지 뭔지 그 대상이 됐다 그 말이지?"

"똑똑하네요. 경도는 실패했지만 기성이는 성공했어요."

"남자 성인이잖아? 당신 말대로라면 병으로 죽은 여자아이가 대상이라면서?"

"공진, 태주, 명도라는 말의 공식적인 풀이가 그렇단 말이에요. 실제는 이론보다 더 광범위해요. 내 어머니가 치성을 불어넣으면 남자 아이도 다 큰 성인도 한 무녀의 위대한 몸주가 되는 데 부족함이 없어요. 단, 그 대상은 선택받은 자여야 하죠."

"니들은 사이비다. 포르노도 만드는 사이비 단체. 경도는 그 충격으로 죽었어."

"그런 걸 찍을 거면 왜 하필 1월 21일생 남자만 노렸겠어?"

현수가 이건식의 얼굴에 눈을 바짝 들이댔다.

"선택받은 무녀가 령(靈)과 기(氣)를 취하는 의식이 니 눈에는 더러운 섹스로만 보이는 모양이지?"

현수가 온몸으로 내뿜는 기운이 사악함을 띠었다.

"음양의 조화는 신을 받는 거룩한 수수(授受) 행위야. 너 같은 세속인은 산 정상에서 지세(地勢)를 느껴본 적도 없고 바다 앞에서 부침(浮沈) 이상의 힘을 깨달은 적도 없을 거야."

"한기성은 어딨나?"

"육신은 응급실에 있겠지. 혼백은 우리와 함께 있지만."

"한기성의 혼백이 공진이 되어 당신의 신통력을 강화시켜준다 그런 얘긴가?"

"왜? 허무맹랑해?"

"아니. 당신 같은 사람들 본 적 있어서."

"어디서?"

"무속 행위 한답시고 사람 때리고 죽여 감옥 가는 뉴스에서."

"오호, 그런 걸 안 믿는단 말이지?"

"안 믿어."

"그렇게 안 믿으면서 왜 너희들은 매년 사주를 보고 곤란한 일이 생기면 점을 보러 다니지? 산골짝에 숨어 사는 점쟁이라도 용하다는 소문만 나면 기를 쓰고 찾아가잖아."

백단 보살 고현수가 눈짓했다. 연진이 다가와 책을 한
권 내밀었다. 이건식의 눈이 책을 좇았다. 그의 나이만큼
이나 오래되어 보이는 책의 제목은 '통악산 무속 신화'
로, 대학교 전공서적처럼 보였다. 사천왕 같은 인물이 칼
을 휘두르는 산신도가 표지로 장식되어 있었다.

"나한테 묻지 말아요. 아는 분은 어머니지 내가 아니니
까. 그래도 이 책이 궁금증 해결에 도움을 줄 거예요."

책은 두꺼웠다. 목차에는 '봉평 마을 전설' '다홍과 섭
주의 동기감응' '통악산 연두폭포의 만신' '돌아래 마을
비화' 등이 있었다. 연진이 '치효성모' 편으로 책장을 넘
겨주었다. 점점 맑아지는 정신으로 이건식은 책에 눈길
을 주었다.

올빼미 눈의 무녀,
치효성모 전설

경상북도 섭주 지방의 통악산에는 치효(鴟梟), 즉 올빼미를 무조(巫祖)로 하는 전설이 하나 내려온다. 이른바 치효성모(鴟梟聖母) 전설이 그것으로, 여타의 무조신화와 달리 민간에 거의 알려져 있지 않다. 그도 그럴 것이 이 치효성모는 만신(萬神)들이 꺼려하는 신이기 때문이다. 그녀는 말명(萬明)*이 아니며 호국, 호법, 치세, 강복, 형통, 축수, 퇴병 따위 긍정적인 인간사에 관여하지 않았다. 그녀는 투기가 심했고 변덕이 남달랐으며 성정이 잔혹했다. 그녀의 강신굿에는 흉사가 연루되고 재액이 뒤따랐기에 섭주 무녀들은 치효성모를 토착신으로 인정하지 않았고 오히

---

* 무속에서 조상신의 성격을 갖는 신령.

려 내림을 차단하는 데 영력(靈力)을 보탰다. 말하자면 치효성모
는 후대 무녀들에게 의도적으로 잊혀진 특이한 인물인 것이다.

*

영조 37년(1761년), 한양 태생의 스물세 살 난 이난심(李蘭
沈)은 대왕의 후궁인 영빈 이씨를 모시던 대궐의 나인이었다. 가
을에 그녀는 처녀의 몸으로 아기를 수태해 내명부의 조사를 받
게 되는데 이난심은 아이의 아비로 춘방별감의 무관 장천교(藏
天矯)를 지목했다. 조사 결과 사사로이 정을 통해왔음이 밝혀져
두 사람은 대궐에서 쫓겨났고 한양에 발을 붙이지 말라는 거주
지 제한의 벌이 떨어졌다.

장천교는 부모형제가 남아 있지 않은 고향인 경상도 섭주로
난심을 데려갔고, 부부는 통악산 아래 버려진 집을 하나 얻어 기
둥을 새로 세우고 벽지를 덧발라 새집으로 만들었다. 그로부터
한양의 궐인이었던 남녀는 시골의 농사꾼 부부가 되었다.

장천교는 새벽부터 밤까지 밭 갈고 소 먹여 묵묵히 가장의 소
임을 다했지만, 화려한 궁궐 생활을 뒤로 한 난심은 시골의 무료
함에 적응하지 못했다. 일손을 놓은 그녀는 홀로 산으로 들로 쏘
다니며 하루하루를 보냈다. 이러는 와중에도 그녀의 배는 불러
왔다.

305

이듬해 5월, 저녁을 지으려고 정줏간 가마솥에 불을 지피던 난심에게 쥐가 달려들었다. 놀라는 것도 잠시, 커다란 올빼미가 따라 들어와 쥐를 낚아챘다. 쥐는 천적의 발톱을 피하여 사람이 있다는 사실도 모른 채 정줏간으로 도망을 온 것이었다. 난심은 기겁해 나동그라졌고 좁고 어두운 정줏간에서 나가는 길을 찾지 못한 올빼미는 온 사방을 헤매어 날았다. 천장에 쌓인 그을음이 떨어져 난심은 앞이 보이지 않았는데 육중한 올빼미는 빈약한 굴뚝과 쌓아놓은 그릇을 뒤엎어 그녀를 무서움에 떨게 했다. 태중의 아이를 생각지 않고 난심은 불붙은 작대기를 마구 휘둘렀고 결국 올빼미는 떨어졌다. 난심은 작대기로 올빼미를 아궁이에 밀어넣었다. 올빼미는 불이 붙은 채로 다시 솟구쳐 올라 정줏간을 돌고 돌다가 광주리에 머리를 받아 죽었다. 광란지사(狂亂之事)에 경기를 일으킨 난심은 하혈을 했고 예정보다 빨리 아이를 출산하게 되었다. 팔삭동이 계집아이는 어미처럼 예쁜 외모에 아비처럼 근골이 튼튼했으나, 눈을 뜬 순간 부부는 경악을 금치 못했다. 아이가 사람의 눈이 아닌 올빼미의 눈을 갖고 있었던 것이다.

 장천교는 '아이의 친아버지를 찾아가든지 둘 다 죽어버리든지 마음대로 하라고, 재수 옴 붙은 것들과는 더불어 살 수 없다'며 집을 나가 두 번 다시 돌아오지 않았다. 뒤꼍에 묻어둔 거금을 들고 도망쳤다는 소문은 그가 누군가의 책임을 대신 뒤집어쓰고 궁궐을 나왔다는 속설에 힘을 실어주었으나 사실로 밝혀지지는 않았다. 단 그 재물의 액수가 궁중의 별감 자리를 기꺼이 내놓을 만큼 컸다는 사실은 여러 입을 통해 회자되고 있다.

*

아이는 난심과 남게 되었다. 난심은 아이가 무서워 그릇에다 젖을 짜서 주었다. 어미를 보지 못하는 아이는 무섭게 울어댔다. 난심은 아이의 눈을 가리고서야 가끔씩 토닥여주었는데 그럴 때마다 아이는 눈가리개를 치워버리고 무섭게 울어댔다. 난심은 올빼미 눈이 무서워 아이를 방치하다가 가엾은 마음에 다시 안아주고는 또다시 미워하는 행태를 되풀이했다. 별종을 낳았다는 낙담에 지아비까지 떠나버리자 그녀는 차츰 성정이 포악해졌다. 성장할수록 아이는 외모 때문에 어미의 구박을 받게 되었고 골방에 갇혀 지내야만 했다. 왕가의 핏줄을 수태했다는 환상을 버리지 못한 난심은 올빼미의 저주를 받았다는 이유로 아이에게 끊임없이 행패를 부렸다. 골방이 열리면 아이는 맞고 꼬집히고 채이고 할퀴어 하루도 울지 않는 날이 없었다. 난심은 죄수에게 구메밥 먹이듯 문 옆의 구멍으로 수저도 없는 밥그릇을 밀어 넣어 아이를 죽지 않을 만큼만 먹였다. 갇힌 계집아이는 씻지도 못하고 똥오줌을 못 가려 악취를 뿜었으며 머리카락도 마구 자라 올빼미 눈과 더불어 점차 귀신 같은 생김새를 갖추게 되었다. 문 밖에서 난심은 죽지 않는 네년 때문에 내가 죽지 못한다고 욕을 퍼부어댔다.

남편이 있을 때도 그랬듯 난심은 힘든 농사일을 하려 들지 않았다. 술을 마실 줄 알게 된 그녀는 무시로 통악산 아래 장터로 내려갔다. 잠근 골방에 아이를 가둬놓은 채 남자들과 어울려 술을 마시면서 끼니를 해결했다. 꾸미지 않았을 뿐이지 근본적으로 고운 맵시와 아리따운 용모를 진작부터 알아본 주막의 주모는 먹고 자는 일을 해결해줄 테니 술청에서 같이 일을 해보면 어떻겠느냐고 제안했다. 난심은 귀가 솔깃했고 그렇게 해서 대궐의 궁녀였던 난심은 술 팔고 웃음 파는 색주가로 전락했다. 먹고 사는 문제가 해결되었음에도 그녀는 아이를 방치했다. 하지만 문란한 생활 속에서도 비틀어진 한 가닥 정 때문인지 그녀는 일체 외박을 하지 않았고, 술 취한 몸일지라도 반드시 귀가해 아이가 안전하게 있는지 확인했다. 그녀가 오면 갇혀 있던 아이는 묶인 개처럼 학학거리며 문을 긁어댔다. 난심은 문을 열어 회초리로 아이의 접근부터 막은 뒤 주막에서 가져온 음식을 내놓았다. 문을 닫으면 아이는 걸신들린 듯 음식에로 달려들었다. 난심은 자신이 세상에 만들어놓은 형상의 끔찍스러움에 장탄식을 하고는 문을 잠갔다. 이 같은 일이 매일 반복되었다.

*

열여섯 살이 될 때까지 아이는 그렇게 홀로 지냈다. 아무도 그
녀에게 세상이 어떤 곳인지 알려주지 않았다. 어미가 집을 비우
면 동네 아이들이 찾아와 집에 돌을 던지고 놀려댔다. 아이들이
"올빼미 귀신아 올빼미 귀신아! 헌 집 줄게 새 집 다오!"하고 놀
려대면 그녀는 손으로 가린 얼굴을 벽에 묻었다. 그녀만의 도피
인 셈이었다.

그런데 언제부턴가 이상한 일이 일어났다. 벽의 특정한 위치
에 얼굴을 대면 머리 허연 할아버지가 나타나 그녀를 안아주고
못된 장난꾸러기들을 지팡이로 쫓아버리는 환상이 펼쳐졌던 것
이다. 비록 현실은 아니었지만 환상이 심화될수록 그녀의 마음
은 점차 위안을 얻었다. 장난꾸러기가 오지 않을 때도 아이는 할
아버지를 만나려고 벽에 수시로 얼굴을 묻었다.

그 할아버지가 어느 날 꿈속에서 말을 걸었다. 이 세상에서 널
지켜줄 사람은 도망간 아비도, 술 취한 어미도 아닌 산신령뿐이
라고. 아이는 깨달음을 얻고 잠에서 깼다. 장난꾸러기들의 놀림
에 그녀는 머리를 묻던 벽을 손으로 긁고 괴성을 지르는 것으로
대응했는데, 그 때부터 아이들은 자다가 몸이 뒤틀리거나 입이
돌아가는 등의 흉사를 당하게 되었다. 올빼미 눈 계집을 괴롭히
면 올빼미 귀신이 꿈에 나타나 눈알을 바꿔 간다는 소문이 퍼지

309

면서 아이들은 더 이상 난심의 집을 찾지 않게 되었다.

한편 올빼미 눈 소녀는 손톱으로 찢어낸 벽지 안에서 무언가를 발견했다. 삼중으로 덧바른 벽지 안쪽에 그림 하나가 붙어 있었던 것이다. 꿈속에서 본 할아버지의 얼굴이 그림 속에 있었다. 그림이란 것을 처음 보는 소녀는 산신령을 묘사한 무화가 무엇인지 알 길이 없었다. 아울러 이 집의 원래 주인이 무당인 줄도 몰랐다.

5년 전, 붕평 마을에서 통악산으로 흘러들어온 농부 김인출이 아내와 세 아들을 데리고 이 집에 들어와 살았다. 그 역시도 이 집이 무녀의 집인 줄 몰랐고, 집 앞의 밑동 드러난 나무가 무녀가 치성을 드린 향나무인 줄도 몰랐다. 김인출이 그 집(올빼미 눈 아이가 기거하던 방)에서 잠을 잔 첫날부터 꿈자리가 어지러웠다. 줄무늬 없는 하얀 호랑이가 찾아와 말을 거는 꿈이 낮잠이고 밤잠이고 이어졌다. 호랑이는 그에게 통악산 정상에 올라 나무 목(木)자가 새겨진 바위 아래의 땅을 파라고 요구했고 김인출은 이를 묵살했다. 며칠 후 그는 이름 모를 열병을 앓게 되었고 두 달을 넘기지 못하고 죽었다. 그가 죽은 다음 부인이 바위에 깔려 죽었고, 첫째 아들이 원인 모를 광증으로 우물에 거꾸로 처박혀 죽었다. 참사의 소문이 이웃 고을까지 번지자, 김인출의 동생 김세출이 찾아와 집과 세간은 포기한 채 둘째와 셋째 아이만 데리고 떠났다.

난심 가족은 이런 사실을 알 턱이 없었다.

올빼미 눈 아이는 아무리 방향을 바꿔도 자기를 쳐다보는 산신령이 신기하기만 해, 하루 종일 그림을 보면서 지냈다. 어미가 나타나면 그림을 감추었고 어미가 집을 나가면 다시 그림을 바라보았다. 그러자 어느 날 밤부터 산신령이 아이에게 말을 걸어왔다.

산신령은 어미가 아니면 열지 못하는 문을 열어주었고 말(馬)이란 짐승을 보여주었다. 탄탄하고 굴곡진 몸에 하얀 갈기가 휘날리는 풍모가 가끔 집을 침범하는 산짐승하고는 근본부터 달랐다. 산신령은 "얘야 너도 하늘을 날고 싶으냐" 물었고 아이는 날고 싶다고 했다. 산신령은 자신을 따라오라면서 홀로 말을 탄 채 나아갔다. 아이는 뒤처지지 않기 위해 한나절을 뛰어가다가 발부리에 돌이 걸려 쓰러졌다. 정신을 차리고 보니 그곳은 첩첩산중이었고 산신령은 사라지고 없었다. 눈앞의 바위에는 木 자가 새겨져 있었다. 머리맡에는 땅을 판 흔적이 있었고 그녀의 손톱에는 흙과 피가 묻어 있었다. 발아래에는 학과 거북을 새긴 구리거울 하나가 놓여 있었다. 거울을 들었지만 흙 때문에 아무것도 보이지 않았다. 산삼을 캐러 온 심마니가 아이의 용모에 놀라 기겁했다. 아이는 누가 거울을 빼앗으려고 다가오는 줄 알고 달아났는데, 방향도 모르는 숲속을 헤매다가 시냇가에 이르게 되었다. 아이가 시내를 건너자 물이 허리까지 차올랐다. 아이는 그래도 구리거울을 꽉 끌어안은 채 놓지 않았다. 차츰 목까지 물이 차올랐다. 아이는 돌아갈 수도 나아갈 수도 없이 물속에 빠지고 또 솟아오르다가 빠지길 되풀이했다. 차가운 물에 흙먼지가 씻겨나갔다. 아이는 구리거울을 보고는 "할아버지 살려줘요" 하고 빌었다. 그러나 선명해진 구리거울에 비친 건 익숙한 산신령이 아닌 자신의 얼굴이었다. 세상에서 가장 무서운 눈알 두 개가 비쳤다. 아이는 거울과 함께 물에 빠졌고 동시에 하늘에서는 별이 떨어졌다. 아이는 두 번 다시 솟아오르지 못했다.

나무 뒤에서 이 광경을 끈기 있게 지켜본 여자가 하나 있었다. '구리거울을 쥔 올빼미 눈 아이'라는 심마니의 얘기를 듣고 급히 달려온 인근의 무당이었다.

그녀는 자맥질 끝에 아이를 끌어올렸지만 이미 숨이 끊어진 후였다. 아이는 죽어서도 거울을 꼭 끌어안고 있었다. 무당은 거울의 신기를 알아보았고 아이의 감응을 알아보았다. 시체를 당집으로 데려간 그녀는 즉시 굿을 벌였다. 칼을 꺼내 아이의 열 손가락을 자르고 "아이야, 날 따라가자. 아이야, 날 따라가자"라고 읊었다. 아이의 혼백이 명도가 되어 그 무녀에게 씌었다. 이름 없는 시골 무녀였던 그녀는 올빼미 눈 아이의 명도에 무력(巫力)이 상승했다.

그날 이후 무녀는 물건 잃어버린 사람에게는 물건을 찾아주었고, 병을 앓는 사람에게는 병을 물리치는 방법을 알려주었다. 절도 사건이 있으면 범인을 지목했고 귀한 물건이 사라지면 장물

아비를 짚어냈다. 차츰 그녀는 유명세를 탔고 의뢰하는 사람들을 대거 얻어 큰 재산을 이룩하게 되었다. 그러나 그녀는 의뢰인들을 직접 만나진 않았는데, 올빼미 아이 귀신인 치효성모를 몸주로 맞이하는 순간, 그녀의 작은 눈이 무서운 올빼미 눈으로 변해버렸기 때문이다. 그녀는 장님 행세를 했고 수건으로 눈을 가린 채 무업에 종사했다.

*

어느 날, 치효성모는 무녀에게 당장 해야 할 일을 알려주었다. 그것은 세속 시절 어미인 난심을 만나는 일이었다.

난심은 아이가 행방불명이 되고도 슬퍼하지 않았다. 앓던 이가 빠진 것처럼 쾌활해했고 오히려 한동안 잊고 있던 여자로서의 꾸밈에 더 세심했다. 새로 시집가는 경사에만 관심이 쏠려 딸을 쉽게 기억에서 내쳤다. 붕평촌 김 좌수가 세상의 남자들로부터 아리따운 그녀를 독차지하고 싶어 혼인하기를 원했다. 비록 정실이 아닌 첩이었지만 난심은 기꺼이 김 좌수의 구혼에 허락했다. 천석지기인 김 좌수 집에서 살게 되면 평생을 고생 안 하고 살아도 되었다. 도망간 남편은 돌아올 줄 모르고, 사라진 딸은 어딘가에서 죽었음이 확실했다. 그녀는 모든 과거를 잊고 새 삶을 시작하고 싶었다.

그러나 혼례 때 입으려고 포목점에서 비단을 고르고 있을 때, 액운의 화살은 이미 그녀를 겨누고 있었다. 포목상의 권고로 붉은 천을 눈앞에 펼치느라 그녀는 대낮의 하늘을 자유자재로 나는 올빼미를 보지 못했다. 올빼미는 금세 온 장터를 뒤덮을 정도로 떼를 이루었다. 사람들의 비명을 난심은 듣지 못했다. 붉은 천이 찢어지고 올빼미 머리 하나가 고개를 들이밀었다. 난심은 사라진 딸이 눈앞에 나타난 줄로만 알았다. 하지만 그건 사람의 입이 아닌 새의 부리를 가진 올빼미였다. 수백 마리의 올빼미가 난심을 덮쳤다. 난심은 필사적으로 저항했지만 올빼미 떼는 그녀의 눈을 빼앗았고 피부를 빼앗았고 부모의 연을 빼앗았으며 미래를 빼앗았다. 피칠갑이 되어 죽은 난심의 시체를 두고 언제 그랬느냐는 듯 올빼미 떼는 철새처럼 사라졌다. 담 너머에서 짚단인형을 손에 쥔 채 주문을 외우던 무녀도 황급히 사라졌다. 수건으로 눈을 가리고 있었음에도 그녀는 익숙한 듯 길을 나아갔다. 치효성모님의 천리안으로 그녀는 모든 장벽 너머를 볼 수 있었다.

*

그날 이후 무녀의 영험함은 한층 빛을 발했다.

여름 장마 후, 석하촌에 역질이 돌아 마흔다섯 명의 사람들이 죽어나가는 일이 있었는데 수건으로 눈을 가린 무녀가 굿을 해

더 이상의 돌림을 막았다. 겨울에는 도적단이 붕평촌을 덮쳐 재물을 약탈해갔다. 어느 백성이 도적 수괴가 말을 타다 흘린 짐승털 조끼를 현감에게 바쳤다. 현감은 그 조끼를 들고 무녀를 찾아가 그놈을 잡을 수 있겠느냐고 물었다. 무녀는 치효성모는 무엇이든 할 수 있는 분이라며 큰소리쳤다. 북 치는 화랑 하나만 동굴까지 동행시킨 그녀는 짐승털 조끼를 걸어놓고 밤낮으로 살을 날리는 제를 올렸다. 사흘 후 도적 두목은 온 몸의 구멍으로 피를 쏟아 허옇게 된 시체로 나무에 내걸린 채 발견되었고 무슨 이유에선지 도적떼는 앞을 다투어 자수했다. 섭주 현감은 치안의 공을 인정받아 나라의 상을 받게 되었다. 현감은 무녀에게 베 50필과 쌀 열 가마니를 보냈다. 무녀는 현감이 주는 물건을 받았지만 얼굴을 한번 보자는 명은 받아들이지 않았다. 한번만 보여주면 안되겠느냐는 현감의 코맹맹이 소리는 고을의 수장이 명하는데 천한 무당이 감히 거역하느냐는 대갈일성으로 변했다. 무녀는 아무런 말도 없이 자리에서 일어났다. 대노한 현감은 육방관속에게 무녀의 눈을 가린 수건을 치워버리라 명했고 사령 하나가 이를 이행했다. 충격의 순간이 모든 소리를 앗아갔다. 권력을 이용해 남의 비밀을 들춰낸 현감이 마주한 것은 복종에 대한 성취감이 아니었다. 꿈에서도 잊지 못할 올빼미 눈이었을 뿐이다. 겁에 질린 그는 무녀를 쫓아냈고 밤부터 앓아눕게 되었다. 저주를 풀러 무녀를 부를 새도 없이, 다음 날 새벽 현감은 멍한 얼굴을 한 채 속곳 바람으로 지붕에 올라 올빼미 흉내를 내며 뛰어내렸다. 날개가 없는 그는 섬돌에 머리가 터져 죽었고 다음 날 사령들이 무녀를 수색했지만 그녀는 이미 섭주에서 사라지고 없었다.

*

끔찍했던 과거사 때문에 의도적으로 잊혀지긴 했으나, 치효성모는 남을 해하고 모진 기운을 얻으려는 팔도의 만신들에게 결코 잊혀진 존재가 아니었다. 비록 성공한 사례는 거의 없는 것으로 보고되고 있으나, 한 지역의 전설로 엄연히 자리매김되고 특별한 영역의 시조로 추앙받는 것으로 미루어 치효성모를 강신하려 입무(入巫)에 들어선 무녀는 생각보다 많을 것으로 추정된다. 성모의 영험함은 무녀로서의 자격을 높여주고 선택받은 사람의 위치를 다져준다.

그 어느 만신보다 치효성모의 영험함은 드높기 그지없다. 기록으로 전달된 수많은 사례가 이를 증명한다. 그러나 귀하고 유한한 것에는 이유가 있듯, 아무리 치성을 바치고 정성을 들여도 아무나 골라 내리지 않는 신이 치효성모이다. 성모와의 접신을 알아볼 수 있는 방법은 간단하다. 강신과 동시에 치효성모와 하나가 된 무녀는 사람의 눈을 잃고 올빼미의 눈을 얻는다. 인간

세상을 보는 눈을 잃지만 저 너머 세상을 보는 천리안을 얻게 되는 것이다. 하나를 잃음에 열을 얻고, 찰나를 망각하지만 영원을 기억하게 된다.

반면 치효성모가 무녀를 떠날 때, 접신했던 무녀는 올빼미 눈을 잃고 본래의 사람 눈을 회복한다. 신통력을 잃지만 마음의 평화를 얻게 되고, 목숨이 다하지만 영적인 승리 속에 묻히는 것이다.

*

현수가 책을 빼앗아 덮었다.

"자, 이제 그만. 다 보여주면 지루해할 거잖아."

이건식이 물었다.

"나한테 왜 이런 걸 보여주는 거야?"

"우리의 영험한 신내림을 알리려면 예습이 필요할 것 같아서."

"당신이 이 치효성모를 수호신으로 가진 무당이야?"

"그렇지 않아. 내 어머니의 몸주가 바로 치효성모야. 이 책의 무녀처럼 내 어머니도 올빼미 신에게 선택받은 몸이었지."

현수가 몸을 움직이자 부채에 붙은 방울이 소리를 냈다. 이건식이 물었다.

"기성이는 왕이라며? 한기성은 이 치효성모와 무슨 관련이 있어?"

"아무 관련 없어. 기성이는…… 나랑 관련이 있지."

"무슨 소리야?"

"운명이란 거 믿어, 이건식 씨?"

현수가 이건식의 뒷머리를 쓰다듬었다.

"믿지 않아."

"난 믿어."

이건식은 그녀가 입은 무녀 복장에 두려움을 느꼈다.

"내 어머니는 원래 평범한 주부였어. 1986년부터 신병을 앓게 되었지. 전국의 어떤 무당도 어머니의 신격(神格)을 알아보지 못했어. 몸살을 앓던 어머니는 늘 꿈자리가 어지러웠는데 주로 올빼미한테 어깨를 채여서 산 위를 날아다니는 꿈이었어. 어머니가 산을 날면 까마득한 아래에서 산짐승들이 등을 돌려 도망쳤다고 하지. 큰 멧돼지부터 작은 다람쥐까지.

그러나 소복을 입은 어떤 할머니만은 항상 산 정상에 우뚝 선 채 도망치지 않았다고 했어. 어머니는 잠에서 깨어나 '그곳이 통악산이다!'라고 소리쳤지. 우리는 수소문 끝에 통악산에 맹무(盲巫) 하나가 산다는 걸 알아냈어. 신통력이 영험한데도 산에서 홀로 사는 노파였어. 첩첩

산중을 어렵게 찾아갔을 때 그 사람은 보이지도 않는 눈으로 어머니를 알아보았어. 우리를 방에 들이지도 않고 야단부터 쳤지. '돌아가서 덮던 이불을 뜯어보고 그 안에 올빼미 털이 있으면 다시 찾아오라'고.

우린 먼 길을 다시 내려가 시킨 대로 했어. 어머니가 덮던 이불 안에서는 과연 올빼미 털과 뼈 같은 게 나왔어. 우리가 다시 산을 올라가니 맹무는 어디서 그 이불을 손에 넣었느냐고 묻더군. 어머니는 누군가에게 물려받은 것이라고 답했어. 맹무는 그 사람을 데리고 다시 올라오라고 했어. 어머니는 몹시 쇠약해져 산을 내려가지도 못할 상태였어. 맹무가 그 이불을 누가 줬느냐고 무섭게 다그치자 어머니는 이불을 준 사람은 외할머니이고 돌아가신 지 두 달 됐다고 실토했어. 맹무는 외할머니의 유언이 무엇이었느냐고 물었는데 어머니는 대답하지 않았어. 그러자 맹무가 나뭇가지로 어머니를 때렸지. '이년! 어디서 시치미를 떼! 네 어미가 늘 그 이불을 덮고 자라고 했잖아? 너는 그걸 거역해왔고?' 어머니는 울면서 맞다고 했어.

그 맹무로부터 나는 모든 비밀을 알게 됐어. 당신이 이 책에서 본 무녀는 나의 외가 쪽 조상이야. 대대로 혹은 몇 대씩 건너 올빼미 신인 치효성모가 우리 핏줄에 내려왔지. 어머니는 어릴 적부터 신비한 일을 많이 겪어 선택받은 존재인 줄 알고 있었지만 무녀가 되기 싫어 외할머니를 늘 피해 다녔어. 외할머니가 유산처럼 남긴 이불을 죽어도 안 덮으려고 했지. 외할머니가 돌아가시자마자 가장 먼저 태운 유물도 그 이불이었거든.

그런데 분명히 태웠던 그 이불 속의 깃털과 뼈가 무슨 이유에선지 엄마가 덮던 이불 속으로 들어와 있었단 사실, 외할머니가 죽은 지 얼마 안 되어서 그런 일이 벌어졌다는 사실, 당신 믿을 수 있겠어? 당신이 수사할 때 발휘하는 이성과 합리로, 당신이 의지하는 법령으로 그런 걸 이해할 수 있겠어? 이건 다 피할 수 없는 운명이란 거야.

내 어머니는 신의 섭리를 깨닫고 결국 조상님을 받아들였어. 그렇지 않으면 나와 내 형제들이 다칠 걸 알고 계셨거든. 강신굿을 하고 나서 어머니의 예쁜 눈이 올빼미 눈으로 변할 때도 우린 크게 놀라지 않았어. 맹무로부터, 책으로부터 치효성모 이야기를 귀가 닳도록 들어왔으니까. 우린 치효성모를 몸주로 모시게 된 어머니를 남들이 볼까 봐 집에 숨겼어. 어머니는 '내가 성모님을 받을 결심을 했으니 이제 우리 집은 대대로 호강하게 될 것이다'라고 말했어. 난 어머니가 우리를 위로하려고 그러나보다 생각했어.

정말 그날 이후로 우리 집에 좋은 일이 생기기 시작했어. 어머니가 경찰이 된 내 친구의 사건 하나를 쉽게 해결해준 거야. 아무도 의심 안 한 진범을 골라내셨지. 그 친구는 승진했고 점치는 일에 관심 있는 부인들을 내게 소개시켜줬어. 그분들이 소리 소문 없이 우리 집을 찾아왔어. 어머니는 장막 뒤에서 목소리 하나로 그 여자들을 큰손으로 만들어줬고, 그들의 남편들을 유명 인사로 키워줬어. 어머니의 고객 중에는 유명 연예인과 이름 알 만한 정치인까지 있었어.

그런 사람들이 배가 불러 불손해지지 않도록 어머니는 가끔 무서운 공연도 보여주셨지. 저주 내리는 거 말이야. 어떤 대기업 회장님 첩한테 살을 날려 심장마비로 죽게 했을 땐 회장님 사모님한테 강남 아파트 두 채를 얻은 적도 있었어. 당신도 이 책에서 봤다시피 치효성모의 원래 성격은 잔혹하거든."

"개소리 그만해! 내 동생은 왜 죽였어!"

이건식이 소리쳤지만 현수는 아랑곳없이 말을 이어갔다.

"작년에 치효성모는 갑자기 어머니를 떠났어. 수십 년이나 지속된 올빼미의 영험함이 하루아침에 사라진 거지. 어머니는 꿈을 꾸었대. 올빼미가 하늘 높이 날아가면서 '이제 너와의 인연은 다 되었다. 나는 겨울잠을 자러 통악산으로 돌아간다. 이제 네 딸이 업을 이을 차례다. 그렇지만 그 아이는 올빼미가 수호신이 되지 못한다. 그 아이는 훨씬 드높고 우월한 신을 섬길 운명이다'라고 말했다는 거야. 어머니는 날 위해서 올빼미의 발을 붙잡고 놔주지 않았대. 떠날 때 떠나더라도 방법을 알려달라고.

그 후 어머니의 영험은 엉망이 되어버렸어. 점괘를 잘못 내려 강남의 어떤 사모님한테 30억 손해를 안겼고, 그 소문이 나서 우리를 찾는 고객이 다 떨어졌어. 그것들은 원하는 걸 들어줄 땐 아양을 떨다가도 조금만 실수해도 등을 돌리는 것들이거든. 돈 욕심이 너무 크기 때문이지. 누군가 어머니 뒤를 이어 그들의 세속을 변함없이 이어줘야만 우리도 살 수 있어. 무슨 말인지 감이 오지? 그들은 돈으로 뭐든지 다 할 수 있는 것들이라고. 우리가 돈보다 우월한 '신의 능력'으로 그들을 심판할 힘을 갖고 있어야만 우리의 안전과 호강은 보장되는 거라구.

어머니는 떠나야 할 올빼미를 무리하게 잡고 있느라 병들고 지치셨어. 아마 내가 내림을 받고 나면 눈을 감으실 거야. 어머니는 날 위해 떠나가는 성모님께 해결책을 알려달라고 간곡히 빌었어. 7일간의 단식 치성 끝에 성모는 목소리를 들려줬어. '네 딸의 수호신은 왕 될 자이니라.'"

"왕 될 자?"

"치효성모보다 더욱 강한 신이지. 성모님은 어머니를 통해 내가 내림받을 신을 정확하게 알려주셨어. 그 왕은 양력 1월 21일생이야. 당신 동생도 후보 중 하나였어. 하지만 유감스럽게도 그와 성합(性合)을 이루고도 내림이 이뤄지질 않더군. 애당초 자격이 없었던 거야. 경도는 모든 비밀을 알았기 때문에 죽음을 택했어. 미치지 않고서는 살아갈 수 없었을 테니까. 그러니까 왕 될 그릇이 못되는 거지. 하지만 기성인 성공했어."

"한기성이 대체 무슨 왕이란 거야?"

"영원히 내가 모실 왕 될 자야."

"왕? 전국 어디에나 널린 9급 공무원이?"

"어디에나 널려 있지만 유일한 분이기도 해. 치효성모보다 훨씬 강하고 훨씬 영험하고 모든 것을 주관하는 왕. 그런 왕이 기성을 통해 내려온 거야. 내려오시고 있고 내가 받고 있으니 그가 선택받은 분이란 건 확실해. 난 어머니에게 등을 돌린 것들에게 가장 먼저 본때를 보여 내 능력을, 왕의 능력을 시험해볼 거야. 감히 내 어머니를 능멸하면 어찌 되는지 보여줄 것이고 내가 어머니를 이어 한층 신통방통한 신을 모시게 되었다는 사실을 만천하에 선포할 거야."

현수의 눈이 빛났다. 이건식이 절규했다.

"한기성이 어떻게 왕이 된단 말이야!"

"왕께선 오신다. 인간의 육신을 잠시 빌려서 너희를 복되게 하기 위해 오신다."

"사이비도 이런 사이비들이 다 있나!"

현수의 음성이 밝아졌다. 그녀의 아름다운 눈 안에 파도가 물결치는 듯했다. 그녀는 그 눈으로 뭔가를 보고 있었다.

"잠깐만! 아! 들려온다! 그분의 목소리가 들려! 당신이 의심하니까 예정보다 빨리 내게 오시는 거야! 그분의 목소리가 들린다. 똑똑히 들린다! 자, 이제 당신한테도 보여주지."

현수가 천을 덮은 사람 몸에 손을 댔다. 한기성의 시체일까 두려워 이건식은 흠칫거렸다.

"오소서! 주상전하! 쇤네에게로 오시옵소서!"

현수가 천을 확 걷었다. 이건식을 제외한 모든 사람이 일제히 절을 올렸다. 오 법사는 주문까지 흥얼흥얼 외웠다. 이건식이 눈살을 찌푸렸다. 그의 눈에 드러난 존재는 예상과 달리 사람이 아니었다. 사람과 똑같게 만든 목각 인형일 뿐이었다. 그러나 정확한 비율로 사람과 닮게 만들어진 인형은 왕의 복장을 하고 있어 뒤에서 보면 실제 사람인지 인형인지 분간이 가지 않을 정도였다. 알아볼 수 없는 문자로 가득한 부적들이 몸에 붙어 있었다.

"이게 한기성이라고?"

현수가 웃었다.

"1월 21일생의 뒤주대왕님이지."

"뒤주대왕? 설마…… 사도세자를 말하는 거야?"

"그래. 난심이가 딸을 낳은 해에 뒤주에 갇혀 죽은 왕! 불멸의 사도세자시지! 태어남과 죽음이 하나이고 업은 돌고 돈다는 걸 알려주시는 성모님 최후의 가르침이야."

오 법사도 거들었다.

"1월 21일에 태어나셨던 사도세자는 같은 1월 21일생 한기성의 인신공양으로 우리에게 현현(顯現)하시오! 뒤주에 8일간 갇힌 왕께서는 자신이 걸어온 길을 '의심'만 하시다가 돌아가셨고, 눈을 감으신 뒤에는 불굴의 '의지'로 우리나라 모든 무녀들의 수호신으로 거듭나셨소! 하지만 거짓됨 없이 진정한 사도대왕의 기운을 받을 무녀는 오직 하나요! 당신 눈앞에 있는 백단 보살님 말이오!"

"으으으으으!!!"

현수의 눈에 흰자위가 드러났다. 이건식만 엉덩방아를 찧으며 놀랐을 뿐, 모든 이가 무릎을 꿇고 머리를 조아렸다. 오 법사가 홀로 일어나 손을 비빈 뒤 다시 앉아 장구를 잡았다. 흰 자 그대로인 눈으로 현수가 벌떡 일어났다.

"오셨구나!"

부채와 방울을 쥔 그녀의 춤이 시작되었다. 사뿐사뿐
거리는 발동작이 이내 펄펄 뛰는 격렬함으로 바뀌었다.
그녀의 입에서 신명나는 사설이 쏟아졌다.

"이리 오소 이리 오소
귀한 손님 이리 오소
다른 곳에 가지 말고
이쪽으로 발 돌리소

어디서 온 손님이고
누구 만날 손님인고
병 주러 온 마마인가
복 주러 온 귀인인가

대국에서 오셨나 서역국에서 오셨나
왜국에서 오셨나 대식국에서 오셨나

풀이 눕고 나무 조아리니 일개 잡부 아니요
도기(道氣) 뜨고 짐승 우짖으니 초동 미물 아니다

일광 드리운 그림자 헌헌장부요
월영 비치는 물거울 대왕의 풍채로다

누구신가 누구신가
어디에서 뵈었더라
태정태세문단세예성연중인명선
광인효현숙경영정순헌철고순
대왕 중의 대왕인데
뒤져보고 찾아봐도
어느 안전인 줄 알 수 없어
밤새도록 곡해도 어느 집 초상인 줄 모르고
취하도록 마셔도 어느 집 잔치인 줄 모르는데

사각(四角)를 뒤로하고 사각(四角) 안에서 호령하시니

저자바닥 사거리에서 봤나 그것도 아니로다
천당용궁 사각정에서 봤나 그 또한 아니로다
구중궁궐 통명전에서 봤나 그 역시 아니로다
아뢰옵기 황송하나
관짝에서 봤삽니까
예끼 이년! 뒤주에서 봤잖느냐!

에구머니나 몰라뵀습니다
죽을죄로 몰라뵀습니다

낳아 기른 어머니 무서워하고
스물일곱 세상천지 무서워하고
옥황상제 염라대왕도 무서워하고
추상 같던 영조대왕도 무서워한
사각궤짝 뒤주대왕께서 오셨구나
백절불요(百折不撓)* 사도세자께서 오셨구나!"

모든 사람들이 거듭 땅바닥에 이마를 찧으며 절을 올
렸다. 현수의 목소리가 굵직한 남자의 그것으로 변했다.

"이년! 어찌하여 이제야 짐을 알아본단 말이더냐?
나로 말할 것 같으면
망극하고 재주 많고 성덕 풀고 징험 내릴 대왕이 아니
시더냐
천상천하유아독존 사도 뒤주대왕님이 아니시더냐
너희가 감히 나를 몰라보느냐?"

* 백 번 꺾일지언정 휘어지지 않는다.

김석준 이하 모두가 입을 맞추어 합창했다.

"잘못했사옵니다! 전하!"

"너희가 감히 나를 받들지 않으려느냐?"

"죽을 죄를 졌사옵니다! 전하!"

"매달아놓고 치도곤 치고
매달아놓고 피를 뽑을 놈들

내 팔자 사납기 그지없어
가부맹어호(苛父猛於虎)*하여 호질기의(護疾忌醫)**해
팔월 끓는 여름에 뒤주 안에 들어갈 제
베풀 받지 못한 인정이요, 벗어나지 못할 천라지망이라
목숨은 단명이요, 인생은 책략이구나
이것이 짐승이 할 짓인가 사람이 할 짓인가
저승길은 차갑고 이승길은 자꾸 뒤돌아보이는데
붙잡는 손길 오시라는 기원

---

* 가정맹어호(苛政猛於虎)는 가혹한 정치는 호랑이보다 무섭다는 뜻인데 정을
부로 바꾸었다. 사도세자의 아버지 영조임금을 빗댔다.
** 병을 숨겨 의원에게 보이기를 꺼려한다.

울음소리 비는 소리 백성들아 백성들아
가던 길을 지체하여 어린 너희에게 물어보자
이 제삿상이 누굴 위한 제삿상인고?"

김석준이 선창하자 모두가 합창했다.
"주상전하를 위한 상이옵니다."

"이 정성이 누굴 위한 정성인고?"

"주상전하를 위한 정성이옵니다."

"그렇구나 이 정성이 제법 갸륵하니 삼도천에 발 닿아도
어리석고 가엾은 너희 생각에 차마 들어갈 수가 없구나
돌아온다 돌아온다
천지간의 읍소 듣고
너희들의 청원 풀러
돌아온다 돌아온다
내리리라 내리리라
꿈 통해 계시 통해
사도대왕 왕명을 내리리라!"

이건식의 이마에 땀이 흘러내렸다.

"이럴 수가…… 이 여자 목소리가… 한기성 목소리하
고 비슷하잖아."

"무얼 꾸물대느냐
주상전하의 어명을 받지 않고

수라상궁 주릴 틀고
내명부 아이 독촉해

강녕전에 온돌 데우고
교태전에 이부자리 보고
아침에는 고량진미
저녁에는 진수성찬
왕이 흐뭇하니 백성도 흐뭇하고
왕이 편히 눈 붙이니 백성도 편히 눈 붙여
태평성대 대대로 이어져
천년지 왕업을 흥케 하겠노라!"

"당장 그만둬! 이 미친 것들아!"
이건식이 벌떡 일어났다. 현수가 춤을 멈추었다. 분위

기에 취해 팔을 떨던 사람들이 동작을 멈추었다. 그때 이건식은 뺨을 스치는 한 줄기 바람을 분명하게 느꼈다. 그곳은 밀폐된 공간이었다. 사람들의 움직임이 일으킨 바람이 아니었다. 신기하게도 우는 소리를 내는 바람이었다. 그 울음소리는 어딘지 귀에 익숙했다. 오른쪽을 지나친 바람이 다시 왼쪽 뺨을 때렸다. 이건식은 화등잔만 해진 눈으로 천천히 위를 올려다보았다. 보이지도 않는 바람의 실체를 눈으로 찾아내고야 말겠다는 듯이. 바람이 소리를 변화할수록 그의 눈동자도 다급하게 움직거렸다. 이쪽저쪽 갈팡질팡한 바람이 요란하게 그의 얼굴로 몰려들었다. 그러나 이건식의 머리칼은 날리지 않았다. 부는 바람이 아니라 말을 거는 바람이었기 때문이다.

'26번 교육생 이건식! 26번 교육생 이건식! 남원에서 온 이건식!'

"으악!"

이건식이 옆에 놓인 사발을 뒤엎으며 넘어졌다.

'우리도 도도 노래방에 갔어요. 우리도 도도 노래방에 갔어요.'

"한기성 씨…… 어디 있나요?"

이건식은 실타래처럼 꼬이는 의식을 붙잡으려 고개를 흔들었다.

"거짓말이야! 너희들 내게 최면을 걸었지? 어떻게 바람이 한기성 목소리를 내지!"

무당의 사설을 그친 현수가 거룩한 음성으로 선언했다.

"이제 세속인 한기성은 세상 최고 무녀의 위대한 몸주 뒤주대왕으로 거듭나 영원의 권좌를 차지한다. 주상전하의 신묘함은 눈을 믿지 못할 법력과 경천동지할 예언으로 내리심에, 신의 도움을 바라는 세인(世人)들에게 도움을 주고, 무시해왔던 옛 만신 신앙의 유일무이한 현존을 천년만년 일깨워주리라!"

이건식은 공황 상태가 되어 비명을 질렀다. 벽화 속의 호랑이가 으르렁거리며 튀어나오고, 용이 불을 뿜었다. 현수의 음성은 광기인지 열기인지 구분할 수 없는 에너지로 넘쳤다.

"그분을 내림받은 나는 한낱 미물의 가죽을 극복하고 세상 백성의 업을 들여다보는 독생녀가 되리라! 인간의 희로애락을 주관하고 흥망성쇠를 점치고 분쟁갈등을 조절하리라! 병마의 진행을 늦추고 역병의 창궐을 박멸하여 스스로 선택된 자임을 드러내니 세상을 발밑에 두고 오로지 하리라!"

이건식이 숨을 헐떡였다.

"역병의 창궐까지 박멸한다고? 당신이?"

"박멸한다! 박멸하고 세상을 구한다! 대왕께서 못 하시는 일은 없다! 선택된 이 나의 드높은 영험함은 영원히 나와 함께할 증인인 '시간'이 보증할 것이다!"

"그만해!"

오관을 초월하는 절규 사이로 무섭게 화장한 무녀 현수가 펄펄 뛰면서 춤을 추었다. 어둠 속에서 남자 하나가 휠체어를 밀며 다가왔다. 무섭게 몸부림치는 이건식은 이를 보지 못했다.

"거짓말이야! 사도세자고 치효성모고 다 거짓말이야!"

김석준이 이건식의 팔을 꺾어 휠체를 향해 고개를 숙이게 했다. 무술을 배운 몸이지만 이건식은 그 의사의 힘을 당해낼 수 없었다. 이건식은 휠체어에 앉은, 수건으로 눈을 가린 노파를 보았다. 그녀의 쭈글쭈글한 손이 가냘프게 떨렸다. 더 이상 한기성의 음성은 들리지 않았다. 바람도 느껴지지 않았다. 준오가 노파의 눈에서 수건을 치웠다. 그러자 이건식은 살아 있는 사람의 눈에 붙박인 올빼미의 눈을 볼 수 있었다. 거짓말이 아니었다. 완벽한 올빼미의 눈이었다. 노파가 힘없이 팔을 들어 올려 이건식의 머리를 쓰다듬었다. 그는 아무런 말도 할 수 없었다. 다시 휘파람 같은 바람이 한 줄기 지나갔다. 극히 짧은 순간 이건식은 현수의 눈 속에서 한기성의 눈을 보왔다. 노파의 팔이 떨구어졌다. 올빼미 눈이 빛의 변화를 거듭했다. 노란색에서 흰색으로. 크기도 서서히 줄어들었다. 쥐를 노리는 야생의 탐색적 눈이 외롭고 은둔적인 노인의 눈으로 바뀌었다. 올빼미의 눈이 정상적인 사람의 눈으로 돌아왔을 때 노파는 숨을 거두었다.

"성모님이 입적하셨어요!"

"성모님이 눈을 감으셨다!"

"아아…… 성모님…… 극락으로 가셔야 합니다."

"괜찮아. 어머니는 천수를 누리셨고 이제 뒤주대왕께서 억조창생을 헤아려주신다."

신명나던 무악이 뚝 멎고 지금까지와는 다른 대성통곡이 귀를 가득 메웠다. 아무도 이건식에게 관심을 기울이지 않았다. 모두가 휠체어에 앉은 채 고꾸라진 노인을 붙들고 울었다. 이건식은 끈끈이판에 붙었다가 가까스로 몸을 떼는 데 성공한 쥐처럼 일어나 이 벽 저 벽 몸을 부딪치면서 달렸다. 산신도의 신들이 크하하 웃으면서 가까워지다가 멀어졌다. 어둠 속을 헤매던 그는 빛이 새어들어오는 문을 발견하고 달려 나갔다. 아무도 그를 따라오지 않았다. 바깥은 어제까지 느껴보지 못했던 가을바람이 을씨년스러운 저녁이었다. 그곳은 산이었고 나무들이 살아 움직이며 그를 압박해왔다. 나뭇가지에 할퀴고 돌부리에 걸려 넘어지면서도 이건식은 계속 달렸다. 그의 귓가에는 더 이상 한기성의 음성이 들려오지 않았다.

*

섭주의료원 응급실에 기성의 가족들과 여자친구 화영이 막 도착했다. 산소 호흡기를 부착한 기성은 아직도 의식을 찾지 못했다. 참혹한 기성의 모습을 본 가족들이 발을 동동 굴렀다. 모니터에서 다급한 신호음이 울렸다. 의료진들이 달려오고 제세동기를 이용한 심폐소생술이 이어졌다. 격렬한 고함이 오고 갔다. 몇 분 후 응급실 의사는 힘없이 고개를 떨구었다.

"운명하셨습니다."

같은 시각, 고현수 일당은 사도세자의 내림에 성공했다고 환호성을 올렸다.

비틀거리던 화영이 주저앉아 오열했다. 기성의 식구들도 울음을 터뜨렸다. 어딘가에선 신이 강림한 희열의 감격으로 눈물을 쏟고 있는데, 어딘가에선 한 사람의 예고 없는 죽음에 남은 가족들이 애절한 눈물을 흘리고 있었다. 보다 인간적인 응급실의 울음은 지켜보는 이를 안타깝게 했다. 슬픔에 휩싸인 유가족은 홀로 떠드는 대기실

텔레비전에 눈을 돌릴 여유가 없었다. 텔레비전은 뉴스를 보내는 중이었다.

　　지난 13일 경기 화성시 안녕동에 있는 융릉(隆陵)을 파헤친 도굴 사건의 용의자가 잡혔습니다. 인근 CCTV를 토대로 수사에 나선 경찰은 경북 섭주에 거주하고 있는 김모 씨를 한 유흥주점에서 붙잡아 조사하고 있습니다. 경찰은 김 씨가 왕릉의 부장물을 밀반출해 사적인 이득을 취하려 한 것으로 내다보고 있지만, 김 씨는 부장물에 손을 댄 적이 없다고 강하게 부인하고 있습니다. 김 씨는 자신의 직업이 전문 땅꾼이며 뱀을 잡기 위해 땅을 팠을 뿐이라고 진술하고 있는데, 김 씨가 팠던 무덤은 조선 왕조 22대 왕인 정조 임금의 친부인 사도세자가 묻힌 능으로 알려져 있습니다. 경찰은 김 씨에게 정신 감정을 의뢰하는 한편……

9월 23일

연진은 서울 아산병원에 있는 동호의 부모한테 전화를 받았다. 동호가 깨어나 그녀를 찾고 있다는 소식이었다. 그녀는 이 같은 낭보에 기쁨과 두려움을 동시에 느꼈는데 두려움 쪽이 더 컸다. 겨울비가 내렸던 작년 크리스마스 무렵, 쓰러진 동호는 응급조치를 제때 받지 못해 골든타임을 놓쳤다. 20분 후에 발견되어 병원에 옮겨졌을 땐 이미 뇌에 충분한 산소를 공급받지 못한 상태였다. 식물인간이 된 동호를 두고 의사들은 이구동성으로 소생할 확률은 기대하지 말라 했는데 그 동호가 지금 깨어난 것이다. 고현수에게 한기성, 아니 사도세자의 명도를 턱 안기고 나서 말이다.

병원으로 차를 몰며 연진은 과거를 회상했다. 동호와
의 기억으로 가득한 과거였다.

작년 겨울, 그녀는 다단계 사업으로 벌어들인 돈 2억
원을 갖고 도망 다니던 중이었다. 피해자들에게 붙잡히
면 능지처참을 당하고도 남았다. 평소 그녀에게 안 좋은
감정이 있던 사람들이 피해자들에게 붙어 정보를 제공했
다. 방방곡곡을 도망 다니던 연진은 거액을 쥐어도 기쁨
을 맛볼 수 없었다. 돈을 돌려주고 편안한 삶으로 돌아갈
까, 아냐, 그럼 내 자존심이 상처를 입어, 절대로 그럴 수
없어! 그때 떠오른 사람이 대학 동창 동호였다.
    농부처럼 순박하게 생긴 동호. 그는 연진이 시키는 일
이라면 무엇이든 하는 남자였다. 연진의 입장에서 그는
이 더럽고 치사한 세상에서 유일하게 순수함을 갖고 있
던 남자였다. 그녀의 육체에 먼저 관심을 가졌던 다른 남
자들과 달리, 동호만이 그녀의 내면에 관심을 기울였다.
그는 믿을 수 있는 사람이었고 의지할 만한 사람이었다.
그는 자신을 반겨줄지 모른다는 기대감이 쫓겨 다니던
연진에게 망망대해 속 등대가 되었다.
    연진은 몰래 연락하는 친구들을 통해 동호가 사는 곳
을 수소문했다. 그는 전기기사가 되어 서울의 한 회사에

다니고 있었다. 연진은 그가 사는 원룸을 찾아냈다. 동호는 몇 년 만에 나타난 연진을 보고 놀라긴 했지만 그녀를 숨겨주었다. 연진은 원룸에 들어서자마자 동호의 넓은 가슴에 머리를 기댔다.

"우리가 MT 갔던 그날 네가 멧돼지 앞을 막아설 때 난알아봤어. 이 세상에서 날 지켜줄 남자는 동호 너밖에 없다는 걸."

동호는 천천히 연진의 등을 토닥였는데 연진은 그 손에서 몇 년 동안 느껴보지 못한 진정한 평온을 느꼈다. 그는 연진의 애인이 아니었고 남자 친구도 아니었다. 그저 한때의 동창일 뿐이었다. 연진을 몹시 좋아했던 건 사실이지만 빨개진 얼굴로 눈도 잘 맞추지도 못했다. 그는 외모나 재력이나 능력이 돋보이지 않는 사람이었다. 그러나 멧돼지 앞을 막아선 한 순간으로 동호는 연진이 절대 잊을 수 없는 남자가 되었다. 그 짧은 해프닝 속에서 연진은 한 인간이 다른 인간을 위해 목숨을 내던질 수도있다는 속설을 실증적으로 믿게 되었다. 그건 거의 종교적 체험과도 비슷했는데, 잊을 수 없는 어떤 가르침이 되어 그녀의 뇌리에 문신처럼 찍혀버렸다. 아울러 동호는그날부터 그녀의 숨김파일 남자가 되어버렸다.

대학 시절, 동호는 연진이 곤란한 일을 당할 때마다 정체를 드러내지 않은 채 그녀를 지켜주었다. 연진은 그 사실을 모르지 않았지만 내색하지는 않았다. 동호 같은 남자를 수호천사로 둔다는 게 남의 눈에 웃음거리가 될 것 같았기 때문이다. 그러나 아무도 없을 때 연진은 여자로서의 시선을 보내고 적재적소에 거리를 좁혀가 그의 충성을 결코 잊지 않고 있다는 암시를 보냈다. 동호는 가끔 묘한 눈길로 그녀를 바라보았는데 그건 아쉬움 같기도 하고 안타까움 같기도 한 눈길이었다. 연진은 그런 동호를 비빌 수 있는 언덕으로 보았고, 그에게만은 다단계 사기를 치지 않았다.

원룸에 나타난 연진을 보았을 때, 동호는 소문 덕에 그녀가 어떤 사고를 치고 자기 집에 뛰어 들어왔는지 눈치챘을 것이었다. 그래서 연진은 그의 품에 머리부터 기댔으며 자신을 토닥이도록 기꺼이 등을 내주었다. 숨겨주는 대가로 동호가 육체관계를 요구하지 않을 것이란 확신이 연진에겐 있었다. 진정 동호는 평생을 통틀어 그녀가 믿었던 유일한 사람일지도 몰랐다.

그런 동호의 품에 안기니 연진도 싫지 않았다. 혼돈의 연속인 세상 속에서 비로소 평화다운 평화를 맛보았기에 따뜻한 그 품을 떠나고 싶지 않았다. 그러나 토닥이는 손길이 목탁을 두드리는 것 같고 동호의 심장박동에 기대하는 변화가 나타나지 않자 연진은 아연실색했다. 고개를 든 그녀는 태연한 동호의 얼굴에서 이 상황과 어울리지 않는 누군가를 떠올릴 수 있었다. 석가모니였다.

사흘 동안 동호는 말없이 출퇴근만 반복했다. 엉큼한 속셈을 보이지 않은 동호 앞에서 연진은 경계심을 풀고 숙면을 취할 수 있었으나 의구심은 줄지 않았다. 나흘째 날 밤에서야 동호는 연진을 불러다 앞에 앉혔다.

"너 왜 이렇게 된 거냐? 왜 정상적인 사람처럼 살지 못해?"

"어디서 무슨 소리를 듣고 그러는 거니?"

"너 애들을 유인해 돈을 모았다며?"

"그건…… 그냥 사업이야."

"거짓말. 불법 피라미드 회사였잖아. 당한 애들은 돈을 잃고 걔들을 꼬드긴 너는 돈을 벌고."

"너, 나를 여기 숨겨놓고 애들한테 동네방네 떠들고 다녔니? 나 붙잡히라고?"

"아무한테도 얘기 안 했어. 진작부터 들려오던 네 스토리를 어떻게 꺼낼까 망설이다가 지금 말한 거야."

"내 스토리?"

"다 너를 욕해. 피도 눈물도 없는 여자라고."

"나쁜 것들. 마녀사냥 잘도 하네. 내가 사기 쳐서 돈을 뺏은 줄 알아? 돈을 벌 수 있다니까 걔들이 투자한 거였다고. 난 분명히 원금 손실이 있을 수 있다는 얘기도 했어."

"그만해. 내가 잘 아는 애도 피해자 중에 있어. 걔들 말은 너하고 달라. 넌 다단계 사업이 아니고 탤런트 오디션 건으로 애들을 속였잖아. 그렇게 번 돈을 갖고서 지금 내게 숨어 있는 거고."

"난 그런 돈 없어."

"니 가방에서 봤어. 속옷 안에다 숨겨놨던데."

"너 내 가방 뒤졌어? 속옷? 변태야? 어떻게 그런 짓을 해?"

"걱정 마. 한 푼도 손 안 댔으니."

"그만해! 너만은 내게 그러지 말란 말이야! 다른 사람은 몰라도 너만은 내 편이 되어야지!"

"왜 그러고 사는 거야? 왜 평범하게 살지 못해?"

"그럴 수 있다면 얼마나 좋겠니."

그녀는 부도를 맞은 아버지 회사 이야기를 꺼냈다. 집도 가구도 압류당했고 아버지는 충격으로 1년 만에 세상을 뜨셨다고. 어머니는 할 줄 아는 게 없는데 동생들조차 학교를 그만두고 취업에 나서야 했다고. IMF 구제금융 시기였고 비슷한 스토리로 하소연하는 사람들이 많을 때였다.

"그래도 애들한테 사기 칠 것까진 없었잖아."

"사기 사기 그러지 마!"

연진이 화를 못 참고 책상을 넘어뜨렸다. 와장창 소리
에 남녀의 말싸움은 멎었다. 이내 그녀는 여기가 자기 집
이 아니라는 사실을 깨닫고 넘어뜨린 물건들을 하나하
나 줍기 시작했다. 동호는 한 발자국 뒤로 물러나 훌쩍이
는 연진을 심각한 시선으로 응시했다.

"미안해, 동호야. 너한테 짐이 됐어. 내일 다른 곳으로
갈게."

"야, 이연진! 그냥 다 때려치우고 나한테 시집오면 어
때?"

연진은 멍한 얼굴이 되어 동호를 바라보았다. 먼 거리
에서도 연진은 동호의 거센 심장박동을 느낄 수 있었다.
그녀는 얼빠진 음성으로 대꾸했다.

"나한테 그런 말을 한 사람은 니가 처음이야."

"넌 전생에 뭔가 죄를 지었어. 그렇지 않고서야 멀쩡한
애가 이런 삶을 살 수 없지. 나랑 같이 가자. 잘난 건 없
지만 내가 평생 네 옆에 있을게."

"범죄자의 남편이 되겠다고? 미안하지만 넌 나 같은
여자를 데리고 못 살아."

"내가 그렇게 못난 남자야?"

"그 반대야. 넌 나 같은 애가 절대로 다가갈 수 없는 남자야."

연진의 눈에서 눈물이 흘러내렸다. 동호가 눈물을 닦아주었다.

"그 돈 애들에게 돌려줘 연진아. 그러면 숨어 다닐 필요 없잖아."

"미안해. 이미 엎질러진 물이야."

"안 돼. 널 타락하게 놔두고 싶지 않아."

동호가 주머니에서 종이쪽지를 꺼내 연진에게 보여주었다.

"이게 뭔지 알아? 지난주 로또복권이야. 1등에 당첨 되서 13억 4천만 원을 받기로 되어 있어. 나와 너 말고 아무도 이 사실을 몰라."

연진은 입을 벌린 채 아무 말도 하지 못했다.

"못 믿겠으면 확인해봐. 번호 하나도 틀리지 않아. 이게 당첨되었고, 그다음 니가 나를 찾아온 게 다 우연이 아니란 생각이 들어. 이건 운명이야, 연진아. 넌 그렇게 생각하지 않니?"

동호가 연진의 손을 잡았다.

"그 2억, 애들에게 돌려주고 와. 그러면 난 너에게 이걸

줄게."

5분이 넘는 긴 침묵이 흘렀다. 연진은 또다시 동호의 거세지는 심장박동을 들을 수 있었다.

"너 괜찮니 동호야?"

"왜?"

"네 심장 소리가 쿵쿵거려."

"부정맥이 약간 있긴 하지만 언제 이렇게 피가 끓는 기분을 느껴보겠니? 네 대답을 듣고 싶어."

연진이 흥분을 감추지 못하고 일어섰다.

"나 생각 좀 하자, 동호야! 내가 지금 청혼을 받았는데 이건 쉽게 답할 문제가 아니잖아. 어지러워. 바깥바람을 좀 쐬어야겠어."

"좋을 대로 해."

동호가 미소 지었다. 연진은 다리를 후들거리며 문을 열었다. 밖에는 겨울비가 내리고 있었다. 가로등 아래로 수천 개의 바늘이 낙하하는 이미지가 펼쳐졌다. 그녀는 종교를 믿지 않았지만 끊임없이 떨어지는 비를 보니 섭리에 가까운 어떤 느낌을 받을 수 있었다. 우산을 내던진 그녀는 내리는 비를 고스란히 맞았다. 환희에 가까운 웃음이 얼굴에 서서히 번져갔다.

"새 인생을 시작하라는 거예요, 하나님? 제게 기회를 주시는 거예요?"

그녀는 편의점에 들러 맥주와 안주를 샀다. 그리고 비를 맞으며 동호가 있는 원룸으로 달려갔다. 이 비를 밤새도록 맞고 싶다는 생각이 들었다. 영원히 깨고 싶지 않은 꿈처럼.

그녀 옆으로 119 구급차가 지나갔다. 구급차에서 내린 사람들이 달려가는 곳은 동호의 집이었다. 손에서 봉지가 떨어졌다. 맥주병이 깨져 비 오는 거리에 거품을 쏟아냈다. 119 대원들이 의식을 잃은 동호를 들것에 실어서 내려왔다. 그녀는 광란 상태가 되어 잠시 동호를 끌어안고 울부짖다가 원룸 안으로 달려 들어갔다. 그녀의 가방은 그대로 있었지만 조금 전에 본 로또 복권은 어디에도 없었다.

회상에서 깨어난 그녀는 어느덧 아산병원에 도착해 있었다. 연진은 동호의 엄마를 바라보았다. 먹구름이 걷힌 표정은 기적이 실제로 일어났다는 증거가 틀림없었다.

연진이 동호 엄마에게 물었다.

"아주머니, 동호가 깨어났다면서요?"

"응, 깼어! 얼른 들어가봐. 널 기다리고 있다."

연진은 대답 없이 중환자실이 아닌 회복실 문을 박차고

들어갔다. 눈을 뜨지 못했던 동호가 침대에 앉아 있었다. 죽어 있던 그가 기적처럼 살아났다. 식물인간이 초인으로 부활한 것이다! 거짓말 같은 무속의 힘이 정말로 이루어진 것이다! 연진을 알아본 동호가 웃고 있었다.

"잘 있었니?"

"동호야…… 니가 정말로…… 일어났구나."

연진이 동호의 목을 끌어안았다. 동호의 형제들은 아직 도착하지 않았고 옆을 지키던 아버지는 여자친구의 애정 앞에서 당연하다는 듯 자리를 비켜주었다. 이제 회복실에는 두 사람만이 남았다. 연진이 숨 가쁜 소리로 동호의 귀에 대고 속삭였다.

"동호야, 앞으로 내가 너를 돌봐줄게. 그런데 그 복권 어떻게 했니?"

"무슨 복권?"

"로또 복권."

"아, 그거."

햇볕을 받지 못해 허연 동호의 얼굴은 속세를 초탈한 승려 같았다. 연진은 동호를 안고 흔들었다.

"그래. 13억 4천만 원짜리 복권! 나 번호도 기억해. 8, 12, 16, 23, 38, 41. 그 복권 어떻게 했어?"

"그보다 넌 내가 어떻게 쓰러졌는지 궁금하지 않아?"

동호의 음성은 느릿느릿했다. 연진은 애가 타 표정 관리가 제대로 되지 않았다.

"아! 그럼! 그럼! 대체 어떻게 된 거야?"

"그날 네가 나갔을 때 난 네 뒷모습을 지켜보았어. 창문으로."

"날 지켜보았다고?"

"응. 겨울비를 맞으며 깡총깡총 뛰어갔잖아. 보기만 해도 너무 흐뭇한 광경이었지."

"동호야! 동호야! 내 사랑 동호야! 그 복권 어떻게 했는데? 혹시 119 대원이 집어 갔을까 봐 내가 이러는 거야! 니 몸도 뒤져보고 방도 찾아봤는데 어디서도 안 보였단 말이야!"

"그럴 수밖에. 바람이 불어와 손에서 놓쳐버렸거든."

침묵을 실은 바람이 두 사람 사이로 불었다.

"하하, 얘가 아직도 정신이 안 돌아왔나 보네."

"연진아, 진짜로 바람 때문에 창밖으로 떨어뜨렸어."

동호의 표정이 우울해졌다. 연진은 이성을 잃고 소리쳤다.

"떨어뜨렸다구?"

"응. 비 오는 거리 아래로 떨어졌어. 누가 주워 갔는지 아니면 비에 씻겨 못 쓰게 됐는지 모르겠어. 그걸 주우러나도 맨발로 달려 나가는데 갑자기 어지럽고 현기증이 났거든. 문을 연 건 기억나는데 쓰러지고 나서부터는 기억이 안 나."

"13억짜리 복권을 놓쳤다고!"

"미안해 연진아. 일부러 그런 건 아니야."

"솔직히 말해봐. 내게 주겠다는 맘이 변해서 이러는 거지?"

"연진아, 말귀를 못 알아듣니? 이제 그 당첨 종이는 내게 없어."

동호는 울먹였고, 연진은 병원이 떠나가라 악을 썼다.

"난 너 때문에 2억도 애들한테 돌려줬단 말이야!"

"정말? 그건 잘한 일이다. 내가 이제 평생 일해 그 돈 벌어줄 테니 걱정 마."

"무슨 말도 안 되는 소리야! 그게 어떻게 번 돈인데!"

"복권 당첨된 사람은 나지 네가 아니잖아? 그건 그렇고 네 얼굴이 왜 그러니 연진아?"

연진이 분노로 몸을 부들부들 떨었다.

"난 너 하나 살리려고 성형수술도 하고 뱀도 만지고 대금도 불고 씨팔, 사람까지 죽였어! 니가 나 아니면 이렇게 회복이나 될 줄 알아? 생명의 은인도 모르고 뭐라고? 복권 당첨된 게 누구라고? 그건 내 거야! 내 거란 말야!"

"진정해 연진아. 내가 잘못했어."

"넌 내가 좋아한 유일한 남자였는데…… 너무너무 실망이야!"

고함 소리를 듣고 동호의 부모가 문을 열었다. 연진이 병실을 박차고 달려 나갔다. 그녀는 목적지도 없이 어둠이 깔린 거리를 달리다가 지쳐 텅 빈 하늘을 올려다보았다. 도심의 하늘에 별은 보이지 않았다. 보이지 않는 거대한 올빼미 눈만이 그녀를 내려다보았다.

3년 후, 9월 19일
: 민화영이 장준오에게 보낸 편지

잘 지내셨나요, 장 검사님.

그간 전화를 받지 않고 이메일에도 답장하지 않은 데 대해 사과부터 드릴게요. 검사님께서 그동안 보여주신 모습에 사실 전 복잡한 심경이었습니다. 그래서 아무도 만나지 않았고 홀로 생각을 좀 했어요.

지난번 만났을 때 선물로 주셨던 다이아몬드 반지를 돌려보내드리는 것으로 대답을 대신합니다. 검사님이 좋은 분인 걸 알고 있지만 저는 검사님의 청혼을 받아들일 수 없습니다. 귀한 물건을 이렇듯 소포 박스에 넣어 보내는 결례를 용서하세요. 검사님과 직접 대면할 용기가 없어서요.

기성이 장례식장에서 검사님을 만났던 날을 기억해요. 기성이한테 이야기를 하도 많이 들어왔던 터라 검사님을 처음 보고도 익숙한 느낌이었어요. 그날 검사님은 저보다 또 기성이의 부모님보다도 더 많은 눈물을 흘리셨지요. 지금까지도 그분들께 물심양면으로 도움 주신 사실도 잘 알고 있구요. 기성이 어머니는 검사님을 보고 형제라도 저렇게는 못할 거라고 거듭 칭찬하셨어요. 3년 전, 9월 16일, 연수원에서 간만에 부산 동기를 만나 함께 술을 마셨다던 기성이의 말이 아직도 귀에 생생합니다. 기성이는 검사 장준오가 아닌 동기 장준오를 만나서 기뻐했어요.

　저는 가끔 검사님의 슬픈 표정을 바라보고 생각에 잠깁니다. 무엇이 저분의 얼굴에서 웃음을 거두어 갔을까. 혹시 검사님은 그날 과음한 술이 기성이의 뇌출혈에 영향을 미쳤다는 죄책감을 아직까지 갖고 계신 건가요? 그래서 9급 공무원에서 검사가 된 지금도 그런 마음에서 벗어나지 못하고 계신 건가요? 검사님의 한결같은 마음은 저와 기성이네 가족에게 끝이 없는 영향을 끼치고 있어요. 기분 나쁘게 들리실지도 모르겠지만, 저희는 붙든 적이 없는데 검사님이 저희를 완강히 잡고 놓아주지 않는 듯이 보여서요. 그러실 필요가 전혀 없습니다. 기성이의 죽음은 검사님과 아무런 상관도 없으니까요. 그 누구와도 상관이 없답니다. 기성이의 몸에서 나왔다던 뱀도 목격자의 착각이라고 확신하고 있습니다. 그 주유소는 풀숲이 무성한 시골길에 위치했고, 바로 앞 도로변에는 지나다니는 차에 깔려 죽은 뱀이 많았다고 하니까요.

이젠 검사님도 저희에게서 자유로워지셨으면 좋겠어요. 시간은 흘렀고 어느덧 고마움보다는 부담을, 슬픔보다는 안쓰러움을 느끼는 시기가 왔어요. 그런 생각 때문인지 검사님이 제게 주신 마음이, 검사님은 사랑이라고 생각할지언정 저는 동정심에 가까운 감정이라고 믿고 있어요. 저를 바라보시는 검사님의 눈에서, 늘 미안하다고 말하는 검사님의 마음에서 저는 느낄 수 있었어요. 감사한 마음을 말로 다 표현할 수는 없지만 우리 여기까지만 해요. 감정에 사로잡히다 보면 평생의 실수를 할 수도 있는 법이겠죠. 후회한들 이미 엎질러진 물을 다시 담을 수는 없는 거잖아요? 시간이 지나면 저 같은 사람도 기성이도 아마 생각나지 않을 거라고 확신해요.

저는 이제 기성이네 가족하고는 연락을 하지 않고 지냅니다. 사람의 상처를 치유하는 가장 좋은 약은 시간이니까요. 하지만 검사님을 만나면 잊고 있던 기성이가 다시 떠오를 수밖에 없어요. 이제는 살아 돌아올 수 없는 기성이를 단 한 번만이라도 좋으니 보고 싶다는 마음이 저를 아프게 해요.

이제는 더 이상 검사님을 만나지 않을래요. 검사님은 저와 비교도 안 되는 위치에 있는 사람입니다. 부디 그 자리에 맞는 짝을 찾도록 하세요. 언젠가는 저랑 헤어진 일을 잘했다고 생각하실 날이 올 거예요. 그리고 검사님도 기성이를 잊도록 하세요. 워낙 각별한 사이인 데다가 함께 연수 받는 기간 중에 그런 일이 생겼으니 검사님께 어떤 마음의 책임감으로 남았을지도 모르겠어요. 하지만 이젠 놓아줄 때가 되었다는 생각을 저만 아닌 다른 분들도 갖고 있답니다. 다시 말씀드리지만 기성이의 죽음이 검사님과는 아무런 상관도 없기 때문이에요.

그동안 너무 감사했어요. 제게 보여주신 정성과 은혜는 잊지 못할 거예요. 그렇지만 잊도록 노력할 거예요. 아니, 반드시 잊을 거예요. 검사님도 부디 지난 일은 다 잊고 새로운 기분으로 하루하루를 맞이하시길 바랍니다. 건강하시고요.

3년 후, 9월 28일

화영은 태어나서 처음으로 전라도 남원 땅을 밟게 되었다. 며칠 전, 이별을 통보한 장준오에게서 답장이 왔었다.

친척의 초상을 치르느라 답장이 늦었습니다. 며칠 전 가족과 함께 동물원을 찾은 남자가 사자에게 물려 사망한 뉴스를 보신 적 있을지 모르겠습니다. 그 사람은 저의 이종사촌인데 과거 기성이와 같은 직장에 다니던 사람이기도 했습니다. 기성이를 또 언급하니 싫으시겠지만, 제게는 사촌 동생의 죽음으로 기억이 더 생생해지는군요. 어쩌면 저 역시도 비슷한 운명을 맞이할지 모르겠습니다. 허공에서 저를 재촉하는 목소리들이 들려오거든요. 하나같이 경상도 말투죠. 저는 예전에 특정 지역을 비하하는 방법으로 저를 노리는 자를 따돌린 적이 있었는데 이제 같은 방식으로 죗값을 치를 운명 같습니다. 사촌은 평소 사자를 겁내왔는데 징벌이 현실이 됐으니 저 또한 피할 수 없겠죠.

화영 씨의 뜻을 잘 알겠습니다. 이것 또한 제가 짊어져야 할 짐이겠죠. 그러나 꼭 말씀드리고 싶은 게 있습니다. 당신을 향한 제 사랑은 진심이었습니다. 그건 절대로 동정심이 아닙니다. 하고 싶은 말은 많지만 이제는 그만두기로 하겠습니다. 보이지 않는 조언자가 텅 빈 하늘에서 속삭이는 것 같거든요. 이만 당신을 놓아주라고…….

추신) 망설임 끝에 알려드립니다. 지난 일요일 케이블 채널 〈세상에 저런 일이〉 방영분에 나왔던 남자가 바로 화영 씨가 찾던 이건식이란 사람입니다. 그의 주소는…….

화영은 기성이가 죽기 전에 알려준 이건식이란 이름을 잊지 않고 있었다. 2년 동안 그를 찾으려고 백방으로 노력했었지만 그가 기성과 같은 직렬의 공무원이라는 것 외에는 알아낼 수 없었다. 기성의 죽음은 타살이 아닌 병사(病死)여서 경찰에 수사를 의뢰할 수도 없었다. 나중에 검사가 된 장준오에게 털어놓았을 때도 그 역시 범죄

혐의가 없다는 이유로 조사의 청을 거절했었다.

이제 그녀는 이건식의 주소를 얻었다.

'왜 장준오는 망설임 끝에 알려준다고 했을까?'

'징벌? 그 사람도 내게 숨기는 게 있는 걸까?'

화영은 장준오가 알려준 〈세상에 저런 일이〉를 재방송으로 시청했다. 쓰레기를 집 안에 가득 쌓아놓은 채 버리지 않는 남원의 한 기인에 관한 이야기였다. 그의 이름은 이생명이란 가명으로 자막 처리가 되었고 본명은 나오지 않았다.

방송 진행자가 물었다.

"왜 쓰레기를 이렇게 수집하시는 거죠?"

수척하게 생긴 이생명이 답했다.

"왕이 찾아올까 봐요."

"어떤 왕이요?"

"왕이 왕이지 어떤 왕이긴? 왕이 더러운 백성한테 오는 것 봤소? 이렇게 해야지만 왕이 안 와."

"그러니까 그 왕이 누구냐니까요?"

"날 내버려둬! 이만하면 됐잖아! 난 입 다물고 살고 있어! 아무 말도 안 했다고!"

그가 하얀 개를 풀고 몽둥이를 휘두르자 카메라는 물러날 수밖에 없었다.

　남원시 향교동에 도착한 화영은 사람들에게 길을 물
어 이건식의 집을 찾아냈다. 대문도 마당도 지붕도 온통
녹슬고 부서졌지만 자물쇠는 굳게 채워져 있었다. 화영
이 초인종을 눌렀다. 개 짖는 소리가 들려올 뿐 응답이
없었다. 그녀는 물러서지 않고 계속 초인종을 눌렀다. 갑
자기 개가 조용해지더니 위장용 자물쇠가 툭 떨어지고
쉽게 대문이 열리면서 어떤 남자가 나타났다. 그는 움푹
눈이 파였고 덥수룩하게 수염을 기른 채였다. 머리에는
은빛의 긴 모자를 쓰고 있었다. 그가 바로 쓰레기 더미의
광인 이생명, 이건식이었다.

　"뭐요?"

　"이건식 씨세요?"

　"누구요?"

　"기성이에 관해 물으러 왔어요."

　놀라운 일이 일어났다. 시체처럼 무표정한 남자의 얼
굴에 한 가닥 공포심이 스쳐 지나간 것이다. 그건 광인이
지을 수 있는 표정이 아니었다. 인지(認知)의 공포였다.

　"당신 누구야?"

　"기성이 여자친구예요! 기성이가 섭주에 있었을 때의

일을 아시는 게 있으면 가르쳐주세요!"

"……."

"걔가 쓰러지기 전에 아저씨를 찾으라고 했어요! 제발 아시는 걸 말해주세요!"

이건식은 대답 대신 은빛 모자를 아래로 당겨 내려 복면처럼 얼굴에 덮어썼다. 자세히 보니 그건 알루미늄 호일로 만든 물건이었다. 기괴한 행동에 화영은 겁먹었다. 이건식은 화영의 손목을 붙잡고 빠르게 속삭였다.

"그놈년들이 내 생각을 다 읽어. 이 호일을 써야만 그들이 내 머릿속 생각을 읽을 수 없어. 이리 들어와. 내가 모든 진실을 알려줄게."

화영은 들어갈 수 없었다. 이 미친 아저씨를 따라 들어갔다간 어떤 봉변을 당할지도 몰랐으니까. 위험을 감지한 그녀는 이건식의 팔을 뿌리치고 달아났다. 어쩌면 마지막 의무감으로 찾았을지 모를 이 남원행을 끝으로 그녀는 첫사랑 기성이를 완전히 잊기로 했다. 더 이상 슬픔은 없고 새로운 삶만이 펼쳐질 것이라 스스로를 위로했다. 그러나 쏟아지는 눈물을 참을 수 없었다. 그녀는 입으로 손을 막고 결코 뒤를 돌아보지 않은 채 왔던 길을 다시 달려갔다. 알루미늄 호일을 얼굴에 뒤집어쓴 광인의 고함이 그녀의 등을 때렸다.

"명도야! 아니, 태주야! 아니, 명도야!"

화영은 광인이 명도와 태주라는 이름의 동료를 부르는 줄 알고 잔뜩 겁에 질렸다. 어쩌면 그가 부리는 백구의 이름인지도 몰랐다. 달리기에 속도가 붙어 그녀는 이건식에게서 빠르게 멀어져갔다.

에필로그

: 미래

현수는 꿈을 꾸었다. 벌써 며칠째 반복되었다. 해몽할
수 없는 꿈이어서 불안했다.

그녀는 높은 대좌에 앉았고 발아래에 사람들이 모여
있었다. 그들은 숨이 막히는지 한 손은 목을 부여잡고 한
손은 현수를 향해 뻗은 채 바닥을 굴렀다. 서로가 서로를
밟았고 앞선 자를 뒤에 선 자가 잡아당겼다. 보이지 않
는 바이러스가 그들 사이를 떠돌았다. 공포와 절망이라
는 먹이 때문에 바이러스는 번식이 왕성했다. 얼마나 많
은 사람들이 모였는지 디딜 땅이 없었다. 다양한 인류가
모였다. 그들 모두가 유명한 사람, 능력 있는 사람들이었

다. 언젠가 어디선가 현수에게, 정확히는 그녀의 몸주에게 한 번 이상씩 도움을 받은 자들이었다. 폐허가 된 미지의 공간에서 그들 모두가 인맥을 허가증으로 현수에게 구원의 손을 내밀었다.

단 한 명을 빼고.

그는 군중의 맨 끝에 서 있는 사람이었다. 그는 가만히 서 있었다. 곤룡포와 익선관을 벗어던진 한기성이었다.

알몸인 기성이 현수를 바라보았다. 그 눈길에는 육욕의 갈망도, 수호신의 굽어살핌도 없었다. 그는 아파 보였고 슬퍼 보였다. 현수는 몸주 뒤주대왕이 아닌 인간 한기성의 시선을 견딜 수 없었다. 세상을 채운 아비규환과 달리 그를 에워싼 건 허무였다. 그는 아무 말도 없었지만 시선만으로 의미를 전달했다. 끊어질 듯 간신히 연결된 끈으로 현수는 기성의 메시지를 읽을 수 있었다.

"안 돼! 가지 마!"

등을 돌린 기성이 어디론가 걸어갔다. 고통에 휩싸인 사람들은 그의 존재를 알아채지 못했다. 지하로 내려가듯 기성의 모습이 조금씩 땅속으로 사라져갔다.

"안 돼! 날 두고 가지 마! 전하! 쇤네를 두고 가지 마옵소서!"

다급해진 현수가 기성을 붙잡으려고 달려갔다. 그러나

대좌에서 내려오자마자 군중들이 그녀를 막았다. 그들은 현수에게 사정했고 애원했다. 기성을 잃은 현수는 더 이상 그들의 소원을 들어줄 수 없었다. 분노한 군중에 의해 방울과 부채가 박살났다. 무의가 찢기고 제사상이 뒤집혀졌다. 손들이 붙잡자마자 그녀의 신체가 산산조각으로 찢어졌다.

비명을 지르며 잠에서 깨어났다.

현수는 이제 반복되던 꿈의 의미를 알 수 있었다.

식은땀이 이마를 타고 흘러내렸다. 무음램프로 해놓은 스마트폰에 부재중 전화가 30건 찍혀 있었다. 문자와 톡은 그보다 몇 배는 되었다. 모든 내용이 비슷했는데 요약하면 이런 것이었다.

'아무리 조심해도 결국 바이러스에 감염되었다. 나이가 많고 앓던 병이 있으니 겁이 난다. 돈은 달라는 대로 줄 테니 보살님의 영험함으로 얼른 낫게 해 달라. 그 누구보다 나부터.'

전화가 걸려왔다. '박권태'라고 이름이 떴다. 이제는 경찰서장이 된 그녀의 전화를 현수는 힘없이 받았다.

"너 어떻게 된 거야? 연락 왜 안 받아?"

"무슨 일로 전화했어?"

히스테릭한 목소리로 애원했다.

"나 좀 낫게 해줘, 현수야. 사흘 전부터 고열이 나고 숨이 차. 나도 옮은 거 같아. 조만간 격리될 게 뻔해. 천한 것들하고 같은 병원을 쓸 순 없어. 그것들이 바이러스를 더 키워 날 죽이고 말 거야."

"격리라면서 뭘 걱정해?"

"눈에 보이지도 않는데 완전한 격리가 어딨어! 대한민국에 믿을 게 뭐 하나 있니! 너만큼 믿을 만한 데가 또 어딨냐구!"

"떠났어."

"누가?"

"주상전하."

죽음과도 같은 침묵이 흘렀다. 응답하는 박권태의 음성이 떨렸다.

"정말이야?"

"그는 이제 오지 않아."

"농담하는 거지?"

현수는 기성의 마지막 메시지를 떠올렸다.

"농담 아냐, 권태야. 전하께서는 내게 이렇게 알려주셨어. '이제 나는 너를 떠나 내 도움이 필요한 곳으로 간다.

너는 과거 내 목숨을 앗을 때 말했다. 〈박멸한다! 박멸하고 세상을 구한다! 대왕께서 못하시는 일은 없다! 선택된 이 나의 드높은 영험함은 영원히 나와 함께할 증인인 '시간'이 보증할 것이다〉라고. 함정에 빠져 너의 수호신이 된 나는 네게 부와 명성을 안겨주면서 이 순간만을 기다려왔다. 이제 네가 큰소리친 보증력을 입증할 시간이 왔다. 네 스스로 해결하라. 나는 더 이상 네 몸주가 아니다. 네 곁에 있지 않겠다. 평범한 사람들이 죽음을 무릅쓰고 제일선으로 뛰어가는 곳, 남을 위해 자신을 희생하는 곳, 어려울 때 오히려 서로를 돕는 곳, 절망 속에서도 희망을 나누는 곳이 내가 있어야 할 곳이다. 너는 그런 곳에 있지 않았고 그런 사람들을 위해 살지도 않았다. 그래서 이제 나는 너를 떠난다.' 알아들었니? 이렇게 말했단 말이야."

박권태가 우는 소리로 악을 썼다.

"붙잡지 그랬어! 어떻게든 잡지 그랬어!"

"이미 끝난 일이야. 그는 두 번 다시 오지 않아."

"내림굿을 크게 해보자. 혹시 알아?"

"소용없어. 전하께선 마지막으로 이런 말을 남기셨거든."

현수가 허탈한 음성으로 말했다.

"지상의 문제를 신에게서 답 구하지 마라."

권태는 충격으로 한동안 말이 없다가 이윽고 입을 열

366

었다.

"그럼 우리 어떻게 해 현수야? 우리가 여태껏 쌓아 올린 걸 다 잃을 순 없잖아."

"떠났다고! 더 이상 신이 없다구! 사람 말 못 알아듣겠니?"

"어떻게든 살아남아야 할 거 아냐! 뭐라도 방법을 생각해봐! 그렇지! 새 왕을 구하면 어떨까! 1월 21일생 남자를 또 구하는 거야! 생년월일만 맞으면 누구라도 사도세자 역할을 할 수 있잖아! 고현수의 2대 왕조가 되는 거지! 신기가 촬촬 흐르는 네 몸의 수호신으로 모셔 한기성보다 더 신통방통한 새 왕으로 추대하자고!"

평생 겁을 못 느꼈던 현수는 광기 충만한 권태의 음성에 질려버렸다. 그녀가 걷어붙인 팔등 위로 소름이 돋기 시작했다. 두려움이라는, 지극히 인간적인 감정에 순간 휩싸였다.

작가의 말

　인간의 이기심을 다룬 소설을 써보고 싶다는 생각은 항상 해왔다. 세상이 그리 만든 건지는 몰라도, 대부분의 사람은 자기중심적이다. 때와 장소에 따라 약간의 변형은 있을 수 있겠지만 이기주의는 늘 다른 주의에 우선해왔고 앞으로도 그럴 것 같다. 먼저 내가 있은 다음에야 남도 돌아볼 수 있는 법이니까.

　자기 목적을 위해서라면 남을 속이는 것도, 남을 이용하는 것도, 남에게 손해를 끼치는 것도, 심지어 남을 해치는 것도 가능한 게 세상이다. 나는 이 주제를 담아보려고 또한 번 무속이라는 그릇을 빌려왔고 신비주의 스릴러라는 주걱을 썼다. 내가 내놓은 밥을 이미 드셔본 독자님들이 기꺼이 '새 밥'을 기다려주시는 게 좋았고, 새로운 독자님들도 '박해로 소설식당이 일관된 메뉴의 맛집이 맞긴 맞더라' 하고 즐겨주시면 좋겠다는 바람이 있었기 때문이다.

*

『올빼미 눈의 여자』에 등장하는 인물들의 직업, 욕망, 믿음, 세계관, 행위 등의 일체는 순전한 소설적 상상력의 소산으로, 실제로 해당 업에 종사하는 사람들과 아무 관련이 없다. 다만 한 길 속을 모를 별의별 사람들이 모여 사는 현실에서 이런 일이 일어날 수도 있지 않을까 하는 상상력이 창작의 시동을 걸게 했다.

내 소설의 무속인은 주로 무서운 음모를 꾸미는 캐릭터인데, 현실의 무속인은 남의 목숨을 빼앗고 살을 날리고 저주를 뿌리는 데 혈안이 된 사람들이 아니다. 그들은 보이지 않는 너머 세상과 보이는 이쪽 세상 간(間) 중재 역할을 하는 선택받은 존재들이다. 특정한 시기부터 본의 아니게 무신(巫神)을 섬길 뿐, 아픔을 느끼는 피부와 따뜻한 피를 가진 인간(人間)이다. 내가 그간 만난 무속 종사자분들은 여러 방송 매체가 보여준 스테레오타입화된 사람들이 아니었다. 단 한 번도 위압적인 언사를 내뱉거나 공포 분위기를 조장하지도 않으며 자신이 하는 일에 긍지를 갖고 최선을 다하는 전문 영역의 사람들이었다.

또한 이 책에 등장하는 공직자, 성소수자, 여성 혹은 남성, 특정 지역민, 옛 왕가(王家) 등의 묘사에는 비하나 악의의 의도가 전혀 없다. 스릴러 작가는 독자들의 월등한 지적 수준과 끝없이 상대해야만 하는데, 만 권 책을 읽은 독자조차 '홀리게' 하려면 가능한 모든 수단을 강구해야 하고, 선택된 수단을 충분히 검토한 후 물의를 일으키지 않을 처리로 마감질을 잘해야 한다는 게 내 생각이다. 이 생각의 완성을 네오픽션 편집자 선생님들이 아낌없는 조언과 협조로 도와주셨다. 이만하면 지금까지 써온 세 편의 장편소설 중 가장 나은 작품은 아닐까 하는 기대를 해본다. 삶과 죽음을 새로이 되돌아보게 한 코로나 19 바이러스가 하루빨리 종식되길 소망한다.

2020년 5월
박해로

올빼미 눈의 여자

© 박해로, 2020

초판 1쇄 인쇄일 2020년 5월 25일
초판 1쇄 발행일 2020년 6월 5일

지은이   박해로
펴낸이   정은영
편집   안태운 김정은
마케팅   이재욱 최금순 오세미 김하은
제작   홍동근

펴낸곳   (주)자음과모음
출판등록 2001년 11월 28일 제2001-000259호
주소   04047 서울시 마포구 양화로6길 49
전화   편집부 (02)324-2347, 경영지원부 (02)325-6047
팩스   편집부 (02)324-2348, 경영지원부 (02)2648-1311
이메일   munhak@jamobook.com

ISBN 978-89-544-4266-4 (03810)

이 도서의 국립중앙도서관 출판시도서목록(CIP)은 서지정보유통지원시스템 홈페이지
(http://seoji.nl.go.kr)와 국가자료공동목록시스템(http://www.nl.go.kr/kolisnet)에서
이용하실 수 있습니다.(CIP제어번호: CIP2020020312)